Susan Smit

Vloed

Lebowski Publishers, Amsterdam 2011

Eerste druk, januari 2010
Zevende druk, juni 2011

© Susan Smit en Lebowski Publishers, Amsterdam 2010
Omslagontwerp: Veeel ontwerpers, Amsterdam
Foto auteur: © Nico Kroon
Typografie: CeevanWee, Amsterdam

ISBN 978 90 488 0830 4
NUR 301

www.susansmit.nl
www.lebowskipublishers.nl

Lebowski Publishers is een imprint van Dutch Media Uitgevers bv

Dit boek is gebaseerd op ware feiten en gebeurtenissen die in de familie van de auteur hebben plaatsgevonden. Een gedeelte ervan is echter fictief.

'Want de stem van de zee is de moederzang
van alle vage en half-bewuste willen,
alle begeren dat zijn doel niet kent.'

Henriette Roland Holst, *De vrouw in het woud*

PROLOOG

In de eerste ontmoeting ligt alles besloten: de dingen waarover je zult struikelen, die je in verrukking zullen brengen, die wrevel en afkeer zullen oproepen, waar het uiteindelijk op zal stuklopen. Het begin vertelt je alles, maar wij willen niet luisteren. Of misschien luisteren we wel, maar vergeten we alles weer zodra we verliefd worden. Het raakt op de achtergrond op het moment dat we naar zijn handen kijken die ons tot extase zullen strelen, naar zijn mond die we keer op keer willen kussen. We vergeten het en dan, na jaren, vinden we het weer terug. En luiden daarmee het einde in.

De eerste ontmoeting met een geliefde is een blauwdruk van de hele liefdesgeschiedenis – kort of lang, heimelijk of officieel, dat doet er niet toe. Ze bevat eindeloos veel tekenen, onheilstijdingen, beloften, profetische boodschappen. Wie nam de eerste stap en wie was afwachtend? Wie zette de toon en wie onderwierp zich?

De latere ontdekkingen die we over onze geliefden doen zijn niets meer dan herontdekkingen. De grote realisaties zijn niets meer dan inzichten die we eindelijk onder ogen zijn gekomen.

Over die dingen denk ik de laatste tijd veel na, nu ik de leeftijd heb bereikt om terug te kijken. Achteraf begrijp ik wel hoe het allemaal zo is gelopen. Dat is de ellende: in retrospectief zie je alles – hoe het verbonden is, bedoel ik.

Hoe het ene uit het andere voortkomt. Hoe je niet anders kon, omdat je nog niet beter wist of wilde weten. Als de wedstrijd is uitgespeeld.

Het verhaal van mijn leven is niet eenvoudig te vertellen; waarom ik alles opgaf voor de liefde – of voor wat ik had bestempeld als liefde – om terug te vinden wat me was ontvallen.

Ouder worden is een last voor het lichaam, maar een zegen als het gaat om vertellen; ik ben de schroom kwijtgeraakt. Ik ben niet meer bang om belachelijk te lijken, te overdrijven, want ik weet dat aan de liefde niets overdreven is, dat de kracht ervan ons weerloos maakt.

We zijn allen hulpeloos ten aanzien van de dingen die de liefde van ons vraagt.

Adriana, haar moeder en haar zussen

Badhotel Konijnenburg rond 1900

I

Wie wil, kan het horen.

Het geraas van de zee, dat alles omsluit: verleden, toekomst en heden. De eeuwigheid ligt erin verzonken. De zee zal ebben en vloeden lang nadat ik dood ben, heeft dat gedaan lang voordat ik geboren was, en dat geeft me op een of andere manier rust. Het biedt verlichting aan de zwaarte van mijn beslommeringen. De dingen raken snel verwaaid en vergeten hier langs de vloedlijn. Mensen denken dat een strandwandeling helpt om de dingen eens goed te overdenken, ze op een rijtje te zetten. Het tegendeel is waar: we worden ervan verlost. Als gedachten niet door de zeewind worden meegenomen, dan vloeien ze wel weg door het water.

Alleen het wezenlijke blijft over.

Toch probeerde ik, al turend over haar oppervlakte, hetzelfde: de dingen te schikken. Ik was verhit het strand op gerend en zat na te hijgen, met mijn blik afwisselend gericht op het verre blauw en het witte lijnenspel van brekende golven. Mijn ademhaling werd bemoeilijkt door de smalle taille van mijn middagjurk en de strik van mijn bonnet, die me dwong mijn kin hoog te houden.

Het was mijn eerste huwelijksaanzoek.

Ik was vierentwintig en dat is aan de rijpe kant om een

aanzoek te krijgen, en al helemaal om zoiets luchthartig af te wimpelen, zoals ik deed. Het leek me absurd om het aanzoek te aanvaarden of zelfs in overweging te nemen.

Hij kwam met zoveel nadruk het terras op lopen dat ik verrast opkeek – ook al omdat meneer Alkemade ons nooit zo midden op de dag bezocht. Zijn gezicht lichtte op toen hij me zag en hij kuste mijn hand met zoveel enthousiasme dat ik de streling van zijn snor en de druk van zijn lippen, ja, zelfs de hardheid van zijn tanden op mijn huid voelde. Ik moet gehuiverd hebben toen hij nogmaals mijn hand pakte en vroeg of ik hem de eer wilde bewijzen zijn echtgenote te worden.

Mijn reactie zal vast onbeleefd zijn geweest – of ongepast, zoals mijn moeder het zal noemen als ik de moed heb verzameld haar onder ogen te komen –, maar ik kon niet anders dan nee schudden, met een heftigheid die mijn weerzin moet hebben verraden. Nadat hij mijn hand had losgelaten, keerde ik me om en rende weg, de veranda af, het zandpad over, langs het helmgras, het strand op.

Die man met zijn gespeelde galanterie – hoe hij een aanstellerige buiging maakte als hij en mijn vader zich na het diner terugtrokken in de rookkamer, hoe hij me onverholen bekeek als ik hun glazen port kwam brengen, terwijl hij zijn sigaartje naar de streep van zijn mond onder zijn snor bracht en er verlekkerd aan trok – vervulde me met afgrijzen.

Het serveren van de port was gewoonlijk een klus voor de dienstmeiden. Als meneer Alkemade op bezoek was droeg mijn moeder mij op het te doen, en wel in de mooie kristallen glazen. Ze zal zijn interesse hebben opgemerkt.

Meneer Alkemade was, afgaande op zijn kledij en zijn rijtuig, redelijk bemiddeld. Hij moest tegen de veertig lopen. Vijftien jaar werd beschouwd als een acceptabel leeftijdsverschil tussen man en vrouw. Hij was ongetwijfeld een goede kandidaat, beter dan mijn moeder na jaren van bezorgdheid om mijn ongetrouwde status nog voor me durfde te dromen. Wat me ontzette was dat mijn vader hem kennelijk ook geschikt vond. Hij moet zijn goedkeuring gegeven hebben, anders zou deze man niet zo zelfverzekerd het terras op zijn komen lopen.

Met moeite haalde ik me de gezichtsuitdrukking van mijn vader voor de geest, de laatste keer dat ik hen beiden in de rookkamer bezocht om hem welterusten te wensen. Er was de rook van sigaren die in vaalblauwe sluiers om hun hoofd hing, het stokken van een gesprek toen ik de kamerdeur opende, het geknetter van het haardvuur, meneer Alkemade met een glas port in de hand en een arm die op de schoorsteenmantel rustte, en mijn vader, die met zijn gezicht naar het raam stond alsof hij erdoorheen kon kijken, terwijl alleen zijn weerspiegeling zichtbaar was tegen de donkere hemel.

Toen hij zich omdraaide om mijn kus in ontvangst te nemen, had hij – zo herinner ik me – een gelaten uitdrukking op zijn gezicht. Of was het er een van misnoegen?

Ik woelde met mijn handen door het zand en zuchtte. Ik wist het niet. Het oog zelf verleent geen betekenis aan wat we zien. Dat doet de geest, een enkele seconde of veel langer nadien. Hoe later we proberen vast te stellen wat we gezien hebben, hoe gemakkelijker we erin lezen wat we willen.

Mijn vaders gezicht, zo besloot ik, straalde afkeuring uit. Diep vanbinnen moest hij weten dat een dergelijke man mij niet zou passen, ook al wilde hij de beslissing aan mij laten.

Een huwelijk zou zeer welkom zijn in onze familie – daarvan was ik me goed bewust. Mijn oudere zus Johanna was

vier jaar geleden, in 1895, met de handschoen getrouwd*
met een uitgever uit Java, maar mijn twee jongere zussen
Antoinetta en Wilhelmina, die we Nettie en Mien noemden, hadden nog geen echtgenoot gevonden. Ze waren negentien en zeventien, dus alle mogelijkheden lagen nog
open, maar mijn acceptatie van een heer als meneer Alkemade zou de weg vrijmaken voor andere jongemannen uit
hogere kringen om hen te benaderen.

De spoeling was dun. Hier in Noordwijk, en in de wijde
omtrek, woonden louter vissers en boeren – ongeschikt
voor meisjes met een adellijke grootvader en een vooraanstaande vader die eigenaar was van een hotel, een vloot en
enkele taveernes. Pas in Leiden, drie kwartier met het rijtuig, hielden de jonge heren verblijf van wie mijn moeders
ogen gingen glimmen.

De kalme ruis en de meeuwen, die in het wateroppervlak
doken naar visjes en schaaldieren, brachten me tot bedaren. Het strand was bijna verlaten op deze koude lentedag.
Het kronkelende lint van schelpengruis, scheermesjes,
stukken wrakhout en kapotte flessen op de verste plek die
de golven tijdens de laatste vloed bereikt hadden, was nog
steeds intact. De strandlopers dribbelden er met hun dunne
lange poten doorheen, zich af en toe buigend om met hun
snavel een kokkel of een scheermesje leeg te pikken.

In de nabijheid van de zee leven doet iets met mensen. De
zielen die geboren zijn in dit dorp, de Noordwijkers, zijn
met haar vergroeid. Ze halen er hun dagelijkse vis uit, geven in hoop en vrees hun zonen en mannen aan haar mee –
voor de grote vaart, de walvisvangst en de Oost-Indiëvaart

* Zie de verklarende woordenlijst op pag. 302.

15

– en turen over haar oppervlakte om zich in gedachten bij hun zeemansdoden te voegen. Ze noemen zich Zeeërs en kijken meewarig naar de bewoners van Noordwijk-Binnen, de Binders, die ze als een ander ras beschouwen. De kans dat een Zeeër tussen de Binders gaat wonen is even klein als dat hij gaat emigreren naar Australië. Hij woont liever in een klein hok met uitzicht op zee dan in een villa tussen het groen.

Mensen van buiten die de zee opzoeken – dat is een heel ander verhaal. De dichters die hiernaartoe zijn gekomen en vertoeven in hun villa's – Albert Verwey, Willem Kloos – verkiezen de kust vanwege de invloed die ze heeft op hun geest. Het talent van dichters kan zich kennelijk goed ontplooien met het zicht op de zee en de duinen, onder de wolkerijke hemel. Er is een oneindigheid, een weidsheid, die uitnodigt tot mijmeren in alle richtingen. De zee heeft geen afgebakende grenzen, kent geen vaste vorm; ze roert zich naar alle windstreken. Dat trekt mensen aan met een verre blik en brede opvattingen.

En losse zeden, zou mijn moeder zeggen.

De toegestroomde dichters en badgasten kennen bovendien de angsten van het vissersvolk niet. Ze zien hoe de zee kan schuimen, zieden en klotsen, hoe ze in razernij kan kolken en verstild kan rimpelen. Ze zien het, maar voelen er niet de eerbied en de vrees bij van de vissersvrouwen, de stuurlieden, de nettenboeters en de bokkingrokers.

Ikzelf heb mij nooit geschaard onder een van die groepen. Ik ben geen Binder, voel me geen Zeeër en geen echte dichter. Feitelijk gezien ben ik dat tweede wel, trouwens. Ik ben geboren in badhotel Konijnenburg, dat enkel door een zandpad en het strand gescheiden is van de zee. Wat betreft de laatste categorie: de enkeling die mijn werk onder ogen krijgt noemt me een dichter. Maar zonder gepubliceerd te zijn, ben ik net zomin een dichter als iemand die geen enkel huis heeft laten bouwen zich een architect kan noemen.

Mijn vader is dat hotel begonnen in 1866, toen bleek dat de badgasten wilden blijven overnachten, liefst met zicht op de zee. Negen jaar eerder had hij vier badkoetsen uit Scheveningen laten komen. Hij had gehoord dat daar mensen uit hogere kringen kwamen die geld neerlegden om een zuiverend en versterkend zeebad te nemen. Het zoute zeewater zou hen genezen van kwalen, ziektes en neerslachtigheid. Het jodium, dat in hoge concentratie in de lucht aan de kust voorkwam, zou bovendien een gunstige invloed hebben op de werking van de schildklier en de zuiverheid van de longen.

Het zeebaden was een ritueel dat de Noordwijkers in de eerste jaren deed bulderen van het lachen en vol onbegrip het hoofd deed schudden. Het was dan ook een wonderlijke gebeurtenis. Een dame of heer ging gekleed de badkoets binnen, waarna deze door paarden een stuk de zee in werd getrokken, totdat het trapje aan de achterkant van de koets de wateroppervlakte raakte. Volledig ontkleed stapte hij of zij de treden van de badkoets af in het water, wat voor de mensen aan de kust niet te zien was omdat de badkoetsjes met de deur van het strand af gedraaid werden. De bader of baadster werd vervolgens drie- of viermaal achterover onder water gedompeld door de badman of badvrouw, alsof het een godsdienstige rite betrof.

Het baden gebeurde naakt, om zo veel mogelijk huid met het heilzame zeewater in aanraking te brengen. Later huurden de badgasten bij de badmeester een badhemd: een lang, ruim en geplooid hemd met een vastgenaaide capuchon en wijde pofmouwen. De badjurken met versierselen, stiksels en ruches die kort daarna in zwang raakten, vond de plaatselijke bevolking zo mogelijk nog bespottelijker.

De zee om in te zwemmen – veel gekker moest het niet worden.

'Als je de badgasten bekijkt, begrijp je waarom de zee zich twee keer per dag terugtrekt,' zei het vissersvolk lachend.

Soms moest mijn vader om de hoon van de dorpelingen lachen. Soms deed hij er zelfs aan mee, maar vaker wilde hij er niets mee te maken hebben. 'Spot is goedkoop,' bromde hij dan.

En hij kreeg gelijk. De badkoetsen trokken elk jaar meer badgasten en ontwikkelden zich tot een lucratieve handel die zich uitstrekte tot de hotels, pensions, restaurants, vervoersbedrijven en winkels.

In deze contreien viel voor een dame niet veel te beleven. In het westen lag het water; naar het zuiden lagen de duinen van nu eens drassige, dan weer zanderige grond en het groen van helmgras en bramenstruiken. Wie landinwaarts liep, kwam bollenvelden en kruidentuinen tegen.

Noordwijk is een wonderlijke naam voor een zo in zichzelf gekeerd dorp. Bij Noord hoort een Zuid, maar welk Zuid? Het is niet waarschijnlijk dat de Noordwijkers zich ooit deel van een groter geheel hebben gevoeld.

Zijn naam moest niet naar de landstreek waarin het besloten lag verwijzen, maar naar het enige waarnaar zijn bewoners uren konden loeren en ook nog eens uren over konden praten: de Noordzee. Het bestaan van de hen omringende gronden namen ze voor kennisgeving aan. Je kon de stoomtram naar het binnenland nemen, je kon binnen een dag heen en weer naar de markt in Leiden lopen om op en beneden de Visbrug vis te verkopen, en je kon op zondag door de duinen naar Noordwijkerhout of Katwijk wandelen, maar dat deed men zelden. Een

Noordwijker had niets te zoeken buiten zijn dorp.

De Noordzee hield niet op bij de branding of bij het strand aan haar voeten; ze was onderdeel van het dorp zelf. Alle huizen, inclusief de godshuizen, lagen met hun gezicht naar de zee en het zand.

In mijn kindertijd waren er enkel onverharde wegen, die al naargelang het weer in zandvlakten of modderpoelen veranderden. Onze gasten moesten het hotel zien te bereiken over de onbestrate Buurt, zoals de weg werd genoemd. Ze hadden zand in hun schoenen en hun haren, dat ze meenamen naar binnen. Dat gaf niet. Overal lag zand, ook toen de straten waren betegeld. Geen omheining of muur kon het tegenhouden. De meiden veegden de entree drie keer per dag aan, maar het was onbegonnen werk.

'Het zand was hier eerder dan wij,' zei mijn vader.

De waterige lentezon verdween achter een wolkendek en het werd guur. Een moeder trommelde haar kinderen bij elkaar. Een opgeschoten jongen in een marineblauw badkostuum kwam aangerend en een meisje met een strohoed op bleef weifelend bij haar zandkasteel staan. De moeder pakte gedecideerd haar tas in, er klonk een laatste roep, het meisje voegde zich bij haar moeder en broer en ze gingen naar huis.

Ik wist in die jaren niet wat romantische liefde was, dat geef ik toe, maar ik dacht wel te weten wat het níét was; het was niet een man die je een keer of wat keurend bekijkt, glazen port van je aanneemt en je dan overrompelt met de vraag of je de zijne wilt worden. Dat is niet liefhebben, dat is uitkiezen, zoals je een lichtekooi in een lusthuis aanwijst voor de nacht. Zijn peilende blik had niet op mijn heupen moeten rusten, maar in mijn ogen moeten zoeken naar een blijk van aantrekking, herkenning, sympathie voor mijn part. Iets.

Ik ben een romantica, ja.

Liefde is de behoefte aan liefde – zoiets heb ik ooit in een van mijn dagboeken geschreven. Ik herlees mijn notities zelden, maar die zin weet ik nog. Waarschijnlijk was ik opgetogen om het pathos dat erin doorklonk, om de vreugde van het formuleren, niet omdat ik dacht dat het klopte.

Mijn idee van liefde was ongetwijfeld een poëtisch bedenksel, een product van mijn verbeelding. Wat ik niet begreep was waarom iedereen om me heen zich zo vastbeet in de werkelijkheid. In hoe de dingen nu eenmaal zijn.

'Haal je hoofd toch eens uit de wolken,' zei mijn moeder doorgaans als ik in een boek of in mijn eigen schrijfsels was verdiept. 'Neem kennis van de waarheid in plaats van de bedotterij waarmee je zoveel tijd verdoet.'

Ik houd van de leugen. Een verhaal mag dan fabricage zijn, ik prefereer het boven de leugen die we de waarheid noemen. Niet de dichters, maar de rechtschapenen, de realisten, de strengen in de leer jagen me de stuipen op het lijf. Zij menen uit naam van de waarheid te spreken met een verbetenheid die me doet huiveren. Wat de mensen de werkelijkheid noemen is een troebel mengsel van geruchten, insinuaties, mythen, dwingende mores en overtuigingen. Het is een vlechtwerk van verhalen die men elkaar vertelt om het onnavolgbare leven aan te kunnen. De wereld is vol speculaties, halve waarheden, ficties en opvattingen die, als ze het doel van de dag dienen, worden opgediept uit de brij van de geschiedenis, opgelapt, ingezet, tot ze mettertijd in vergetelheid raken, wegslijten in tijd en vuil, waarna ze op enig moment weer bruikbaar worden geacht en het hele proces opnieuw begint.

Zonder verhaal staat de werkelijkheid krachteloos, betekent ze niets, is ze onbegrijpelijk en ongrijpbaar. Dus waarom zou ik me niet richten op de verhalen en ze aanzien voor wat ze zijn? Waarom zou ik niet in het heden wonen, maar dit heden tegelijkertijd omkleden met verhalen en fantasma als versierselen? Waarom zou ik de werkelijkheid niet stofferen met aanvaardbare veinzerij en zo een voorschot nemen op de ultieme leugen die herinnering heet?

2

Mijn moeder loste mijn ergste verwachtingen in door me met driftige stappen tegemoet te treden zodra ze me bij het hotel zag verschijnen. Toen ze voor me stond en van leer wilde trekken, bedacht ze zich – ongetwijfeld met het oog op passanten en hotelgasten die ons konden horen kijven. Ze kneep haar geopende mond weer samen en gebaarde afgemeten dat ik me naar ons huis moest begeven.

Glimlachend naar de gasten, hier en daar groetend, wat het uiterste van haar zelfbeheersing moest vergen, beende ze langs het hotel naar ons huis, ging de woonkamer binnen en sloot de deur achter mij.

'Jij...' begon ze. 'Wie verbeeld jij je te zijn om een heer van stand af te wijzen? Wat zeg ik... hem te schofferen?' Ze zag dat ik wilde antwoorden, maar hief haar vinger op ten teken dat ze nog niet was uitgesproken.

'Hoeveel ontberingen en beproevingen denk je dat ik, wij, je vader en ik, ons hebben moeten getroosten om jou en je zussen een kans te bieden op een goede toekomst? Om jullie een partij te laten zijn voor geschikte kandidaten?'

Weer opende ik mijn mond en weer hief ze waarschuwend haar vinger.

'En jij denkt het je te kunnen veroorloven om hem zomaar te weigeren? Alsof mannen hier elke dag om je hand komen vragen.'

Bang om haar opnieuw in de rede te vallen, bleef ik zwijgen.

Ze schudde haar hoofd. 'Je hebt een grote kans laten liggen, Adriana.' Ze bleef haar hoofd schudden terwijl ze alweer naar de deur liep. 'Een buitenkans.'

In mijn slaapkamer, vanwaar ik als ik mijn hoofd uit het venster stak nog net een stukje strand kon zien, sloot ik de luiken en ging op bed liggen. Door het licht buiten te sluiten zou de dag eerder voorbij zijn. Ik zou gewoon net doen alsof het al nacht was. Bedtijd.

Slapen lukte natuurlijk niet, dus bleef ik in het duister staren, niet goed wetend wat ik moest voelen. Dat had niets te maken met mijn moeders afkeuring – dat was een gegeven waaraan ik gewend was geraakt. Ze toonde voortdurend haar afkeuring over mijn gedrag, mijn keuzes, mijn uiterlijk – al dan niet vermomd als moederlijke ongerustheid. Na een opmerking of een luide lach die niet passend werd geacht voor een dame, kon ze haar verstelwerk, of het tafelkleed dat ze met broderie aan het afzetten was in haar schoot laten rusten en me net zo lang strak aankijken tot ze zich ervan vergewist had dat ik de boodschap had begrepen. Haar reprimandes remden me niet af; integendeel, ik geloof dat ik er juist schik in had haar te ontrieven.

Waarschijnlijk had mijn verwarring meer te maken met mijn vaders reactie, die op zich liet wachten. Als klein meisje was voor mij iets pas echt gebeurd nadat ik het mijn vader had verteld. Zodra het in zijn bewustzijn was opgenomen, had ik het rustige gevoel dat mijn ervaring veilig was gesteld. En als die aan zijn oordeel was onderworpen, natuurlijk.

Mijn vader was meer een rechter dan een getuige. Niet dat hij zo makkelijk te doorgronden was. Zijn hoffelijkheid, zelfs tegenover een klein kind, verbood hem te zeer uit te varen. Een licht fronsende wenkbrauw of opgetrokken mondhoek verraadde zijn positie en maakte dat ik het verhaal, terwijl ik het aan het vertellen was, afzwakte of aandikte. Gaandeweg stelde ik het bij, om bij hem in het gevlij te komen.

Toen al kleurde ik mijn werkelijkheid in.

Toen al was ik me bewust van de eerloze huurlingen die woorden zijn, bereidwillig elk doel te dienen.

Toen al zat er een schrijfster in mij verborgen, neem ik aan.

Ook al had ik mezelf wijsgemaakt me inmiddels van zijn oordeel te hebben verlost, toch legde zijn mening over de gebeurtenissen van vandaag nog steeds gewicht in de schaal. Daarvan was ik me pijnlijk bewust en het bracht me terug naar het gevoel van mijn kindertijd, van het onvolkomen zijn, het zoeken naar de richting waarin ik diende op te groeien, ver weg van de eigengereidheid die ik me als juffrouw dacht te hebben eigen gemaakt.

Zuchtend opende ik de luiken en kleedde me om voor het avondmaal. Ik koos een eenvoudige japon van donkere stof, niets frivools, geen versierselen, om niet de indruk te wekken dat ik de gebeurtenissen van vandaag lichtzinnig opnam.

Toen ik de eetkamer betrad, hoefde ik maar een enkele blik op mijn broers en zussen te werpen om te weten dat ze op de hoogte waren. Mijn twee oudere broers Jan en Nanning, die onafscheidelijk waren, stootten elkaar aan, klaar om grappen te maken. Mijn jongste broer Dominicus, een fijngevoelige jongeman, krulde zijn mondhoeken geamuseerd op. Nettie en Mien staarden me aan met een mengeling van onbegrip en bewondering. Een huwelijksaanzoek krijgen was het middelpunt van hun meisjesfantasieën, ingegeven door de talloze stuiverromans die ze lazen en waarover ze avondenlang op fluisterende toon konden praten. Een initiële weigering paste ook in een dergelijk verhaal, waarna de held alle misverstanden uit de weg zou ruimen, de weerbarstige jongedame bij zinnen kwam en het huwelijk alsnog doorgang vond. In hun ogen was ik de vrouwelijke hoofdpersoon in een meeslepend liefdesdrama. Ik had de komende weken hun volledige aandacht, zoveel was zeker.

Mijn moeder vermeed mijn blik en streek met een felle beweging van haar vlakke hand over haar donkerblonde haar, dat zoals altijd in een onberispelijke middenscheiding was gekamd en in een knot was gedwongen. Dat gebaar kende ik, het was voor mij een gebaar waaruit een verlangen naar overzicht sprak, naar een werkelijkheid die geordend en onbeweeglijk was – zoals haar kapsel.

Ik nam plaats, de blikken van mijn broers trotserend en die van mijn zussen negerend. Het wachten was op mijn vader, die zich in de hal door de kamermeid uit zijn mantel liet helpen. De drie keukenmeiden kwamen achter elkaar binnen en stelden zich op langs de eettafel, met in hun handen een terrine met soep, een schaal met brood en een karaf met wijn. Ik peilde de gezichten van de meiden, maar hun blikken stonden even verveeld als altijd en hun afwisselend leunen van het ene op het andere been straalde het gebruikelijke ongeduld uit, geen verlangen om een eventuele nieuwsgierigheid te bevredigen.

Vader kwam de kamer binnen en nam plaats aan het hoofd van de tafel. Moeder gaf met een miniem handgebaar het teken dat de soep kon worden opgediend. Het zwijgen dat gebruikelijk was bij het opdienen van de spijzen door het personeel kwam me nu beladen voor. De liturgie der gewoonten vulde zich met mijn gespannen afwachting. Toen de meiden weg waren, schraapte mijn vader zijn keel en ging voor in het gebed. Daarna keek hij zijn vrouw en kinderen aan, een voor een, waarbij hij zijn blik ten slotte op mij liet rusten.

'Eet smakelijk van deze maaltijd.'

'Is er niet iets voorgevallen vandaag wat onze aandacht behoeft?' vroeg moeder scherp. 'De kwestie van meneer Alkemade?'

'Ach, ja, natuurlijk,' zei mijn vader, 'dat onfortuinlijke voorval. Ik betreur het dat de gevoelens van meneer Alkemade niet gedeeld worden door onze Adriana, maar het huwelijk is geen besluit dat lichtzinnig genomen moet worden en ik stel voor dat wij allen Adriana's keuze eerbiedigen.' Hij schonk mij een spijtig glimlachje.

Daarna, frivoler: 'Zij moet er tenslotte de bedstede mee delen, niet wij.'

Er klonk gegniffel van de kant van Nanning en Jan. Moeder trok haar mond tot een streep.

Het zilver tikte op het porselein, de kwestie was afgedaan en ik slaakte een innerlijke zucht van opluchting. Ik had juist gehandeld; hij begreep me.

Zoals vele malen eerder was het mijn vaders subtiele ironie die de spanning uit de lucht haalde en de hortende, stotende stroom in huis weer in beweging bracht. Taal was daarvoor het beproefde middel. Met mijn vader deelde ik de liefde voor de raakheid van een woord, voor omkeringen, overdrijvingen. Mijn moeder kon zich daar geweldig aan storen.

'Praat toch niet recht wat krom is en krom wat recht is,' mopperde ze op zulke momenten.

Taal was voor mijn vader ook het middel om zich in verschillende milieus soepel te kunnen bewegen. Als entrepreneur kwam hij in aanraking met alle rangen en standen, die hij moeiteloos in hun eigen taal wist aan te spreken. Hij was dan wel geboren in het statige Hof van Holland uit een adellijke grand seigneur en een dame, maar al vroeg trad de verarming in en had hij in de gaten dat zijn positie ergens tussen werkvolk en notabelen in lag.

Ondanks zijn afkeer van de high society vertoefde hij graag in haar midden om zijn kwaliteiten als tafelredenaar te verfijnen, terwijl hij op andere momenten genoot van de ruwe grappenmakerij van het werkvolk. Hij verstond de vissers en bouwers van zijn vloot bomschuiten net zo goed als de notarissen en doktoren met wie hij in de salon zat; zijn nettenboeters en touwslagers net zo goed als de koopmannen, kralentellers en krentenwegers met wie hij zakendeed; de mondaine gasten van zijn badhotel met hun parmantige parasollen en zonnehoeden, lederen valiezen en zomerse opsmuk net zo goed als de kamermeisjes die hij in dienst had.

Als ik hem op zondagmiddag in het café De Zeetaverne kwam ophalen voor het avondeten, zat hij vaak op zijn praatstoel. Dan bleef ik staan luisteren, getroffen door zijn toon die zoveel vrijer was dan bij moeder thuis en trots op het bulderende gelach van de mannen die om hem heen zaten. Als zijn glas jenever leeg was en we naar huis liepen, met mijn arm door de zijne en mijn vingers die in de stugge stof van zijn mantel groeven, bleef zijn manier van praten los en uitbundig. Ik moedigde hem aan met mijn gegiechel en keek af en toe omhoog naar die man met zijn hoge hoed, korte baard en ogen die zich samenknepen van plezier.

Op die momenten noemde hij me zijn 'kleine vlinder'. Mijn stapjes hield ik met opzet klein, want de tocht moest zo lang mogelijk duren. Eenmaal binnen was het immers moeder die de toon zette, afhankelijk van haar stemming, en bleven de vertrouwelijkheden tussen mijn vader en mij beperkt tot een enkele opmerking, vergezeld van een knipoog, om onze verstandhouding te bezegelen.

Vaak heb ik me afgevraagd wat mijn ouders in hun jonge jaren in elkaar heeft aangetrokken. Ik neem aan dat ze nog niet zulke vastomlijnde karakters hadden en nog kneedbaar waren, maar de dynamiek tussen hen beiden moet er al in essentie zijn geweest. Zijn hoofd zal vol haalbare en minder haalbare plannen hebben gezeten en zij zal deze met voorzichtige aanmoediging hebben aangehoord, nooit lang wachtend met het opperen van praktische bezwaren. Hij zal dezelfde plaagstootjes hebben uitgedeeld, altijd bezig om haar uit de plooi te krijgen, om de sleet uit de dagelijkse conversatie te halen, en zij zal zijn pogingen hebben beantwoord met hetzelfde binnensmondse lachje dat ze nu uitte.

Ook later, ondanks haar misprijzen en terechtwijzen als het haar echt te gortig werd, nam moeder zijn schelmerijen doorgaans goedmoedig op. Toegeeflijk was ze ook – meer dan bij haar zonen en al helemaal meer dan bij haar dochters. 'Een goede vent', noemde ze hem. Of, als ze wanhopig was over alweer een misstap, 'in wezen een goede vent'.

Wellicht vond mijn vader het geen onprettige omstandigheid in toom te worden gehouden. Zo kon hij zijn jongensachtige roekeloosheid immers behouden, in de rustige wetenschap dat zij hem terug zou fluiten wanneer hij te ver ging. Zelfs in zijn zakelijke ondernemingen was zij het, met haar kalme verstand, die zijn enthousiasme temperde als er realiteitszin nodig was. Ik heb hen vaak 's avonds laat gesprekken horen voeren waarbij de nuchterheid van moeder mijn vader tot redelijker standpunten bracht. Dat lukte niet altijd. In het dorp werd gesproken over fortuinen die zouden zijn verspild aan vrienden en investeringen in vage, niet-levensvatbare bedrijven.

Als mijn moeder goedgehumeurd was, neuriede ze. Op die dagen had ze poudre de riz en rouge op haar gezicht aangebracht. Ze droeg haar groene jurk met donkergroene biesjes en haar halsspeld, of haar blauwe hooggesloten jurk met kleine geborduurde blaadjes erop; haar goeie goed, ook al was het geen zondag. Haar korset paste haar als een maliënkolder. Haar volumineuze boezem werd erdoor platgedrukt en nam haar hele bovenlijf in beslag, en het zorgde voor een taille. Daaronder gaf een wijde rok haar heupen, zodat een en ander in verhouding was.

Verreweg de meeste dagen was haar blik echter terneergeslagen en waren haar jurken zonder versierselen. Ze voldeed niet aan de klassieke schoonheidsnormen; daarvoor waren haar trekken niet regelmatig genoeg. Haar uitdrukking had iets onbenaderbaars en standvastigs. Die balanceerde tussen zelfhaat en arrogantie. Alles wat in haar ogen niet goed en dienstbaar was, had ze in zichzelf tot zwijgen gebracht en ze verwachtte van de vrouwen in haar omgeving hetzelfde. Wie zich extravagant of zelfzuchtig gedroeg, kon rekenen op een terechtwijzing. Nooit verhief ze daarbij haar stem, maar ze straalde een minachting uit waarvan het je koud om het hart werd.

Haar kwade luimen hadden geen grip op mijn vader. Er was altijd wel iets wat haar prikkelde en waar ze met misprijzen op reageerde, en anders wees ze hem wel fijntjes en met onmiskenbaar verwijt op iets in huis of in het gezin wat zijn aandacht behoefde. Op die dagen ging hij haar uit de weg, sussend dat het allemaal wel in orde zou komen.

Wat betreft het religieuze leven drukte mijn moeder onweerlegbaar haar stempel op het gezin. Ze legde een devotie aan den dag die imponerend was, terwijl mijn vader meer de indruk wekte het geloof plichtmatig, misschien zelfs met tegenzin te belijden. Zijn houding was er een van respectvol onbegrip. Ik had het gevoel dat hij de kerkgang en zijn voorlezen uit de Bijbel voor de zondagse lunch als de wekelijkse wasbeurt zag: het moest gebeuren, zodat hij daarna weer over kon gaan tot belangrijker of plezieriger zaken.

Mijn moeder benaderde de katholieke rituelen, net als het burgerlijke decorum, met dodelijke ernst en onvermoeibare inzet. Haar gebeden, aanroepingen en litanieën bracht ze foutloos en met een drift die ik op geen enkel ander gebied bij haar kon ontdekken. Ze liet het nonnenklooster offergaven in de vorm van etenswaar of munten brengen en de Sint-Jeroenskerk bloemen uit de tuin voor bij het altaar.

Zonder conventies zou ze verloren zijn. Die waren een middel om haar innerlijke hartstochten en grieven klein te krijgen. Het moet juist deel van zijn charme zijn geweest dat mijn vader haar daarvan probeerde los te weken; hij moest voor haar een man zijn die op een aanvaardbare manier – want buiten zichzelf – haar verlangen naar spontaniteit en uitgelatenheid verbeeldde, waarna ze het in genoeg liefde smoorde om er niet te veel van te proeven.

Waar zij zich verwoed bezighield met het hier en nu, spiedde mijn vader rusteloos naar de horizon, tastte de contouren van de toekomst af en kleurde het in. Ik zag hen de strijd, die eigenlijk de tweestrijd in henzelf was, keer op keer voeren, waarna het evenwicht waarin ze beiden rust vonden zich herstelde, tot het weer uiteenviel.

Ze leerden elkaar kennen in Hof van Holland, het landhuis in Noordwijk-Binnen, dat al in mijn vaders jeugd dienstdeed als herenlogement. Zij als zomergast, hij als bewoner en zoon van eigenaar Antonie van Raal van Konijnenburg. Door de geleidelijke verarming zag mijn grootvader zich gedwongen te ondernemen om in zijn onderhoud te voorzien. Hof van Holland, dat sinds 1775 in bezit was van de Van Konijnenburgen, kon niet slechts bewoond worden door zijn gezin, maar moest bovenal uitgebaat worden.

Uit de overlevering komt mijn grootvader naar voren als beschaafd en onderlegd, maar niet bevreesd de handen uit de mouwen te steken. De dagen dat een heer op zijn lauweren kon rusten en zijn tijd kon verdelen tussen zijn bibliotheek om te lezen en zijn salon om gezelschappen te onderhouden was voorbij, vond hij. Oud geld was verdampt in de lethargie en lijzigheid van het voorgeslacht; nieuw geld moest worden aangetrokken.

'Een man moet zijn positie verwerven, niet erven,' placht hij tegen mijn vader te zeggen.

Het moet hem deugd hebben gedaan de ondernemingslust van zijn zoon te zien ontluiken – hoe hij zich de plaatselijke dorpsherberg aan zee verwierf, een vissersvloot begon, zijn badhotel Konijnenburg liet bouwen, gaandeweg grond en vissershuisjes opkocht om deze uit te breiden, een badknecht aanstelde om de badgasten te ontvangen op het strand. Waar mijn grootvader kon, verleende hij zijn medewerking. Hij liet de gasten van Hof van Holland, die met de postkoets of trekschuit naar Noordwijk-Binnen waren gereisd, met een rijtuig naar het badhotel van zijn zoon brengen voor een dagje vertier aan het strand.

De grand seigneur wilde als deel van de culturele en ondernemende voorhoede, als gezant van de elite, het afgelegen slapende vissersdorp waar hij zo fier op was aan de wereld tonen en er, in minder altruïstische zin, het leven voor zichzelf en zijn gezin boeiender op maken. Het morrende vissersvolk, dat niets moest hebben van flanerende badgasten met kapsones en badkoetsjes die hun bomschuiten in de weg zaten, zou ervan meeprofiteren. Bovendien zou door toerisme de handel toenemen, de levensstandaard omhooggaan, de beschaving verrijkt worden en het volk zich verheffen. Dat was wat hij zichzelf en zijn nageslacht decennialang voorhield.

Hij stierf in mijn geboortejaar, 1875, op zestigjarige leeftijd, net niet meer in staat om mee te maken dat de bestrating van de Buurt en de installatie van een nieuwe dorpspomp, waarvoor hij zich uit alle macht had ingezet, werkelijkheid waren geworden.

Tijdens de zomers dat mijn moeder te gast was in Hof van Holland raakten zij en mijn vader op elkaar gesteld, elk jaar meer. Op haar aandringen bezocht haar familie vanuit Ouder-Amstel het logement steeds regelmatiger, totdat voor alle betrokkenen duidelijk was dat er meer was dat haar in Noordwijk-Binnen bekoorde dan de lieflijke Voorstraat met haar uitbundige lindebomen, de kerk waar de heilige Sint-Jeroen lag begraven, de bloeiende bollenvelden en de kruidentuinen. Mijn grootvader en grootmoeder, een vrouw gehaald uit Gorinchem, die zich naar verluidt nooit thuis heeft gevoeld in Noordwijk, zagen de toenadering tussen de twee jonge mensen met verheugd hart aan.

Er was een geruisloze overgang van kinderlijk ravotten naar de onwennige, tastende omgang tussen twee jongelingen. Naarmate ze ouder werden, werd het passend gevonden dat mijn vaders gouvernante als chaperonne optrad – iets wat het samenzijn juist meer seksuele lading gaf.

Ik stel me mijn moeder voor – jonger, slanker en blonder dan ik haar ken – en mijn vader, de veelbelovende jongeman, de *jeune homme*, zoals ze samen zaten op het bankje onder de bomen op het Lindenplein, bij de gietijzeren dorpspomp waar dienstmeiden hun emmers vulden en kinderen hun bromtollen lieten tollen. Zij, heimelijk haar eigen betekenis gevend aan zijn speelse wenken, en hij, triomferend als haar gesloten gezicht openbrak in een lach en zenuwachtig tegemoetkomend aan haar verlangens, die ongetwijfeld toen al verpakt waren in voortreffelijke manieren. Beiden biddend dat de zomer eeuwig zou duren, of in ieder geval zo traag mogelijk zou verlopen.

En dan, als de krolse lente plaatsmaakte voor de landerigheid van de zomer, het moment dat haar hutkoffers en valiezen door de butlers werden ingepakt en de postkoets besteld werd om huiswaarts te keren met haar ouders, de wielen die hun uitgesleten sporen vonden in de weg, en haar tranen die ze de vrije loop liet als de buurtkinderen, moe gerend en joelend, de zijde van de koets verlieten.

3

Hij keek met toegeknepen ogen naar de zee. Die was zo glad als een spiegel. Het was bladstil en de garnalen lagen in het zwinnetje, het zeewater tussen twee banken. Vandaag waren de garnalenschuiten niet te water gegaan.

'Kijk jou nou eens met je armen over elkaar staan, Jacobus!'

Jacob draaide zich om en zag Cornelis grijnzend op hem af lopen.

Cornelis ging naast hem staan. 'Het water is te laag, omdat er geen wind is. Geen garrent vandaag.'

Jacob zweeg. Hij ging Cor niet aan zijn neus hangen dat hij niet was ingehuurd voor de kantvaart, omdat hij aan het einde van het vorige seizoen met een Katwijkse bomschuit mee was gegaan. Reder Willem van Beelen, nota bene een Katwijker die met een Noordwijkse was getrouwd, had op hoge toon 'maatregelen' beloofd en nu zat hij zonder werk.

Hij had niet anders gekund. Er was te weinig werk, moeder had geen brood op de plank en de winter moest nog beginnen. Zijn broers hadden allemaal hun eigen gezin te voeden, zodat hij zich als enige ongetrouwde zoon moest ontfermen over hun moeder, die zonder zijn steun elke dag voor het soephuis moest staan of in het armenhuis haar eigen aardappelen moest schillen. Dat was zijn eer te na. Hij ging uit werken, ook al nam hij daarmee het risico dat de

kerk hun de komende winter niet meer de mud aardappelen gaf waar ze als vissersgezin recht op hadden.

Vader was op zee gebleven toen zijn moeder van hem in
verwachting was. De bomschuit Victor Jacob kapseisde
voor de kust van Egmond. Slechts drie lichamen spoelden
aan: die van Arie Klinkenberg en de scheepsjongens Jeroen
Vink en Arie Plug, vijftien en twaalf jaar oud. Voor vader
was er geen begrafenis, geen plechtigheid.

Hertrouwen wilde zijn moeder niet en pas na vier jaar, in
plaats van het gebruikelijke jaar-en-zes-weken, verruilde
ze haar zwarte rouwkleren voor haar blauw-wit geruite
schort en haar dikke muts van batist voor een wit kanten
mutsje. Haar hangers, bellen en mutsspelden droeg ze pas
jaren later, toen hij een jaar of negen was.

'Uit de rouw kom ik nooit,' zei ze op die dag berustend,
'daar moet ik door de Here van verlost worden.'

Visser zijn is niet iets wat je doet, vond Jacob; het is iets wat
je bent. Er was nooit sprake van geweest dat hij iets anders
zou gaan doen om van te leven. Zijn vader was visser geweest, zijn grootvader, zijn overgrootvader en wie weet
diens vader ook. Er was voor de familie Van der Wiel maar
één weg en die ging over het water. Al zijn broers zaten op
zee, behalve Leendert, die in een haringrokerij werkte.

Op zijn twaalfde maakte Jacob zijn eerste reis als knecht
op de haringvangst. Dat was op de Noordwijker 36, als af-
houder. Als de netten waren binnengehaald bediende hij de
winch, een machine die ronddraait en het touw binnen-
haalt. Anderhalve maand had hij over de reling gehangen,
zo ziek als een hond. Hij moest zeebenen krijgen, zeiden de
mannen elke dag tegen hem. Het zou wel beter worden.

Dat werd het niet. En de reis daarna ook niet. Maar op
een dag merkte hij dat de misselijkheid niet verder kwam

dan katterigheid en dat ook die langzaam verdween. Dat was nog voordat hij zijn eerste storm meemaakte.

'Een schip is van hout, en hout zinkt niet,' had een oudere schipper hem voorgehouden toen hij wit om de neus zag bij het zien van de eerste witte schuimkoppen op zee. 'Houd je maar goed vast.'

Dat had hij gedaan, tot zijn handen gevoelloos waren geworden, de wind eindelijk ging liggen en hij tollend op zijn benen te kooi was gegaan.

Hoe waardig ook de boot, de zee zelf vormde altijd een gevaar. Het wilde op de Noordzee nog weleens lekker stuiven. Soms woei er zoveel water om hem heen dat hij dacht dat hij al half in zee was gevallen. Een schuit kon schuivers maken die hem het gevoel gaven met schip en al van een berg van water af te donderen.

In de keuken van zijn ouderlijk huis hing een ingelijste prent die ze na de dood van zijn vader hadden gekregen van de Vereniging tot Voortdurende Ondersteuning der Nagelaten Betrekkingen van Verongelukte Vissers der Rederijen te Katwijk aan Zee en Noordwijk aan Zee. Hij had hem vaak bestudeerd. Op het prentje was een woeste, razende zee te zien, en mensen die er vanaf het strand zorglijk naar tuurden. De vrouwen baden en hieven hun hoofd ten hemel.

'Gods macht gebiedt den storm,' stond eronder, 'Gods hand ontboeit de baren, O sterveling, aanbid vol eerbied 's Heeren kracht.'

Hij las hierin dat het volgens de prent dus God was geweest die zijn vader had omgebracht. Hij had de storm doen ontstaan en zo Zijn alomvattende kracht laten zien. Hoe konden ze dan van hem vragen om te houden van die God en Hem op zondag te eren?

De devotie van zijn moeder was hem een raadsel. Die ene

keer dat hij haar ernaar vroeg, citeerde ze de laatste zinnen van het gedicht op de prent: 'En dat het minnend hart een blijk is van Gods liefde, gelijk het rouwend hart terugwijst op Gods macht.'

Ze hield niet van God, maar boog haar hoofd voor Zijn macht, begreep hij. Hij wist dat hij niet in staat was hetzelfde te doen.

In de kerkbank, luisterend naar de verheven woorden van de dominee, had hij nooit waarheden gevonden en de Bijbelteksten die hij las konden zijn vraagstukken niet ontraadselen. Later, toen hij eenmaal op zee zat, raakten die vraagstukken op de achtergrond. Niet bevragen, maar accepteren – dat was wat je te doen stond.

De zee slokte schepen op zonder er een spoor van achter te laten en bleef zelf onverschillig en onveranderlijk voortdeinen. Zijn vader was dan wel door het water verzwolgen, maar hij had niet het idee dat Gods toorn er iets mee te maken had of dat de zee zelf een boze opzet had gehad. De zee was gewoon de zee en deed wat ze al sinds het begin der tijden deed: klotsen, bruisen, kolken en stromen.

Zij had er niet om gevraagd bevaren en bevist te worden.

Wat je kon doen, had hij gedacht, was proberen de zee te lezen. Je kon leren zien wat ze van plan was, door haar kleur, de witte kuiven op haar golven en haar onderstromen te bestuderen. Op basis daarvan kon je handelen, als een goede zeeman die zijn element kent. Aan alle achting voor het ontastbare, de hand van God, had je niets als je op volle zee zat. Juist het tastbare gaf je aanwijzingen om aan vast te houden. En verder moest je het mysterie het mysterie laten.

Hij kon zich helaas niet helemaal onttrekken aan religie. De christelijke wetten van de wal werden ook op zee opgedrongen. Op zondag was het verboden te varen. Daarmee werd regelmatig de hand gelicht. Als er op zaterdagavond een gunstige wind stond, zei de schipper om een uur of halftwaalf: 'Tjonge zeg, het is pas halfelf.' Dat was voor de bemanning het teken dat hij nog een uurtje wilde doorvaren voor hij een ankerplaats zocht. Jacob deed dan, net als iedereen, of zijn neus bloedde.

Achter het nauwgezet volgen van liturgie en sacramenten moest een immense vrees schuilgaan. Het dociel in kerkbanken zitten luisteren, prevelen en in gezang uitbarsten – het waren in zijn ogen bezweringen die moesten vermijden dat het levende, het stinkende, het rauwe de gelovigen zou overspoelen. Zij konden met hun ongeoefende oog in de natuur geen betekenis ontdekken en zouden zich verloren voelen in wat zij als chaos beschouwden.

De meeste mensen waren niet geïnteresseerd in het wezen der dingen en brachten ze terug tot 'goed' en 'kwaad'. Zij wilden de wereld liever beoordelen dan begrijpen.

Het vissersbestaan was geen vetpot, maar hij troostte zich met de gedachte dat hij in ieder geval geen loonslaaf was. Een eerlijk deel van de opbrengst was voor hem en daarin schepte hij eer en genoegen. Hard werken alleen was jammer genoeg geen zekere manier om je zakken te vullen. Je kon de zee dun varen, maar als je de wind vaak tegen had en de visgronden van je wegbleven, dan kon je op een houtje bijten. Na een maand of twee moest je toch op huis aan, of dat nu met een vol of een halfvol ruim was.

Gelukkig lag het ruim aan het einde van een reis meestal vol met haring. Als de bom aan zijn ankers vastlag en de schipper van boord was, begon het uitschepen van de tonnen met pekelharing. Ze werden uit het ruim gehesen, in de wagens met paarden gelost en naar de reder gebracht. Daarna was het tijd voor de steurharing, die aan boord gezouten was, maar nog niet gekaakt. De ploeg 'telders' die aan boord was gekomen, telde deze haringen en wierp ze in manden. Zodra een mand vol was, riepen ze: 'Tallie!', waarna de mand in een wagen werd geladen en naar de afslag op het strand of naar de bokkingrokerij ging. De hoofdtelder noteerde de tallen op een leitje. Ook werd het braadje verdeeld: ieder bemanningslid ontving een stuk of tweehonderd vissen om te braden en de schipper het dubbele aantal. Dan waren er nog de zeesterren en de ondermaatse vis die als mest voor het land werd verkocht en waarvan de opbrengst voor de bemanning was.

Pas aan het einde van het visseizoen, in november of december, bij behouden teelt, kreeg hij uitbetaald. Het was een bedrag afhankelijk van de vangst, maar al met al was het genoeg om de gemaakte schulden uit de zomermaanden af te betalen en te kunnen overwinteren.

Ooit zou hij voor zichzelf beginnen. Als hij zag dat hij een paar cent kreeg voor een pond mooie rode voorjaarspaling en dat de reder daar meer dan vijfendertig cent voor beurde, dan nam hij zich voor te sparen voor een eigen schuit – misschien eerst een oude, afgeschreven bomschuit om wat platvis, rondvis en garnalen mee te graaien aan de kust en daarna, als de verdiensten meevielen, een eigen bom. Hij kende een Katwijkse schipper wie dat was gelukt.

Op zee had Jacob geleerd te drinken. En te vloeken. Als jongetje luisterde hij ademloos naar de ruwe praat van zijn broers als zijn moeder en zussen er niet bij waren. Ze boden tegen elkaar op in vulgariteiten. Toen hij eenmaal zelf aan boord ging, had hij zich het zeemansidioom al meester gemaakt, wat bij de volwassen vissers tot hilariteit leidde. En wat betreft de drank: elke stuurman die vanuit Noordwijk uit vissen ging mocht al eeuwenlang zonder accijns een aantal vaten bier meenemen. De zondagen die werkeloos op volle zee werden doorgebracht, waren een goede gelegenheid om ze soldaat te maken.

Hij was een van die mannen geworden die niet lang land onder zijn benen konden verdragen. Tijdens de eerste paar nachten aan wal hoorde hij in zijn slaap het piepen en kreunen van de houten schuit en voelde hij het klotsen van het water. Daarna verflauwde dat, tot na een paar weken het verlangen naar het golfgebruis weer heviger werd en hij in zijn verbeelding de geruststellende deining al voelde.

4

Ik was niet de mooiste van mijn zusters. Al mijn zussen hebben een wat vooruitstekende kin, maar de mijne is het meest geprononceerd. Verder staan mijn ogen dicht bij elkaar, zijn mijn wangen bol en is mijn neus lang. Van dit alles was ik me al vroeg bewust, maar het heeft me nauwelijks met spijt vervuld. Ook toen mijn rondingen rijper werden in de maanden rond mijn eerste periode, was het niet mijn veranderende uiterlijk dat me bezighield. Ik keek door die dicht bij elkaar geplaatste ogen de wereld in, formuleerde er mijn gedachten over in schriften en keek met meer nieuwsgierigheid naar wat daar buiten te vinden was dan naar de glans van mijn eigen spiegelbeeld.

Er bestaat een foto waarop we allemaal met moeder poseren, in witte jurken. Ik kan me die dag nog levendig herinneren. Moeder had onze jurken, met hun strakke lijfjes, mouwen met pof bij de schouders, ceinturen die onze middels bijeensnoerden en wijde rokken die tot de grond reikten, zorgvuldig laten wassen, stijven en strijken. Voor elk van ons had ze een halssieraad uitgezocht: een donkerrood sjaaltje met franjes voor Mien, een lange zilveren ketting voor Nettie, een fluwelen strik voor Johanna en voor mij een ronde halsspeld met steentjes. In het rijtuig dat ons naar de fotostudio in Leiden zou brengen, schikte moeder onze rokken op de banken, zodat ze zo min mogelijk zouden kreuken. Haar potje rouge uit Parijs, waar we op andere dagen gepaste afstand van moesten houden, ging tijdens de rit van hand tot hand om onze wangen roze te kleuren. Nettie smeerde er ook een vleugje van op haar lippen. Onze huisknecht, die ook als koetsier dienstdeed, hielp ons de treden van de koets af en bekeek vooral Nettie met meer dan gebruikelijke aandacht.

De fotograaf nam zijn tijd om ons in de ruimte te schikken, naast elkaar en afwisselend zittend en staand. Op het houten salontafeltje voor ons zette hij een wat armzalig bloemstukje. Achter ons hing een doek met daarop een schildering van de aanzet van statige trappen naar een landhuis. Hij stelde zijn lampen op en begon toen aan zijn camera te prutsen. Het apparaat zag eruit als een soort kanon op lange poten waar ieder moment een luid gebulder aan ontlokt kon worden. De man verdween onder een donkere doek en liet zijn assistent een lamp omhooghouden. In de lange stilte die volgde, durfden we nauwelijks te ademen. Het flitslicht dat uiteindelijk kwam, was heller dan ik dacht.

Nettie, die op de foto naast mij staat en haar hand laat rusten op de leuning van mijn stoel, is met haar blonde haar en zachte uitdrukking een absolute schoonheid. Als ze loopt, lijkt ze de grond niet te raken. Op de foto speelt een flauwe glimlach om haar lippen, alsof ze haar bekoorlijkheid nog wat wil aanzetten voor wie de foto ooit zal bekijken. Ik en mijn andere zussen kijken daarentegen ernstig, omdat de fotograaf ons op het hart had gedrukt doodstil te blijven staan om de foto scherp te houden.

Moeder zit net als ik op een stoel en heeft een opengeslagen boek op haar schoot, dat haar even tevoren door de assistent van de fotograaf in handen was gedrukt. Wij moesten daarom lachen, omdat moeder in haar leven nog nooit een boek had uitgelezen. Johanna staat rechtop, leunt op de tafel en kijkt weg van de camera de verte in, alsof ze met haar gedachten al bij het exotische Java is waar ze jaren later zou gaan wonen. Wilhelmina ziet er op de foto met haar opgetrokken schouders, gebalde vuisten en rechte rug uit alsof ze een standje krijgt. Uit haar ogen spreekt een mengeling van angst en stuursheid.

'Mien staat er weer als een strijkplank bij,' zou moeder opmerken toen ze de foto in handen kreeg. Ze glimlachte erbij, want ze wist dat er voor Mien niets ergers denkbaar was dan de aandacht op zich gericht weten.

Ikzelf zie er op die foto niet eens onaardig uit. Mijn gezicht is enigszins naar opzij gekeerd, waardoor de bolle wangen minder zichtbaar zijn en mijn kaaklijn zich scherp aftekent. Mijn handen liggen losjes in mijn schoot en ik maak een ontspannen, vriendelijke indruk, meer omdat mijn blik naar binnen is gekeerd dan omdat ik de camera wil behagen.

Ik was gesteld op al mijn zussen, maar het trof me soms pijnlijk dat zij zo anders waren dan ik. Zij die doordrongen waren van netheid, deugdzaamheid, gedienstigheid en een romantisch verlangen naar een eigen gezinsleven koesterden, en ik die elke gedachte aan een huwelijk uit de weg ging. Soms voelde ik me hechter verwant aan mijn broers, die zich voortdurend aan provocaties en indiscreties waagden en geen enkele neiging vertoonden zich een volwassen bestaan te wensen. Van mijn oudste broer Antonie, die in 1896 overleed aan een longontsteking, zal ik nooit weten of hij het in zich had uit te groeien tot een eerbare jongeman. Van Jan en Nanning, die twee jaar van elkaar verschillen en altijd samen optrekken, ook als ze op vrijersvoeten zijn, is er niet veel dat zo'n vermoeden zou staven. Ze overtroeven elkaar voortdurend in botheid, overmoedigheid en nonchalance. Mijn jongste broer Dominicus mag dan wat fijngevoeliger zijn, maar met zijn narcistische inborst is hij ook al geen toonbeeld van rechtschapenheid.

De jongens genoten veel meer bewegingsvrijheid dan wij. Zij konden ertussenuit knijpen om de landerijen af te stropen, de nachtelijke binnenkomst van schuiten gade te slaan en – daar verdacht ik ze althans van – de nettenboetsters en de dienstmeiden het hoofd op hol te brengen.

Voor ons, precieuze jongedames, was het ondenkbaar om het huis uit te sluipen. Het zou ernstige gevolgen hebben voor onze eerbaarheid, en daarmee onze huwelijkswaarde en daarmee onze toekomst. Moeder bleef ons onvermoeibaar het belang van onze huwbaarheid voorhouden, tot het een kwalificatie werd die magische omtrekken kreeg. Bij alles in ons leven speelde die mystieke huwbaarheid mee: we mochten ons niet te veel aan de zon blootstellen opdat onze huid maagdelijk blank bleef. We mochten niet te veel arbeid verrichten opdat onze handen zacht bleven en onze nagels lang. We mochten onze opinies niet te vaak ventileren – en niet te veel weten, dacht ik weleens – opdat onze toekomstige mannen niet ontriefd werden. Als er heren in ons bijzijn waren, mocht er geen wanklank aan onze lippen ontsnappen en geen heftigheid onze gebaren begeleiden. Onze taak lag erin sierlijk, nog in te kleuren, plezierig gezelschap te zijn, bij voorkeur een instrument te bespelen, in staat te zijn gezelschap te onderhouden, een huishouden aan te sturen en eventueel kroost voort te brengen.

We werden klaargestoomd om als mascotte te figureren.

Mijn manier om te ontsnappen aan dat benauwde vooruitzicht en de muilkorf af te werpen, was lezen en schrijven. Beide waren geaccepteerd als vrouwelijk tijdverdrijf, maar niet in de mate waarin ik me eraan overgaf. Ik las alles waar ik de hand op kon leggen: Multatuli, Victor Hugo, Lodewijk van Deyssel. Moeder hield mijn strooptochten in papa's bibliotheek scherp in de gaten en als ze me weer eens driftig schrijvend aantrof, geselde ze me met haar misprijzen tot mijn pen vanzelf hulpeloos boven het papier bleef hangen.

Ze moet hebben gevreesd dat ik in mijn schrijverijen een toekomstige carrière zag en die vrees was niet helemaal ongegrond. Mijn openlijke bewondering voor Henriette Roland Holst, de Noordwijkse notarisdochter die furore maakte als dichteres, kon rekenen op haar hoongelach. Ze scherpte haar afkeuring aan om me ervan te doordringen dat zo'n levensvervulling ondenkbaar was in de familie Van Konijnenburg.

Voor Henriette Roland Holst – toen nog Jetje van der Schalk – had ik al jong een fascinatie opgevat. Zij was zes jaar ouder dan ik en onze vaders onderhielden zakelijke en vriendschappelijke banden. Meester Theodoor van der Schalk kwam regelmatig bij ons thuis om zich met mijn vader te onderhouden en een enkele keer bezochten mijn ouders De Lindenhof, het notarishuis aan het Lindenplein, waar ik, mijn zus Johanna, Jet, haar broer Will en haar zusje Marietje 's zomers in de achtertuin speelden. Het was een enorme, parkachtige tuin die grensde aan de deftige Voorstraat met haar herenhuizen en Hof van Holland, waar mijn vader geboren was. In de winter speelden we op de grote zolder die het hele huis omspande.

De Lindenhof was met haar brede marmeren gang, kolossale eikenhouten trap, kamers met glanzend parket op de vloer en gebeeldhouwde plafonds imposant. In de middag werd er laat gegeten, om een uur of vier, wat ik onnoemelijk chic vond. Er werd niet aan Bijbellezing of gebed gedaan, wat mijn moeder duidelijk afkeurde, en de tafelconversatie werd doorspekt met Frans, vooral als het onderwerpen betrof waar wij kinderen niet rijp voor werden geacht. De dienstmeisjes, in aantal nog meer dan bij ons, dienden het hele middagmaal tegelijk op, zodat de tafel vol geurige gerechten stond. Alles wat warm gehouden moest worden, stond op gietijzeren komforen met gloeiende turfkolen erin.

Ik kan me een bezoek herinneren aan de Meeuwenoordmanege in de duinen, waar vader Van der Schalk een deel van zijn paarden hield. Er waren Arabieren, roodschimmels en zwarte Zevenburgers met witte bessen en witte kousen. De badpaarden van mijn vader graasden er op dezelfde duingronden tussen. Meneer Van der Schalk mende op de bok een span roodschimmels en wij kinderen mochten achter in de kar zitten, joelend dat hij 'harder, harder' moest.

Ook al was Marietje maar twee jaar ouder dan ik, toch richtte ik me vooral op Jet. Ze was het oudste meisje dat zich verwaardigde met mij te spelen en ik kon niet geloven dat zo'n boeiend wezen aandacht voor mij kon opbrengen. Jet droeg haar donkerblonde, golvende haar meestal in twee dikke vlechten en een enkele keer los op haar rug. Het reikte tot waar haar strakke lijfje overging in haar rokken. Ze was dan misschien wat onhandig en fors, maar beschikte over een ongebreidelde fantasie waarmee ze de zolder voor ons allemaal kon omtoveren in een piratenschip, een kasteel of een tropisch eiland. Haar hondje Nopje, dat haar vader voor haar had laten opzetten toen het overleed en dat ik een beetje griezelig vond, werd altijd bij het spel betrokken.

Nadat Jet op haar zestiende naar een kostschool in Gelderland was vertrokken, verwaterde het contact. Als ze tijdens de vakanties in Noordwijk verbleef, ging ze om met de meisjes Van Vloten, dochters van de beroemde theoloog en letterkundige Johannes van Vloten, die 's zomers bij mijn grootvader in Hof van Holland logeerden. Ze was als speelkameraadje uit mijn jeugd al naar de achtergrond van mijn geest gedrongen toen ze haar debuut maakte in een catalogus van de schilder Jan Toorop, die in Katwijk woonde. Mijn vader, die enkele werken van Toorop had aangekocht voor zijn hotelkamers, wees me erop.

Ik las haar sonnet met gevoelens die om voorrang streden: jaloerse verwarring, omdat zij iets had bereikt wat ik zo vurig ambieerde; bewondering, omdat ik al bij de eerste lezing zag dat ze goed kon schrijven; en opwinding, omdat door haar debuut het mij op een of andere manier geloofwaardiger voorkwam dat ook ik een leven kon wijden aan literatuurstudie en poëzie.

Hoe heerlijk moest dat zijn.

Mijn liefde voor het woord bestond vanaf het moment dat ik kon lezen. Toen de tekens letters werden die bij klanken bleken te horen, kwam de taal tot leven. Het was alsof een geheimschrift zich voor me openbaarde en er een nieuwe wereld binnen handbereik lag. De woorden die ik al kon uitspreken, werden nu tastbaar. Ik kon erop kauwen, zo lang ik wilde.

De kindermeisjes en later de privéleraressen die mij en mijn broers en zussen in onderricht voorzagen, kwamen dagelijks bij ons over de vloer tot hun trouwen. Het was duidelijk dat het lesgeven slechts een voorbereiding was op hun eigenlijke levenstaak: het stichten van een eigen gezin. Geen van hen bracht het vuur van de kennisbegeerte in me boven, totdat Agnes bij ons kwam, een gouvernante te oud om nog op een huwelijksleven te hopen, maar van wie nie-

47

mand dat hardop durfde te zeggen. Ze leerde ons Franse taal, geschiedenis, aardrijkskunde, tekenen en algebra, maar bovenal Nederlandse taal en letterkunde. Daarin lag haar grootste genoegen.

Agnes was een ronduit magere vrouw met dunne polsen en scherpe trekken. Haar heldere ogen eisten daarin alle aandacht op. Haar haar, dat al een waas van grijs vertoonde, droeg ze in een knot onder haar witte mutsje met lange kap. Haar ogen konden oplichten bij een juist antwoord, bedenkelijk samengeknepen worden bij een fout antwoord en guitig staan als we een grapje maakten dat ze kon waarderen, maar waarvan ze vond dat ze er niet om mocht lachen. Alles was expressief, wendbaar en snel aan Agnes, maar toch maakte ze geen jachtige of ongeduldige indruk. Haar denken leek nog niet helemaal volgens uitgesleten sporen te lopen. Je kon haar zien nadenken, twijfelen en afwegen in de fractie van een seconde voordat ze haar antwoord gaf.

Het was Agnes die me voor het eerst aanspoorde zelf te schrijven. Toen ontsloot zich voor mij het ware wonder van de taal. De ontdekking dat je woorden eigenhandig achter elkaar kon zetten, als blokken om een kasteel mee te bouwen, bracht grote opwinding bij me teweeg. Woorden waren van iedereen, maar zodra je er zinnen van maakte, werden ze van jou.

Als ik mijn opstel, waar ik uren aan had gewerkt, voorlas, bonsde mijn hart in mijn keel. Elke minieme reactie van mijn broers en zussen, of liever nog van Agnes, joeg mijn hartslag aan. Blijkbaar kon je met schrijfsels mensen aan het lachen maken, amuseren, ontroeren, afstoten. Dat laatste ambieerde ik nog niet: ik wilde behagen, zoals alle beginnende scribenten.

Agnes sprak bloemrijker dan andere mensen, zelfs die uit

de hogere kringen. Ze schepte er merkbaar plezier in eloquent te zijn en bouwde zonder schroom volzinnen over futiliteiten – niet uit ijdelheid, maar uit plezier. Het leek niet uit te maken wat het onderwerp van gesprek was, het was zaak het volwaardig uit te drukken. Niet de efficiëntie van de taal deed ertoe, maar de schoonheid die erin besloten lag. Haar eruditie nam ik dankbaar in me op. En net als bij mijn vader kopieerde ik haar naar hartenlust, proefde de nieuwe woorden op mijn tong en probeerde ze uit met verschillende subtiele bijbetekenissen.

Tegen de tijd dat ik twaalf was, schreef ik verwoed aan sonnetten, korte verhalen en sprookjes. In het valies dat ik onder mijn bed had geschoven, bewaarde ik al het volgeschreven papier en als ik een nieuw schrijfsel bij de andere voegde, voelde ik de heimelijke triomf van geheimhouding.

Met het schrijven vond een bevrijding plaats: niet langer was ik onderdeel van mijn omgeving, maar ik gaf er zelf vorm aan. Het gaf vleugels aan mijn verbeelding. Gedachten buitelden over elkaar heen, in afwachting om neergeschreven, gedocumenteerd te worden. Ik liet mijn pen over het papier razen uit angst dat de gevonden woorden zouden vervliegen. Kritisch en onzeker was ik toen nog niet over mijn werk, laat staan schaamtevol.

Het wonder van het scheppen was nog te groot.

Het was duidelijk dat mijn moeder deze ontwikkeling niet met enthousiasme begroette. Ze liet geen mogelijkheid onbenut om me borduurwerk in de hand te duwen, maar mijn kruissteken bleven rommelig. Ook het pianospel, waarin Nettie uitblonk, was niet aan mij besteed. Moeder voerde de privélessen op, maar ik liet nauwelijks vorderingen zien. Alleen als ik quatre-mains met Nettie speelde, leek het nog ergens op.

Moeder leek zich over Nettie, die op momenten afweziger oogde dan ik, minder zorgen te maken. Ik begreep dat wel. Nettie had een dromerigheid over zich die mannen bekoorde. Ze kon je aankijken met een naïeve, etherische gloed in haar ogen die maakte dat je haar in niets wilde teleurstellen. Als ze zichzelf alleen waande, de spelden uit haar lokken haalde en haar blonde haar over haar schouders liet waaieren, kon ze kijken op een tranceachtige manier waarin een kinderlijke onbewustheid besloten lag. Op die momenten deed haar schoonheid me huiveren. Het was een huivering van vertedering, niet van jaloezie, zoals men die zussen doorgaans toedicht.

Mijn dromerijen waren scherper en dwarser – niet als een romantisering van de werkelijkheid, een hoopvol dromen over de toekomst, maar als een realiteit die naast de realiteit bestond. Het was een sfeer buiten het alledaagse waarin ik graag vertoefde, doordesemd met weemoed, fatalisme, evenzeer de duisternis opzoekend als het licht, het aardse als het hemelse. Het was de wereld uit romans die ik las en herlas, waaruit ik zinnen overschreef en die ik vanbuiten leerde, waarvan ik deel wilde uitmaken, waarin ik me veilig en beschut voelde, hoe donker het er soms ook kon zijn. Als ik mijn ogen aan dat duister liet wennen, zag ik dat het niets meer was dan het gedeelte van het leven dat gesmoord werd in beleefdheden en verdronk in gemeenplaatsen.

Het was het deel dat mijn moeder zo zorgvuldig uit de weg ging.

5

'Het woord "dood" heeft alle andere woorden verjaagd,' schreef ik dat jaar in mijn dagboek.

Op 29 juni 1892 hoorden we het vreselijke nieuws. De notaris en zijn dochter Marietje, de vader en het zusje van Henriette van der Schalk, waren verongelukt met hun rijtuig. Ze waren samen op familiebezoek in Leiden gegaan en op de terugweg was de koetsier even afgestapt om van het urinoir op de Beestenmarkt gebruik te maken. Daarna schrok het paard van iets, nam de benen en belandde, met het rijtuig en de inzittenden, in het Galgewater, waarin ze allemaal verdronken.

Voor de begrafenis, een paar dagen later, liep het hele dorp uit. Vanuit Leiden kwam de stoet naar Noordwijk en veel mensen sloten zich erbij aan, te voet, per paard of op de fiets. Er werd een paar momenten stilgehouden bij De Lindenhof. Daarbinnen zaten Henriette en haar moeder, die volgens de etiquette niet aanwezig mochten zijn bij de begrafenis. Ook ik was gesommeerd thuis te blijven, en ik ken de gebeurtenis alleen uit de tweede hand. Mijn broers, die meeliepen, deden bij thuiskomst verslag – met een mengeling van ontzag, bedrukking en sensatielust. Ik zag het allemaal voor me: de twee blanke kisten, een grote en een kleine, met bloemen erop, stapvoets voortgereden door een zwarte glimmende koets met een span zwarte volten en rouwpaarden ervoor, gevolgd door de nabestaanden en genodigden gezeten in hun rijtuigen; daarachter de lopende dorpelingen, pet in de hand, met plechtige, uitgestreken gezichten. Stilte. Alleen het geknars van wielen, het geklepper van hoeven op de weg, het geschuifel van voeten.

Enkele weken daarna bezocht ik Henriette op De Lindenhof. We hadden elkaar niet meer echt gesproken sinds ze naar de kostschool was vertrokken. Op de afgesproken tijd klopte ik aan, waarna de dienstbode met een afgemeten knikje opendeed en me voorging in de statige hal. Een tweede deur ging voor me open naar de opkamer en daar zag ik Henriette, die haastig opstond van de sofa om me te begroeten. De dikke vlechten die haar aan haar meisjesjaren bonden, waren verdwenen en ze droeg haar haar nu losjes opgestoken. Met de stroeve elegantie die ik zo goed kende, bood ze me een stoel aan en vroeg de dienster om twee koppen mokka. Daarna keek ze me aan met een wat gereserveerde blik. Nergens las ik affectie in haar trekken. Ongenaakbaar – dat is het woord dat ook nu nog bij me opkomt.

Ergens sloeg een deur dicht en er galmde een immense leegte in de echo.

Ze vertelde dat haar moeder onder behandeling stond bij een geneesheer in Leiden en logeerde bij haar broer en schoonzuster. Henriette was dus, afgezien van het personeel, alleen in dat grote huis.

De dienstbode zette de koppen mokka voor ons op de salontafel. Een tweede dienstbode zette er potten suiker en room bij. Ze wilde ons bedienen, maar leek zich toen te bedenken en maakte zich uit de voeten. Het personeel verplaatste zich met een geruisloze tred door het huis, alsof elk geluid ongepast zou zijn in deze tijden en Henriette zou kunnen ontstemmen. Het moest haar echter juist alleen maar meer wijzen op haar misère.

Zoals zo vaak in aanwezigheid van groot verdriet, lieten de woorden me in de steek. De goed gekozen woorden, bedoel ik. We babbelden, maar iets van betekenis kwam er niet over mijn lippen. Even viel er een korte stilte, die plechtig aanvoelde. Er klonk mijnerzijds medelijden in door en Henriette haastte zich om er korte metten mee te maken.

'*C'est une histoire malheureuse*,' zei ze met een klaarheid waar duidelijk eerst verdriet en later berusting aan vooraf waren gegaan. Ze gebruikte het Frans, dat in haar kringen was gereserveerd voor zaken die precair werden geacht.

En dat was dat.

Daarna hadden we het over poëzie, weet ik nog. Ze was in die dagen in de ban van Herman Gorters *Kenteringsonnetten*, die ze vanbuiten kende. Dichten, dat was het enige waar haar leven om zou draaien, zei ze me, alsof ze wilde zeggen dat het haar duidelijk was geworden dat een gezinsleven geen solide basis voor geluk was.

Zonder aankondiging en zonder enige gêne haalde ze een stapel papieren tevoorschijn en las me een gedicht voor:

'Ik ben nu geen vrouw; ik ben nu enkel dichter.
Wat raakt mij 't laf geklap van zotte menschen?
Ik zie mijn pad. Lantarens staan mijn wenschen
Aan iedre zij: als een groot-pleinverlichter.'

Toen ze mijn gezicht zag, waaruit adoratie moet hebben gesproken, gaf ze me het papier met een klein lachje cadeau. Het gedicht stond geschreven in een sierlijk krullend schoonschrift, schools en regelmatig, dat haar gouvernantes haar met de nodige tucht moesten hebben aangeleerd.

Ik moet het honderden keren hebben overgelezen.

Ze sprak over Albert Verwey, de jonge dichter en literair criticus die met zijn vrouw in Villa Nova aan de voet van de duinen tussen Noordwijk-Binnen en Noordwijk aan Zee woonde. Ik kende Verwey, voorman van de Beweging van Tachtig, en ik kende hun prachtige zomervilla, zoals iedereen in het dorp. Hij overwoog, zei ze met onverholen vreugde, om haar werk in *De Nieuwe Gids* te publiceren.

Het duizelde me. Ze was me duizend stappen voor. Haar zinnen waren zo van ernst doortrokken – niet als van een geëxalteerde intellectueel, maar als van een gepassioneerd dichteres – dat ik begreep dat het haar om de poëzie zelf ging. Gepubliceerd worden was geen wens ontsproten aan ijdelheid, maar aan een scheppingsdrang, een waarheidsvorsing, een niet-anders-kunnen. Een verlangen naar – eindelijk – het begin van een leven gewijd aan de letteren.

Wat begreep ik haar goed en wat wilde ik haar bijvallen, maar hoe meer ze vertelde en voordroeg, des te meer ik mijn eigen schrijven verzweeg. Het zou lijken alsof ik haar imiteerde. Bovendien zou mijn talent verbleken bij dat van iemand die haar zinnen zo kon laten ruisen. Ik schaamde me, omdat ik had gedacht dat ik zoiets ook zou kunnen.

Toen ik naar huis liep, voelde ik mijn artistieke hoogmoed uit me wegvloeien en wist ik dat ik die nooit meer zou terugwinnen. Ook en vooral ging mijn hart naar Henriette uit. Ik bad dat de literatuur haar een richting zou geven, maar niet geheel zou opslorpen, dat ze haar zou helpen in haar diepste kern af te dalen, zonder als een heremiet de handen voor de ogen te houden.

Wonderlijk hoe je bij een ander de gevaren haarscherp kunt aanwijzen.

Na die ontmoeting heb ik wekenlang geen pen aangeraakt.

Een tegenbezoek heeft Henriette me nooit gebracht. De rampspoed leek haar alleen maar vastbeslotener te maken om zich door anderen niet te diep in haar duisternis te laten kijken. Die donkere schat bewaarde ze voor haar papier.

In 1895 verhuisde ze met haar moeder van De Lindenhof naar een villa in Hilversum, waarna ze trouwde met de schilder Rik Roland Holst en verdween in een voor mij onbereikbare wereld van kunst, polemiek en politiek.

Voor mij bleef het leven lange tijd hetzelfde, met winters vol soupers en soireetjes, lezen bij de petroleumlamp en lange zomers vol strandwandelingen, picknicks en lethargie. Ik schreef trouw mijn brieven aan Johanna op Java, met meer verzonnen dan werkelijke gebeurtenissen. Zij schreef zo lyrisch over het witte huis waarin ze resideerde, de rubberbomen en hoge mangobomen die aan weerskanten van de oprijlaan stonden, de hanengevechten, de feesten waar ze de wals, quadrille en de polka danste, dat ik er iets moois tegenover wilde zetten. En dus fantaseerde ik erop los over dansavonden in landhuizen waarbij mijn balboekje vol stond met namen en over jongemannen die naar mijn hand dongen.

In werkelijkheid was het huwelijksaanzoek van meneer Alkemade er niet een van vele, zoals ik onbewust had verondersteld. Het bleef akelig stil. Ook al had ik nog steeds geen verlangen te huwen, toch kreeg, samen met mijn vorderende leeftijd, het uitblijven van huwelijkskandidaten me in zijn benauwende greep. Ik was te zeer een product van mijn tijd en omgeving om me niet te laten raken door de angst een oude vrijster te worden. Ik had in ieder geval aanzoeken willen ontvangen om ze te kunnen afwijzen, geloof ik. Bovendien, nu ik bij Henriette had gezien dat een huwelijksleven samen kon gaan met een actief schrijverschap, begon ik het instituut in een ander licht te zien.

In oktober 1901 trouwde Nettie. Ze was net eenentwintig en nog een beetje mooier geworden nu ze haar haren weelderiger had leren opsteken en er meer diepte in haar uitdrukkingen was gekomen. De gelukkige was aannemer en bouwkundige Jan Teunis de Bes, een vormelijke jongeman die haar met bedachtzame, weloverwogen stappen de zijne had gemaakt. Hij leek dan misschien niet op de passievolle helden uit haar liefdesromannetjes, maar ik kon uit de blik op haar gloeiende, naar hem opgeheven gezichtje opmaken dat ze zijn goede kanten zou bewieroken en zijn minder goede kanten zou vergoelijken.

Het bruiloftsfeest vond plaats in Hof van Holland, met een overvloedig banket, obers die verfrissingen rondbrachten en een elegant strijkertje. Nettie droeg een jurk van zilverwitte crêpe de Chine die strak om haar slanke bovenlijf was geregen. Ze hief met de vingers van haar linkerhand de rokken ietsje op om met haar nieuwbakken echtgenoot te kunnen dansen.

Jan en Nanning maakten van de gelegenheid gebruik om liederlijk dronken te worden. Zij hadden toen al samen een huis betrokken vlak achter de boulevard. Of ze daarvoor kozen omdat ze niet van het trouwende soort waren of omdat ze zonder de oplettende ogen van moeder een goede vrouw wilden uitzoeken, was niet duidelijk. Beiden hadden een eenvoudige betrekking gevonden in het koninkrijk van mijn vader: Nanning als badman op het strand en Jan als caféhouder van een van zijn vaders etablissementen. Ze waren nog altijd voortdurend samen. Jan zat overdag bij Nanning op het strand en Nanning zat 's avonds bij Jan aan de toog, immer ginnegappend – om een grapje dat net gepasseerd was of waarvan ze aanvoelden dat een van tweeën het zou maken.

Mien was negentien en keek haar ogen uit. Ze genoot van de avondjurken, de champagne en de jongeheren uit kringen van adel en oud geld die waren uitgenodigd.

'Van een bruiloft komt een bruiloft,' had moeder gezegd en ze had de gastenlijst nog eens ruimhartig uitgebreid.

Ik werd met mijn zesentwintig jaar als oudere onge-trouwde zus van de bruid vooral meewarig aangekeken. Gelukkig was daar mijn jongste broer om de aandacht af te leiden. Dominicus had, hoewel hij met zijn tweeëntwintig jaar al als volwassen gold, nog maar pas de opgeschoten kwetsbaarheid van een jongen achter zich gelaten en keek schroomvallig, maar scherpzinnig, de wereld in. Zijn kaak-lijn en schouders waren iets breder geworden, waardoor het echt lijzige eraf was. Hij bewoog zich met een souplesse en bestudeerde schuchterheid door de kamer die maakten dat je naar hem bleef kijken.

Hij wikkelde ons in raadselen.

Het onderwerp was te scabreus om in ons gezin ter tafel te brengen, maar wij allemaal kenden zijn gewoonte om zich enkele malen per dag te verkleden. Hij liet zich nooit zien zonder gesteven hemdboorden, gepoetste schoenen en gemanicuurde nagels. Het kon aan zijn bedeesdheid liggen dat hij geen oog leek te hebben voor meisjes, maar de rod-delaars zouden er ook gelijk in kunnen hebben dat hij zich liever verlustigde aan jongens. Moeder legde onder het mom van moederlijke aandacht in ieder geval een enorme beschermingsdrang aan den dag voor haar kleine Do, wat de zaak er niet beter op maakte.

Die avond heeft Dominicus in ieder geval niet met huw-bare meisjes gedanst, ondanks onze aansporingen. Ik heb wel gedanst, met jongere en oudere heren bij wie ik me niet aan de indruk kon onttrekken dat ze me niet helemaal zonder medelijden naar de dansvloer vroegen. De enige man bij wie ik werkelijk ontspannen in zijn armen lag, was mijn vader.

Na een dans boog hij zich voorover. 'Vermaak je je een beetje?' vroeg hij.

Ik hief mijn hoofd naar hem op en knikte dapper.

'Dat doet me goed, mijn kleine vlinder,' zei hij.

Ik had me die avond niet logger, ouder en minder vlinderachtig kunnen voelen.

Onze lessen aan huis zaten erop. Agnes kwam me alleen nog op mijn verzoek af en toe bijspijkeren, maar zelfs dat vond mijn moeder een extravagantie die mijn leeftijd niet paste. Het werd tijd om een bezigheid te zoeken. Moeder voerde haar huishouden met ijzeren hand, met een zekere wantrouwende hooghartigheid, dus zij duchtte geen partner in haar heerschappij. Meehelpen in het huishouden werd onbetamelijk gevonden voor een dame; de diensters zagen me aankomen. Het speldenkussen oefende geen aantrekkingskracht op me uit, aangezien ik nog steeds elke finesse met naald en draad miste. Ik zou dus, zo had ik bedacht, iets voor de armen gaan doen om mijn dagen te vullen. Liefdadigheid.

Mijn oom Gerardus van Konijnenburg, die wethouder was, wees me op een comité dat onlangs was opgericht om de zeelieden te steunen. Gravin van Limburg Stirum was met hun lot begaan. Ze zag de werkloze zeelieden in de wintermaanden op de wurft staan, met geen andere beschutting dan het oude houten klaphuis en vroeg zich af of het niet mogelijk zou zijn een gebouw in gebruik te nemen waar de vissers konden samen zijn. Burgemeester Quarles van Ufford verspreidde een circulaire met een intekenlijst door het hele land. Het was een onverwacht succes. Koningin Wilhelmina en koningin-moeder Emma tekenden in voor honderdzestig gulden, edelen uit de omgeving voor tientallen guldens en gravin van Limburg Stirum zelfs voor duizend gulden. In totaal werd er ruim vijfendertighonderd gulden opgehaald.

Als vrouw kon ik geen bestuurslid worden van de Vereniging Ons Huis, maar ik kon er, op voorspraak van mijn oom, wel vrijwilligerswerk doen. Het comité had Villa Beatrice aan de Noordboulevard gekocht en was van plan hem in de zomermaanden, als de zeelui toch op zee waren, aan meneer Van Wijk te verhuren, die hem als pension zou uitbaten. In de wintermaanden zouden de vissers in Ons Huis welkom zijn voor een gezellig samenzijn en onderricht. Om rond te komen zou het bovendien als koffiehuis voor mensen van buiten het dorp dienstdoen.

Mijn vader en ik woonden de opening bij. Meneer Van Wijk, die behalve huurder in de zomer ook conciërge in de wintermaanden zou worden, kwam op ons af en drukte mijn vader de hand. Voor mij maakte hij een kleine buiging.

'Komt u de concurrentie bekijken?' grapte Van Wijk. Hij wees op het armoedige bord achter hem, waarop stond geschreven dat een broodje kaas en een glas melk vijftien cent kostten – veel minder dan in de meeste etablissementen.

'We moeten elkaar scherp houden, nietwaar?' zei mijn vader en hij gaf hem een vriendschappelijk klapje op de schouder. 'Van een beetje competitie is nog nooit iemand slechter geworden.'

Ik zou voor en na de cursussen en lezingen voor vissers de koffie schenken en ik mocht me tot mijn grote vreugde bezighouden met het uitlenen en terugnemen van boeken uit de bibliotheek, voor twee cent per deel. Mijn opwinding bekoelde toen ik de verzameling zag; behalve de te verwachten boeken over visserij omvatte die alleen maar pulp. Daar wilde ik verandering in brengen. Ik schreef alle kennissen van mijn ouders aan om boeken uit hun bibliotheek te doneren aan de vereniging. 'Ter verheffing van het volk,' schreef ik erbij.

Samen met Mien haalde ik in de weken die volgden boeken op van bemiddelde families in de omgeving. Elke keer als het rijtuig voorreed bij Ons Huis werden er stapels boeken uitgeladen.

Ik viste er de boeken uit die ik nog niet had gelezen, bracht er de avonduren mee door en was intens gelukkig.

Op een middag in januari gaf dokter Hermanides een cursus verbandleer voor de opvarenden van bomschuiten. Er kwamen nogal eens ongelukken voor aan boord, met het bedienen van de pompen, de mast, de gaffel en de giek door vissers die vaak uitgeput waren door slechte voeding en lange diensten. Bij gebrek aan een arts op volle zee moest er een opvarende zijn die wonden kon behandelen, vond de dokter.

Ik schonk die middag koffie en maakte praatjes met de vissers. Ik kende hun taal, maar had nog niet leren omgaan met de wat botte, flirterige plagerijen die in hun milieu tegen jonge vrouwen gebruikelijk waren.

'Wat doet zo'n deftige juffer hier tussen het werkvolk?' vroeg een man van een jaar of veertig met spot in zijn ogen.

Ik had niet zo snel een antwoord klaar.

'Mij hoor je niet klagen,' riep iemand van achteren. 'Ze is van meer balkon voorzien dan de opera.'

Er werd gelachen en ik kleurde vuurrood.

'Het geeft geen pas om de juffrouw verlegen te maken,'

zei een jonge visser die van een afstandje had staan kijken.

'Het is Jacobus alweer te gortig,' hoorde ik nog zeggen, maar het gemor verstomde en ik kon ontspannen.

De jongeman bleef me aankijken en ik gaf hem een knikje, ten teken dat ik zijn bemoeienis waardeerde.

De dag erna kwam hij terug. Wat schuchter stond hij bij mijn bureau, schutterend dat hij had gehoord dat je hier voor een paar centen boeken kon lenen. Twee felblauwe ogen keken me aan. Hij moest een jaar of dertig zijn, want zijn gezicht was jong, maar droeg al de vermoeidheidslijnen van een ruw leven op zee. Zijn donkerblauwe zeemanstrui had een iets opstaande ronde hals.

Ik weet niet waarom ik mijn blik weer naar mijn papieren bracht en ermee heen en weer schoof, voordat ik weer opkeek en hem te woord stond.

'Wat voor boek zoekt u precies?' vroeg ik.

Hij leek hier geen antwoord op te weten.

'Een leerboek over visserij, een boek over geschiedenis of natuur...' Mijn stem stierf weg en hij bleef me bedremmeld aankijken. 'Of een verzonnen verhaal?'

'Ja, gewoon een mooi verhaal,' knikte hij.

Ik ging hem voor naar de boekenkasten achter in de villa en wees hem op de romans, die een paar planken besloegen. Hij bleef ervoor staan zonder zijn handen uit te strekken naar de boeken of een poging te doen de kaften te lezen. In plaats daarvan vroeg hij wat ik mooi vond. Dat had ik niet verwacht en tot mijn eigen ergernis kwamen er geen titels in me op. Mijn handen schoten van de *Max Havelaar* naar de *Camera Obscura*.

'Bedoelt u wat ik mooi vind of wat ik denk dat u mooi vindt?' vroeg ik, ineens onzeker.

Hij glimlachte breed. Een glimlach die niets leek te verbergen. 'Ik wil weten wat ú mooi vindt.'

Op een of andere manier was het de intiemste vraag die ik me voor kon stellen.

Ik pakte *Van de koele meren des doods* van de plank.

'Deze,' zei ik.

6

Op het strand was een oploopje ontstaan. Een bomschuit, de Noordwijker 34, werd klaargemaakt om uit te varen. Zoiets trok altijd bekijks. Het was een van de zeven bomschuiten van mijn vader, die genoemd was naar zijn moeder, Wilhelmina Hendrika. Hij had, behalve de Vier Gebroeders, naar zijn vier zonen, al zijn boten naar de vrouwen in zijn leven genoemd: zijn moeder, echtgenote en dochters. De Noordwijker 19 was vernoemd naar mij, de Johanna Adriana, en elke keer als ik haar zag afvaren of binnenkomen voelde ik een vreemde betrokkenheid met die schuit. Tegelijkertijd wist ik dat zoiets alleen in mijn hoofd bestond, want andersom was ik er zeker van dat de bemanning tijdens haar tocht geen enkele gedachte aan mij zou wijden. Als ik de Vier Gebroeders zag, kon ik alleen maar denken aan de vierde broer, de eerstgeborene, die onder de groene zoden lag.

Nu waren het nog de oudjes, het werkloze visvolk en de kinderen die naar de voorbereidingen voor de afvaart keken, maar weldra zou het hele dorp op het zand staan om aanwezig te zijn bij het vertrek. De dorpsomroeper was dan al rondgegaan, slaand op zijn bekken en roepend: 'Allemaal op zee komen om de boot op het hout te helpen!'

Het was een lange winter geweest, waarbij de schuiten afgetuigd in een rij, hoog tegen het duin en in het schuitengat, een inham in de zuidelijke duinen, hadden gelegen. Nu er eind januari eindelijk weer iets te vissen viel, leek de zomer niet meer ver weg. Er was nog geen sprake van visvangst op volle zee, maar wel van kantvisserij, ongeveer dertig mijl uit de kust. Dat werd meestal met kleine garnalenschuitjes gedaan, maar in het voorjaar, als er nog niets anders te doen was, pikten de grote bommen een graantje mee. Er werd met het schrobnet, dat over de bodem sleepte, op tong, schar, tarbot en schol gevist en met de beug, die bestond uit lange lijnen en haken met aas, op kabeljauw en schelvis.

De tewaterlating van een bomschuit was een schouwspel en omdat het de eerste keer van dit seizoen was, was ik het strand op gelopen om te kijken. Na een tijdje was ik hoog op het strand gaan zitten met mijn handen om mijn knieën geslagen en mijn sjaal stevig om me heen gewikkeld tegen de kou.

De mannen hadden steekplanken en schuitenrollen op het strand gelegd. Daarna begon het opvijzelen, waarbij ze de bomschuit een eindje optilden om de rol eronder te plaatsen. Even later stond de schuit op de rollen en bevestigden ze een trekbeugel aan de steven. Vier spannen met elk drie paarden trokken de schuit langzaam, met halve scheepslengten tegelijk, in de richting van het water.

Toen gebeurde wat meestal aan het begin van het visseizoen en een keer of wat later in de zomer gebeurt: de bomschuit viel in het zand. De schuit was te ver doorgetrokken en de voorste rol lag achter de bom. Op momenten als deze ging iedereen zich ermee bemoeien: schuitenvolk, oud-vissers, familieleden en omstanders. De schuit moest worden gelicht, waarvoor minstens twintig mannen nodig waren. Ze moesten er met de ruggen onder. De bejaarde oud-schippers gaven op luide toon aanwijzingen en de sterkste mannen gingen naast elkaar staan, met de handen op de knieën en de rug gebogen tegen de bolling van de bodem van de schuit aan. Op aftellen tilden ze de schuit omhoog, zodat anderen de rol er weer onder konden schuiven. Als dat niet lukte, zou de vijzel er weer aan te pas moeten komen.

Ik zag Jacob tussen de tillende mannen staan. Er werd geschreeuwd, geteld, aangemoedigd; de mannen liepen rood aan in het gezicht en even later was het gelukt: de rol lag eronder. Er werd geklapt.

Jacob maakte zich los van de groep en liep naar het duin. Blijkbaar behoorde hij niet tot de opvarenden. Ik keek naar zijn grote stappen. Hij liep alsof hij op een schip was, een beetje wijdbeens en met stevige voetafdrukken. Hier op het strand, met een lichaam als het zijne, klopte dat. Anders lopen zou op getrippel lijken.

Toen ik meende me in zijn blikveld te bevinden, ging mijn hart sneller kloppen. Hij keek mijn kant op, herkende me en ik zag hem twijfelen tussen een hand opsteken of naar me toe komen.

'Ga je niet mee?' riep ik om hem naar me toe te lokken.

Hij kwam op me af gelopen en schudde zijn hoofd. Hij ging naast me in het zand zitten en keek stuurs voor zich uit.

'Ik denk dat ze me even op mijn nummer willen zetten,' zei hij, nog steeds met zijn blik gericht op de bedrijvigheid op het strand. 'Mijn laatste klus was op een Katwijks schip.'

Ik begreep het. Noordwijkse reders konden het niet waarderen als hun vissers zichzelf verhuurden aan vissersschepen uit andere plaatsen. Laat staan aan Katwijk, het vissersdorp waarmee ze al eeuwen rivaliteit hadden. Ik wilde iets zeggen waaruit bleek dat ik hem niet veroordeelde, maar omdat hij geen enkele moeite deed zich te verontschuldigen, zou dat alleen maar beledigend klinken.

'Een mens moet eten,' zei ik toen toch maar.

Hij keek even opzij, leek verrast.

Zo van dichtbij zag ik dat de huid rond zijn ogen door de zoute wind verstrakt en geplooid was. Het felle blauw van zijn ogen bracht me opnieuw in verwarring. Hij was zo anders dan de bleke, gedistingeerde jongemannen die ik kende.

'En hoe bevalt *Van de koele meren des doods* je?' vroeg ik.

'Die Hedwig is me er eentje. Trouwen, weglopen met een ander, aan de morfine gaan, het is me allemaal wat. Maar toch kan ik geen hekel aan haar hebben.'

'Gelukkig,' zei ik lachend, 'want ik zou geen minuut met iemand kunnen praten die geen warme gevoelens koestert voor Hedwig.'

'In ieder geval heeft ze de moed om haar eigen geluk na te jagen.'

Ik knikte. 'Dat is meer dan de meeste mensen kunnen zeggen.'

'Zou jij zoiets doen?'

'Wat?'

'Er als getrouwde vrouw met een ander vandoor gaan?'

'Dat weet ik niet,' zei ik naar waarheid. 'Ik ben nooit getrouwd en nooit verliefd geweest.'

'Dus het is waar wat ze over je zeggen,' zei hij met een grijns.

Ik keek hem vragend aan.

'Dat je alleen maar met je neus in de boeken zit en niet op een man zit te wachten.'

'Wachten doe ik niet, nee. Daar heb ik geen aanleg voor.' Het was eruit voor ik het wist.

Hij lachte hartelijk.

De bomschuit naderde het water. De scheepsjongens laadden zakken zout in om de vis te conserveren en tonnen met drinkwater, dat ze net uit de dorpspomp hadden gehaald. De vissers zouden zo'n dag of tien weg zijn. Een mooi eerste tochtje. De bemanning, acht volwassen mannen en twee jongens, nam afscheid van hun gezinnen en ging aan boord. De zeilen werden gehesen.

'Jij bent in niets wat je van een redersdochter zou verwachten,' zei hij.

Een redersdochter. Was dat hoe hij mij zag?

'Voor een zeeman val jij ook best wel mee.'

Weer die vrije lach. Daarna sloeg hij zich op de knieën en zei: 'Ik moet ervantussen.'

Ik keek hem na terwijl hij wegliep op zijn zeebenen en voelde iets dat het midden hield tussen genegenheid en tederheid.

Een dunne lijn die niet met vaste hand te trekken is.

Nettie had onmiddellijk na haar bruiloft een huis aan de Koepelweg in de Zuid betrokken, zoals we het duingebied aan de zuidkant noemden. Jan had het als aannemer voor zichzelf laten bouwen, met het oog op een gezinsleven. Zij was de bruid die het plaatje compleet maakte, die hij had uitgezocht zoals hij het hout voor de kozijnen en het marmer voor de entree had uitgezocht, dacht ik heimelijk.

Maanden na de huwelijksvoltrekking hing haar trouwjurk nog steeds op een knaapje in de slaapkamer, ontdekte ik toen ze me haar nieuwe beddensprei liet zien. Hij hing daar aan de zijkant van de linnenkast als een relikwie dat haar moest herinneren aan de droom die er was voordat de realiteit zich venijnig in haar had genesteld. Ze had zich het huwelijk als een oase van gelukzaligheid voorgesteld, terwijl ik aan haar verhalen kon horen dat ze de eenzaamheid van een jonge bruid had leren kennen.

Als Jan niet aan het werk was, was hij op stap met zijn maten.

De bijna overdreven hartelijkheid waarmee ze me elke keer begroette, deed me me afvragen of ze mij, of in ieder geval haar positie als dochter in een gezin, miste.

'Het is zo stil hier,' zei ze alleen maar, en ik wist genoeg.

Ze had waarschijnlijk gedacht dat het hele leven anders zou worden als ze eenmaal getrouwd was, maar er was nog steeds het dorp, de zee, haar handwerk. Ze voerde haar eigen huishouden, maar de dienstmeid die al jaren voor Jan werkte, volhardde erin de dingen op haar eigen manier te doen en liet zich weinig gelegen liggen aan de wensen van Nettie. Ze zal wel door hebben gehad dat Nettie te bescheiden was om haar stem te laten gelden. Er zat voor Nettie niets anders op dan haar dagen zo goed en zo kwaad mogelijk te vullen en zich te richten op Jan – als hij thuis was.

'Die kalmte zal wel veranderen als we eenmaal kroost hebben,' zei ze.

'Waarschijnlijk verlang je er dan nog vaak naar terug,' knikte ik.

Pasen ging voorbij en de schuiten kwamen nog dichter bij de kust om in de Binnenlek te vissen. Soms was de horizon geheel aan het zicht onttrokken door de tientallen schepen. Op de wurft stonden altijd wel een paar mensen die naar de nummers en namen van de schuiten tuurden en er druk over in discussie waren.

Ook bij ons in huis was het zonder Nettie een stuk stiller geworden. Mien was haar kameraadje kwijt en de lachbuien die normaal het huis opschudden, bleven achterwege. De jongens kwamen zelden langs en Dominicus ging vooral zijn eigen gang. Steeds regelmatiger liet hij zich op late uren in het rijtuig naar Leiden brengen, waar de koetsier op hem wachtte bij huizen van plezier, zo werd door het personeel gefluisterd. Op een zo'n avond ging hij de deur uit met een opwinding die zijn hele gestalte bezielde.

Uit zijn houding kon ik opmaken dat hij was ingewijd in verboden genoegens – met jongens of meisjes, tegen betaling of niet, dat wist ik niet en wilde ik ook niet weten. De schuchterheid had hem verlaten en er was een zwier in zijn bewegingen gekomen, een onbesuisdheid en een lust tot provoceren. Zijn zelfverzekerdheid had iets kokets, alsof hij zijn uitwerking op mensen kende en in steeds nieuwe omhelzingen en verstrengelingen de bevestiging vond die hij zocht. Of misschien zocht hij lichamen om de eenzaamheid, die nog altijd op onbewaakte momenten uit zijn ogen sprak, te verlichten. Het moest een verlichting zijn die kortstondig was, zodat hij weer op stap moest, en weer, en nog eens, met de illusie de eenzaamheid volledig te verdrijven.

Een keer had ik hem in de vroege uurtjes zien thuiskomen toen ik juist naar beneden liep om een glas water te halen. Met een rokertje tussen de lippen, gehuld in een geur van cognac, zette hij zijn hoge hoed op het dressoir en knoopte zijn lange jas open. In zijn halfgeloken ogen lag een loom welbehagen.

'Hé, zus van me,' begroette hij me en hij kneep me in de wangen alsof hij me wat van zijn verrukking, van zijn joie de vivre, wilde toestoppen.

Ik keerde me, half afkerig, half jaloers, van hem af.

In Ons Huis was het, op de rand van het visseizoen, wisselend druk. De vissers die geen werk hadden in de kantvaart zochten gezelschap bij elkaar om aan moeder de vrouw te ontvluchten. De cursussen waren afgelopen en er was minder lust tot lezen bij het visvolk te ontdekken dan ik had gehoopt. Liever speelden ze het dobbelspel, met een verbetenheid waar ik maar met moeite aan gewend raakte. Ze speelden om steeds grotere bedragen en dat zorgde voor ruzies, die door ons gesust moesten worden, waarbij we niet zelden een van de partijen buiten de deur moesten zetten om af te koelen. Meneer Van Wijk sprak met de vissers af dat ze buiten het gebouw met elkaar af zouden rekenen, maar zelfs dat kon niet verhelpen dat de gemoederen soms hoog opliepen.

Uiteindelijk sprak hij er het bestuur op aan en zij verboden het dominospel in zijn geheel. De vissers dreigden dat ze dan wel naar de kroeg zouden gaan, waarop het bestuur het verbod weer ophief en we met dezelfde problemen bleven zitten.

Als ik dienst had, keek ik onbewust uit naar Jacob. Zijn bezoekjes waren regelmatig: een paar keer per week kwam hij aan het einde van de dag. Soms zocht hij een boek uit, andere keren dronk hij iets met zijn collega's.

Zijn aanvankelijke verlegenheid had plaatsgemaakt voor stoutmoedigheid. Als hij een praatje met me kwam maken, deed hij dat met een twinkeling in zijn ogen. Ik voelde dat iets onze onschuldige woorden overstemde, iets wat ik nog niet eerder had ervaren. Het bracht me in verwarring, maar gaf me ook een ongekende energie. Zodra Jacob in de buurt was, werden mijn bewegingen lichter, eleganter, en verscheen er een dommige glimlach om mijn lippen.

Het was of ik door de zon werd beschenen.

Op een middag, om een uur of vijf, bood hij aan me naar huis te brengen. Ik had net meneer Van Wijk gedag gezegd, die zou afsluiten, en maakte de knoopjes van mijn handschoen vast. Buiten bood hij me zijn arm aan, kneep even in mijn vingers en leidde me naar de afrit naar het strand. Kennelijk voelde hij aan dat ik me op het strand beter met hem op mijn gemak zou voelen dan wanneer we door het dorp zouden lopen.

De zee was dof en grijs door de sluier van bewolking die er hing. Jacob babbelde en maakte grapjes. Zijn losse, speelse gedrag verraadde voor mij dat hij een man was van gestilde hartstochten, van kennis van de liefde. Ik moest verhullen dat ik bleu was, maar er was geen beginnen aan. Als hij me onder het lopen aankeek, steeg het bloed naar mijn hals en gezicht. Hij wendde zijn blik op die momenten niet af, maar leek het geamuseerd in zich op te nemen.

Ineens stond hij stil en dwong mij daardoor hetzelfde te doen. Weer keek hij me aan, dit keer doordringend. Zijn gezicht was zo dicht bij het mijne dat ik zijn adem voelde. Ik kon de afzonderlijke wimperhaartjes zien, de droge lijnen op zijn lippen.

Hij vlijde zijn wang heel even tegen de mijne. Ik sloot mijn ogen, verrast door de onbekende aanraking van een man, en opende ze pas toen ik zijn warme huid niet meer tegen mijn wang voelde en zijn gezicht weer op gepaste afstand was. De blik in zijn ogen verraste me, want er was geen speelsheid in te lezen, maar spanning en ernst.

'Je weet toch dat je bijzonder voor me bent?' vroeg hij.

Ik knikte, het wonder van zijn aanraking nog niet te boven.

Hij boog zich opnieuw naar me toe en gaf me kleine, gewichtloze kusjes op mijn haar en daarna op mijn oogleden. Ik stond als aan de grond genageld; mijn hart bonsde zo hard in mijn borst dat ik bang was dat hij het zou kunnen horen. Het ondergaan van zijn tederheden was zo hevig dat het niet in mijn hoofd opkwam erop te reageren.

Ik keek hem aan en schonk hem een beverig glimlachje.

Het afscheid was onhandig. Ik pakte mijn rokken en liep met snelle passen het duin op naar mijn huis. Ik keek niet om naar Jacob, die bij de vloedlijn was blijven staan. Ik wilde alleen zijn met deze heerlijke gewichtloosheid die me ervan weerhield te denken, te zien, te spreken. Ik wilde me afzonderen, huiverend onder deze eerste begeerten die zo allesoverheersend waren.

In de dagen die volgden vervloog de zoete droom niet, maar ging zich aan me hechten. Mijn gedachten dwaalden af en toe naar hem af en brachten onrust in mijn dagen.

Het viel niemand in huis op dat ik me terugtrok, want ze kenden mijn neiging om me in mezelf op te sluiten. Alleen Maria, de oudste dienstbode, merkte dat ik niet mezelf was. Ze vroeg waarom ik zo afwezig was en ik keek weg, met wangen die hoogrood kleurden.

'O jee, ben je verliefd?' vroeg ze lachend.

Geschrokken keek ik haar aan. 'Nee, nee, zoiets is onmogelijk.'

'Niets in het leven is onmogelijk, mijn kind,' zei ze, 'zeker niet in de liefde.' En toen, ernstig: 'Of is de man gebonden?'

Ik schudde mijn hoofd.

'Wat kan dan het probleem zijn?'

'Hij is niet... Hij is een visser.' Het was voor het eerst dat ik mijn dromerijen liet verstoren door dit gegeven. Nu ik het hardop had gezegd, het geboren had laten worden in de taal, schaamde ik me dat ik dit banale gegeven bij zoiets verhevens als de romantiek durfde te halen.

Maria leek het juist van belang te vinden. Ze schudde langzaam, maar beslist haar hoofd.

'Daar komt narigheid van,' zei ze gedecideerd. 'Je vader zou het misschien nog wel accepteren, met moeite, maar je moeder zou het besterven.'

De vroege zomer tekende zich af, het was tijd voor de grote vaart. De bomschuiten die nog niet in het water hadden gelegen, waren voor hun vertrek opgelapt en lagen te pronk op het strand. De romp van de bom was nagekeken op wormgaten, die met houten pennen waren gedicht nadat de romp was afgebrand met stro. De schuit was geteerd met zwarte teer onder de waterlijn en met bruine teer erboven op de boeg waren de versierselen van de rederij aangebracht en aan de grote mast was een pronkvaan gehesen.

Ik keek vanaf de veranda van het hotel naar de verschillende bommen die naar het water werden getrokken. Het was springtij, dus ze zouden spoedig afvaren. Er werd proviand, zout en drinkwater aan boord geladen. De tonnen bleven komen, want de reis kon anderhalf, soms twee maanden duren. De ankertros werd aan boord gehesen en dat was het sein voor de opvarenden om afscheid te nemen.

Ik liep het strand op en zag Jacob met zijn houten kist met privégoed tussen de vissers staan. Hij drukte een oude vrouw, die zijn moeder moest zijn, aan zijn borst en liep toen naar de vloedlijn. Daar stapte hij in een bootje waarmee de bemanning aan boord werd gebracht. Hij stak zijn hand op.

Mij leek hij niet te zien, maar ik zwaaide toch.

Toen hij me recht aankeek en naar me terugwuifde was er iets, in mijn hart of mijn buik, dat zich tegelijk verheugde en verkrampte.

7

Jacob stommelde de kooi in na een dienst van veertien uur. Om een uur of twee 's nachts had hij de gebruikelijke roep gehoord die betekende dat er vis gehaald moest worden: 'Het is er van halen, trek aan je laarzen, doe vóór je vel, we zullen gaan halen, hoor je het wel?'

Hij had zijn boezeroen aangetrokken en was met zijn maten aan dek gekomen. De schipper gaf meteen het sein om het spil rond te duwen om de netten binnen te halen. Ze werden stukje voor stukje door de spillopers binnenboord getrokken, terwijl Jacob samen met Dirk, een wat norse jongen van zijn eigen leeftijd, die hij al zijn hele leven kende, de haring uit de netten schudde en in manden deed. Daarna was het tijd om te kaken: met een kaakmesje werd de gal uit de haring gehaald. Hij maakte er een sport van om, zoals het een goede visser betaamde, per uur ruim twee 'kantjes', ofwel zo'n zeshonderd haringen, te kaken. De gekaakte haring werd door anderen gesorteerd in volle haring, maatjesharing, ijle haring, kuitharing en homzieke haring, en in verschillende manden gegooid. Daarna werd de vis gezouten, omgeroerd en in tonnen gedaan.

Na het middagmaal, dat bestond uit bonen, erwten en een stukje uitgebakken spek, hadden ze de tonnen dichtgemaakt en naar de ruimen gebracht. Daarna spoelden ze het dek schoon en pompten het zeewater uit de ruimen dat er met de netten en het dekspoelen in was gestroomd. Om een uur of vier 's middags was het tijd om te rusten. 'Naar het lek luisteren' noemde Dirk dat.

Nu lag hij dan eindelijk in zijn kooi. Overal om hem heen klonk gesnurk, maar zelf kon hij de slaap niet vatten. Zijn lichaam verlangde pijnlijk naar rust, maar zijn hoofd werkte niet mee. Steeds zag hij Adriana voor zich, die duivelse vrouw die zijn gedachten al dagen beheerste. Ze was anders dan de meiden die hem eerder het hoofd op hol hadden gebracht, dat was zeker. Zoals ze kalm en tegelijk rusteloos voor zich uit kon kijken, alsof ze op zoek was naar iets wat haar kon uittillen boven het alledaagse. Zoals ze bedachtzaam, bijna aarzelend sprak – ze was geen kwebbeltante zoals zijn zussen, waarbij de woorden je langs de oren gingen. Naar haar luisterde hij. En hij werd zelden teleurgesteld in wat hij te horen kreeg.

Hij zag haar hals voor zich, de krullende haartjes in haar nek, haar blanke huid en haar soepele, kokervormige japonnen. Ze ging zo anders gekleed dan de dorpsmeisjes, met hun rokken en jakken van stof die bestemd was om het jaren vol te houden zonder sleet, in donkere kleuren die vlekken konden verbergen.

Ze was een dame, maar niet stijf en nuffig. Gracieus en voornaam, dat wel. Ze wekte het verlangen in hem op galant te zijn. Bij haar wilde hij zich gedragen zoals de heren van buiten die hij bij de hotels had gezien: mannen die deuren openhielden, buigingen maakten, handen kusten. Zijn vader zaliger zou waarschijnlijk hartelijk hebben gelachen om die kouwe drukte. In zijn kringen spraken ze over notabelen en welgestelden als 'hoge heren': mensen die alles voor hen bepaalden, die dat al eeuwen hadden gedaan, zonder te begrijpen hoe de praktijk in elkaar stak, omdat ze hun schoenen droog hielden en hun handen vrij.

Adriana was een rare, met die boekenkennis van haar. Misschien was het in haar milieu gebruikelijk, maar hij kende geen mens die zomaar wat zinnen uit een roman kon opzeggen die toepasselijk waren op het onderwerp van gesprek. De enige boeken die hij – en dan ook nog met tegenzin – had gelezen waren de Bijbel, schoolboeken en boeken over zeevaart. Zijn belangstelling voor de romans waarmee zij zich omringde, kwam voort uit een verlangen haar beter te leren kennen, haar te ontcijferen, niet uit een plotselinge interesse in literatuur. Hij was al gefascineerd door haar vanaf het eerste moment dat hij haar zo onwennig bezig zag achter die bar: misplaatst, kwetsbaar, dapper.

Van het boek dat zij hem had aangeraden, *Van de koele meren des doods*, begreep hij weinig, maar wat hem trof waren de stoutmoedige personages in het verhaal die de lokroep van de vrije keuze volgden, tegen alle conventies in. Ook Adriana had iets eigengereids over zich. Ze zat vol idealen, grillen en ambities. Toen ze hem toevertrouwde zelf ook te schrijven, kon hij aan haar schielijk wegkijken aflezen hoe dierbaar haar dat was.

Hij had vaker achter de vrouwenrokken aan gezeten. Een fatsoenlijk mens moest af en toe een verzetje. Hij kende de vrouwen die willig waren, zoals iedere jongen in het dorp die wist te vinden. En er was Betje, de vissersdochter van de man die ooit een goede kameraad van zijn vader was geweest. Ze had een aardig gezichtje en een klinkende lach. Ze werkte in de rokerij bij zijn broer Leendert, waar hij haar weleens opzocht. Als ze alleen waren, kusten ze en mochten zijn handen onder haar jak op ontdekkingsreis. Op de dagen dat hij haar niet zag, dacht hij slechts bij uitzondering aan haar.

Adriana vergezelde hem in gedachten voortdurend als een zoete kwelling. Als hij haar niet zag, maakte hij plannen om haar te zien. Als hij haar niet sprak, bedacht hij wat hij tegen haar zou zeggen. Dat was de reden geweest dat hij zo vaak in Ons Huis te vinden was – niet vanwege de boeken of de drank en al helemaal niet vanwege zijn collega's.

Hij dreigde voor haar te vallen. Nu was het een kwestie van afwachten tot hij zijn verstand weer terugkreeg of tot zij hem op zijn plaats zette. Dat zou vast gauw genoeg gebeuren, onnozelaar die hij was.

Nijdig, omdat hij de slaap niet kon vatten, stond hij op en beklom het dek.

Ze visten met de trekkende haring mee, vanaf de Shetland-eilanden, waarna de thuisreis zou worden aangevangen. Of eerder, als er goed gevangen was. Met een ruim dat nog voor geen kwart gevuld was, waren de vooruitzichten daarop slecht. De eilanden waren nog een dag of twee weg.

Jacob streek over de baard die hij liet groeien als hij op zee was. Zijn blik dwaalde over het water, dat een doffe, zilverachtige glans had. Sinds hij visser was, verbood hij het zichzelf aan thuis te denken voordat het keerpunt bereikt was, maar op deze reis cirkelden zijn gedachten al vanaf het afvaren rond de laatste keer dat hij met Adriana alleen was geweest.

Hij had hun wandeling over het strand gepland, was met opzet blijven hangen tot sluitingstijd zodat hij haar naar huis zou kunnen brengen. Hij was vastbesloten haar te kussen. Het móést gebeuren, want hij werd gek van de spanning die tussen hen hing, het verlangen dat hij geen handen en voeten kon geven.

Toen het moment daar was, kreeg hij zijn handen niet zover om haar naar zich toe te trekken, zijn mond niet zover om zich hartstochtelijk op de hare te drukken. De vrees om haar te mishagen was te groot. Wat hij had gezegd wist

77

hij niet meer, maar het was niet afdoende geweest om zijn gevoelens uit te drukken. Het was iets halfslachtigs, uit angst niet de juiste woorden te vinden.

Ze had geen sjoege gegeven toen hij haar haren kuste. Ze leek hem niet te willen zoenen, wist niet hoe gauw ze weg moest komen nadat hij haar had aangeraakt. Toen ze het strand af liep, had ze zich niet meer naar hem omgedraaid voor een laatste groet.

Op sommige dagen dacht hij dat haar lauwe reactie misschien te maken had met haar verfijnde manieren, op andere dat de verhalen waar waren en dat ze niet geïnteresseerd was in mannen. Vandaag dacht hij dat hij haar gevoelens verkeerd moest hebben geïnterpreteerd. Hoe had hij kunnen denken dat ze iets in hem zag? Ze was van een andere klasse. Ze deed aan *liefdadigheid*, goddomme. Ze was een paar treetjes naar beneden geklommen om goed te doen. Zijn ontvankelijkheid voor haar boeken viel bij haar in de smaak, omdat ze zich had voorgenomen eenvoudige lieden te verheffen. Hij was het levende bewijs van het nut van haar inspanningen, meer niet.

Naarmate hij er langer over nadacht, stapelden de bewijzen dat ze niets voor hem voelde zich op. Er gaapte een afgrond tussen hen die zo breed was dat hij het bijna onmogelijk achtte die te overbruggen.

Tegenover de luister van haar talenten en ruime ontwikkeling had hij bitter weinig te bieden. Zijn opleiding mocht geen naam hebben: na zijn twaalfde was hij nog maar een paar dagen per maand naar school gegaan en op zijn veertiende was het helemaal afgelopen. Schoolgeld had hij niet veel betaald, leergeld wel. Hij was snel volwassen geworden door het leven op zee. Aan boord hoefde je als scheepsjongen geen steun te verwachten van de volwassen mannen, en vrouwen die enige zachtheid of warmte konden brengen waren er niet. 'Een vrouw en een kip zijn de pest op een schip,' werd gezegd over binnenschippers die hun vrouwen in de kajuit meenamen.

Vrouwen hoorden aan de wal, vond ook hij – waarmee hij niet bedoelde dat ze zwak zouden zijn. Vrouwen vangen de hardste klappen op, dat had hij aan zijn moeder gezien. Als zijn oudste broers weinig vis hadden gevangen en er amper geld binnenkwam, moest ze maar zien hoe ze aan eten kwam voor de jongste kinderen. Meestal betekende dat schoonmaken bij andere huishoudens boven op die van haarzelf, waarbij hij als kleinste kind werd meegetroond en hem werd verboden geluid te maken of ergens aan te komen.

De angst om, na haar echtgenoot, ook nog eens een van haar zonen te verliezen was nooit ver weg. 'Het wordt raar weer,' zei ze soms als ze naar een lucht loerde waar hij niets verkeerds in zag. Maar verdomd, dan ging het spoken. Er was altijd wel een zoon op zee die haar naar het strand lokte om te kijken hoe hoog de golven waren en hoe het zicht was. Binnensmonds bad ze dat de vloot behouden mocht terugkeren, vastbesloten te vertrouwen op de goedheids Gods, maar afgaande op haar gezicht zou je denken dat er al een dode was aangespoeld.

Zoals hij er nu aan toe was, zou hij Adriana niet onder ogen durven komen. Hij woonde, at en sliep al weken met tien man in vier kooien in het vooronder. Wassen en verkleden deden ze niet op zee. De goede plunje werd aangetrokken op de dag van thuiskomst. Dat moest bij haar, met haar chique leefomstandigheden, niets minder dan walging oproepen. En dan was er nog het belabberde eten dat zijn huid grauw en droog maakte en zijn adem bitter. De verse groenten waren al na een week op, daarna de bonen en de erwten. Wat overbleef was gebakken vis, zoveel als hij maar wilde, meelkost en gekookte rijst met een scheut bier erover.

Het ergste was het drinkwater, dat in tonnen was meegenomen uit de buurtpomp op het Calisplein. Halverwege de reis was het putwater zo vervuild dat het blauw zag als petroleum en nog later dreven er groene draden in. De stank die het verspreidde deed je alle lust vergaan een slok te nemen, maar je moest wel. Met een gloeiende pook uit de kachel werden de bacteriën in het water bestreden. Na een paar weken ging zijn tandvlees zwellen, daar was geen ontsnappen aan. Gelukkig was hij nog nooit zo lang van huis geweest dat zijn tanden gingen loszitten en uitvielen.

Zuchtend daalde hij het vooronder in, waar hij zich op zijn bed liet vallen.

Een paar dagen later waren ze op de rijke visgronden voor de baai van Lerwick aangekomen. Ze haalden de netten tevoorschijn en zetten ze uit in zee, waarna de schipper de schuit achter het net opdraaide. De grote mast van het schip werd gestreken om niet te veel wind te vangen. De vis moest nu zijn weg naar de netten vinden, wat de bemanning gelegenheid gaf om het dorpje in te gaan voor een andere jacht: die op Lerwick-hondjes. Dat waren wit-bruin gevlekte porseleinen hondjes, met een zwarte snuit en een goudkleurige penning om hun nek, die elkaars spiegelbeeld waren. Elke Noordwijkse visser had er twee op de schoorsteenmantel staan, met de snuit naar elkaar toe.

Zijn moeder had twee 'hondjes van de baai' op de kast staan, die ooit door zijn grootvader waren gekocht en sindsdien werden vereerd als een soort familierelikwie. Arent, een jonge, pasgetrouwde visser, had er nog geen en daar moest verandering in komen.

De schipper protesteerde toen de hele bemanning van boord ging, maar wist ook wel dat tegen deze traditie niets in te brengen viel en ging een brief schrijven aan de reder, over het verloop van de reis.

Jacob liep Lerwick in, zoals hij al zoveel malen had gedaan. In de vroege zomer lagen er in de baai honderden Hollandse bomschuiten verzameld en je kon er donder op zeggen dat daar collega's uit Scheveningen, Katwijk en IJmuiden tussen zaten. Terwijl de rest op zoek ging naar de porseleinwinkels, bogen hij en Dirk af naar de haven om de pub in te duiken. Hij had behoefte aan een borrel, aan even niet meer denken, twijfelen of hopen. De drank zou alles versluimeren tot een glazig welbehagen.

Toen de rest van de bemanning hen na een paar uur vergezelde, registreerde hij al niet meer wat ze zeiden en of Arent zijn pronkhondjes had gevonden of niet. Steunend op schouders, gewichtloos en pijnloos zwevend, liep hij terug naar de haven en stommelde zijn kooi in.

Hij kon nog een paar uurtjes slapen voordat om een uur of drie 's nachts de roep om te halen zou weerklinken.

8

Slecht weer kondigt zich elke keer anders aan. Jacob had donkere stapelwolken gezien die zich leegden als een vriendelijk lentebuitje en lichtgrijze luchten die in een mum van tijd voor een storm zorgden en hem een pak op zijn flikker gaven. Vandaag, toen ze net goed en wel buitengaats waren, zag de lucht er alleen in de verte wat dreigend uit en hing er een lichte mist boven zee. Niets om je zorgen over te maken.

'Hij zet zijn kop er vandaag te diep in, verdomme,' zei Berend, een van de oudere stuurlui, 'dat bevalt me niets.'

Hij kreeg gelijk.

Het werd binnen een paar minuten zo donker als de nacht. Fijne bliksemflitsen krabbelden tegen de zwarte lucht naar het water. De bui begon ineens, op volle kracht. Vlak erna wakkerde de wind aan en er ontstond een huizenhoge zee, zowel aan stuur- als aan bakboord. In één ruk kiepte het schip bijna om en in een enkel ogenblik scheurde alles wat ze aan zeil hadden aan flarden.

Ongelovig keek Jacob naar het Amerikaanse katoendoek dat doorging voor onverslijtbaar. De lijken bungelden erbij. De schuit schommelde als een bezopene. Jacob voelde zich beurtelings naar beneden gedrukt en omhooggetild worden. Zijn oren begonnen te suizen en benamen hem het vermogen te zien en te denken. Hij hield zich krampachtig vast aan wat hij maar te pakken kon krijgen, zoals hij als scheepsjongen had gedaan als het spookte op zee.

'Zeildoek!' schreeuwde Berend. Het duurde even voor het tot Jacob doordrong. Hij moest zeilen gaan zoeken, anders zouden ze de schuit niet recht kunnen houden. Berend gebood hem met zijn ogen naar beneden, het ruim in.

Tussen twee schommelingen door liet Jacob los en liep naar het ruim. Na een enkele stap viel hij al om en kroop verder, op handen en knieën. Hij tuimelde de trap af en begon als een bezetene tussen de rotzooi te graven naar doek. Hij vond een klein driehoekig zeil en twee opgerolde voorzeilen. Ze moesten het ermee doen.

Weer boven namen de mannen – die waren bekomen van de eerste schrik en hun paniek wilden omzetten in handelen – de doeken uit zijn handen en maakten ze zo goed en zo kwaad als het ging aan de masten vast. De kluiver en de jager hadden ze al weggehaald, zag hij. Ze gebruikten een van de voorzeilen als provisorisch grootzeil om de schuit enigszins balans te geven.

Het werd met het uur slechter en slechter. De schuit kreunde en piepte onder de klappen die hij opving.

Berend was al die tijd aan het houwen en keren, met zijn lichaam tegen de helmstok. Hij weigerde te worden afgelost door de jongere stuurman en Jacob was daar stiekem blij om, maar wist dat de oude stuurman het niet nog uren zou volhouden. De vissers hielden zich vast, bekommerden zich om zeilen en masten, een enkeling bewoog zijn lippen in gebed of boog zich over de reling om over te geven. Jacob had zich met een stuk touw aan de giek vastgemaakt. Het touw sneed bij elke nieuwe golf in zijn middel.

Hij zag alleen maar water – uit de lucht, rondom de schuit, op het dek. Links van hem zag hij Arent met een lijkbleek gezicht over het dek kruipen. Hij wilde naar beneden, het ruim in. Jacob schreeuwde dat hij terug moest, zich vasthouden; was hij helemaal mesjokke geworden? Arent keek op met een benauwd gezicht, weifelde, draaide zich uiteindelijk om en maakte aanstalten terug te kruipen.

Op het volgende moment rolde er een golf over het dek en toen Jacob weer keek was Arent weg. Jacob maakte zich los van het touw, rende naar de reling en keek de woeste zee over. Er was niets meer van Arent te zien.

'Arent is overboord gespoeld!' riep hij, keer op keer.

Niemand reageerde.

'We moeten de kop ervoor houden,' hoorde hij Berend later – hij wist niet hoeveel later, het kon een minuut of een uur zijn – in zijn oor schreeuwen. Hij voelde een hand in zijn schouder knijpen en zag dat Berend met een krom gewerkte rug, helemaal stuk, te kooi ging om op krachten te komen. De jonge stuurman loste hem af.

De schemering trad al in toen Jacob een volgende schok te verwerken kreeg. Voor zich zag hij de branding. De golven vormden een muur van water.

Daar moet land zijn, dacht Jacob verwonderd, en hier verdrinken wij.

In een flits zag hij de kajuit van een gezonken boot boven het wateroppervlak uitsteken. Hij keek naar achteren. De jonge stuurman zag er verslagen uit. Zo te zien was elk geloof in zijn vermogen de zee te bedwingen uit hem weggesijpeld.

Jacob en Dirk stoven op hetzelfde moment naar achteren om het roer over te nemen.

'Waar staat genoeg water?' schreeuwde Jacob.

Dirk keek de zee over en wees naar links. Nu was er achter hen ineens ook branding; het water spoot in wolken stuivend recht omhoog.

Ze kregen de schuit wonder boven wonder naar links, weg van de ergste golfslag, en voelden na een tijdje weer enige stevigheid in de ligging op het water. Langzaam kreeg Jacob er vertrouwen in dat ze het zouden halen.

De storm ging liggen. Het weer was nog altijd overstuur, maar er was redelijk zicht en ze konden ademhalen.

'Het duurt niet lang meer,' zei Dirk.

Jacob knikte.

De bemanning gebruikte de dagen na de storm om de ruimen op orde te brengen – niets lag meer waar het moest liggen – en tot rust te komen. Na de eerste stilte kwamen de verhalen los, opgesmukt met steeds meer heldendaden en details. Over Arent werd terughoudend gesproken. Wat hem was overkomen, had hun allemaal kunnen gebeuren, wisten ze. Ze hadden het niet kunnen voorkomen, vertelden ze elkaar, maar ieder van hen vroeg zich heimelijk af wat hij had kunnen doen of zeggen om de angst die Arent de dood in had gejaagd te verminderen. Hun gedachten waren bij zijn weduwe, die nog van niets wist, en die met een klein kind, en zwanger van de tweede, zou achterblijven.

Allemaal hadden ze het gevoeld: de doodsangst. De zee is niet kieskeurig in wat zij opslokt en bij een zware storm wordt duidelijk dat ze je slechts heeft geduld op haar wateren, dat ze op elk moment van gedachten kan veranderen.

De doodsangst die hij had gevoeld maakte dat al zijn overtuigingen waren losgeschud en op een andere plaats terugvielen. Jacob maakte zich niet meer druk om de gevoelens die Adriana wel of niet voor hem zou hebben; hij was zich alleen nog bewust van zijn eigen gevoelens voor haar. Hij wilde haar zien, vasthouden, zeggen hoe dol hij op haar was. De heimwee naar haar was even tastbaar als zeeziekte.

De schuit kwam voor bekende kust en ze wisten dat de mensen aan wal aan het tuig en de redersmerken konden zien dat zij het waren. De dorpeling die het schip het eerst herkende en de reder waarschuwde, kreeg een beloning: het bombrood.

Er woei een fris windje vanuit het noorden, wat het thuisvaren vergemakkelijkte. De plaats waar de schuit moest landen werd aangegeven met een blauwe vlag en ze zetten koers naar het strand.

's Nachts was het landen veel complexer. Van boord werd er dan met een brandende lap gezwaaid om aan te geven dat het om een Noordwijkse schuit ging die wilde thuisvaren. Vanaf het duin werd er teruggeseind ten teken dat het begrepen was. De klijnhaler, die op een paard een stukje de zee in liep om boten binnen te halen, hield dan een stok met een brandende luchter erboven vast om de gewenste landingsplaats aan te geven.

Nu, bij daglicht, zag Jacob de klijnhaler met zijn paard al bij de waterlijn staan. Op het strand hadden zich mensen verzameld. Normaliter bracht het toegestroomde volk vrolijkheid onder de bemanning, maar dit keer keken ze minder reikhalzend uit naar de begroeting.

De klijnhaler reed op het paard de zee in, de bank over en vroeg luid: 'Wie is de vriend?'

De schipper noemde zijn naam en voegde eraan toe dat 'al het zout verzouten was', wat betekende dat al het pekelzout was opgebruikt en ze een volle lading hadden.

Jacob wierp een lijn naar de klijnhaler, die deze naar de vloedlijn bracht, en maakte een zware kabel aan de lijn vast. Vanaf het strand trokken de sterkste toeschouwers met vereende krachten de kabel nog wat hoger, waarna deze aan ankers in het zand werd vastgezet. Dirk deed de kabel aan het spil en draaide, waardoor de schuit steeds een stukje dichter bij het strand kwam.

Het was tijd voor de schipper om van boord te gaan, achter op het paard van de klijnhaler, en verslag uit te brengen bij de reder. Jacob begon met de rest van de bemanning met het uitschepen van de vangst en de vleet, en ging daarna ook van boord.

Hij zag zijn moeder en twee van zijn broers tussen de mensen op het strand staan. Normaal zou hij zijn hand hebben opgestoken, maar nu lukte hem dat niet. Hoe kon hij zwaaien als ze niet met de volledige bemanning terug waren gekomen?

Hij keek de menigte rond. De weduwe van Arent stond er niet bij, godzijdank. Zij zou door de dominee en de schipper op de hoogte worden gebracht van haar verlies. Adriana zag hij ook niet staan.

Zijn eerste stappen op het strand brachten een onverwachte opluchting met zich mee. Hij slaakte een onwillekeurige zucht. Het had na die storm van jewelste iets geruststellends om vaste grond onder de voeten te voelen.

Hij omhelsde zijn moeder en begroette zijn broers met een paar klappen op de schouders.

'Is er wat?' vroeg zijn moeder, zijn bedrukte gezicht bestuderend.

'Later,' zei hij.

Hij keek weg, om de bezorgde blik van zijn moeder te ontwijken, en daar zag hij Adriana staan, een eindje bij de toeschouwers vandaan, boven aan het duin. Ze keek terug en begon te lopen, zijn kant op, tot ze vlak bij hen stond.

Hij had haar in zijn armen willen nemen, maar dat kon niet, met zijn familie en het halve dorp erbij. Daarom schudde hij haar, vreemd formeel, de hand.

Hij boog even naar haar toe en zei zachtjes: 'Kom van-avond hier, op het strand.'

Ze keek hem met lege ogen aan en gaf geen enkel teken dat ze hem begrepen had of iets zag in dit voorstel. Hij zag geen andere mogelijkheid dan weg te lopen, met zijn fami-lie mee, naar huis.

Het zwakke schijnsel van de maan viel in duizend schitte-ringen uiteen op het oppervlakte van het water. Hij had dit al ontelbare malen gezien, maar meestal vanaf de andere kant, vanaf een boot op volle zee. Als hij aan wal was, liep hij 's avonds zelden over het strand.

Hij stond al vanaf het invallen van de schemering te wachten. Voor de zoveelste keer draaide hij zich om, nog maar half gelovend dat er een kans was dat ze op zou ko-men dagen.

Hij draaide zich nog eens om, en daar kwam ze aanlo-pen, recht op hem af, hij hoefde niet eens zijn hand op te steken om zich ervan te vergewissen dat ze hem had gezien. Toen ze bij hem was, bleven ze allebei even onbeweeglijk staan. Toen liet ze zich in zijn armen vallen. Dat had hij niet verwacht. Weg was de kuise, gereserveerde vrouw. Ze vlij-de zich tegen hem aan en hij voelde haar adem bij zijn oor, het kriebelde. Een zucht ontsnapte haar mond.

Hij pakte haar bij de schouders en hield haar een stukje van zich af. In haar ogen lag een vurige blik en haar mond was ontspannen, de lippen van elkaar. Ze wilde gekust worden.

Ze schoten naar elkaar toe. Zijn tong nam voorzichtig bezit van de warme natheid van haar mond. Hij kuste haar met alle beheersing waartoe hij in staat was. Oppassen nu, dacht hij.

Een dwingend verlangen bracht een nieuwe golf van opwinding, die hem weglokte van zijn voornemen. Hij omvatte haar middel met zijn handen, tastte door de dunne stof van haar zomerjurk naar haar borsten en voelde zachtheid. De meegaandheid van haar lichaam in zijn armen, haar lichaam dat hem nabij en vreemd tegelijk was, haar aanraking, die vervuld was van zinnelijkheid, de onbekommerdheid ervan.

Hij pakte haar hand en troonde haar mee naar boven, naar het mulle zand. Hij wilde tot bedaren komen, met haar praten, zich in toom houden. Maar ze waren nog niet gaan zitten of zijn voornemen was verdampt. Hij wilde die mond kussen.

In één snelle beweging had hij haar onder zich gerold. Ze keek naar hem op, verwachtingsvol, bereidwillig. De gedachte kwam in hem op dat hij haar mee kon nemen zo ver hij wilde, dat ze klaar voor hem was. Hij kon vrij over haar beschikken. Hij liet zijn handen onder haar onderrokken dwalen tot hij nog slechts een laagje katoen over haar benen voelde. Ze week geen centimeter terug; integendeel, haar lichaam kwam het zijne tegemoet. Zijn geslacht was tot het uiterste gespannen, zijn hart ging tekeer.

Toen kwam hij bij zinnen.

Haar ontvankelijkheid spoorde hem niet aan, maar beangstigde hem. Hij had haar eerbaarheid in zijn handen en dat gewicht was te groot voor hem om te dragen. Haar gewilligheid maakte dat hij de controle moest houden, dat hij verantwoordelijkheid droeg voor de grenzen die in acht werden genomen.

Het contrast met de vrouw die hij had gekend voordat hij op reis was gegaan was enorm.

Haar overgave bracht geen roes, maar een messcherp wakker worden, een waakzaamheid die hem ervan weerhield op te gaan in zijn eigen verrukking.

Hij mompelde iets, maakte zich van haar los. Daarna ademde hij diep door zijn neus en door zijn mond weer uit.

'Ik moet gaan,' zei hij.

9

Van maar een paar momenten die je met iemand hebt gedeeld kun je een beeld fabriceren: de mens op wie je verliefd wordt. Aan wat zich aandient, ken je diepere lagen toe en wat ontbreekt vult de verbeelding in. Hoe minder goed je hem kent, hoe onverschrokkener je liefde kan zijn. Je houdt van hem, want je hebt hem zelf in elkaar gezet.

Een ontwikkelde verbeelding is een verrijking, zeker voor de schrijver of dichter die ik mezelf droomde, maar in de liefde is ze een plaag. In zijn zwijgen las ik diepte van karakter, in zijn aandacht genegenheid voor mij en in zijn tederheden een passievolle natuur. Dit alles dichtte ik hem toe, met het gevoel dat er nog veel grotere rijkdommen voor mij verborgen lagen en dat het een kwestie van tijd was voor ik ze zou ontdekken – als zijn geliefde.

In mijn hoofd waren we al samen als man en vrouw.

Zijn ontbreken, in de weken dat hij op zee was na onze wandeling, was zo tastbaar. De scherpte van zijn afwezigheid maakte hem meer aanwezig dan degenen die wel in mijn buurt waren. Verliefde dwazen hebben het altijd maar over de behoefte om bij hun geliefde te zijn. Er moet diep in ogen gekeken worden, gepraat en omhelsd. Dat kan allemaal wel wezen, maar wat minstens zo belangrijk is, is onze behoefte om te verlangen. Te hunkeren. Te smachten. Te missen.

Mijn eigen wereld – met kamerconcerten, beleefde tafel-conversaties en borduursessies – was volslagen oninteressant voor me geworden. Jacob was voor mij de afgezant van een andere wereld – de échte wereld, die het bloed, het zweet, het genot, de pijn en de stank omarmde die bij het leven hoorden. Ik wilde me op de modderige grond begeven, tussen de mensen, aan zijn zijde. Ik wilde weten hoe het was om onbeschermd en onbeschaafd te zijn. Het leek me een lichter, vrijer bestaan.

Tot dan toe had ik me voor zaken van het hart gewend tot het schrijven. De chaos in mijn hoofd week dan voor ordening. Met een pen kun je net zo lang schaven, weglaten en verdikken tot het klopt. Beelden, woorden, frasen klonteren samen, trekken andere woorden aan, zuigen zinnen naar zich toe en stoten af wat niet past. Eenmaal opgeschreven heeft het waarachtigheid gekregen. De waarheid is gevangen, de verwarring overmeesterd. Er is vaste stof geschapen uit ijle lucht.

Nu had ik niet langer de behoefte gevoelens te beschrijven; ik wilde erin opgaan. Elke keer als ik een pen oppakte, voelde dat als de tijd verdrijven tot het echte leven verder zou gaan, tot ik hem weer zou zien. Het bood niet dezelfde vervulling voor me. De ijver en de concentratie waren weg, en ongeduld was ervoor in de plaats gekomen.

Lang zou het nu niet meer duren. Jacob was vijf weken weg en veel langer was ongebruikelijk voor een haring-vangst.

Iedere keer als ik zag hoe mensen zich op het strand verzamelden, snelde ik naar de vloedlijn. Het zou zomaar de bomschuit van Jacob kunnen zijn die thuisvoer. Die ochtend, bij het zien van het toegestroomde volk, dwong ik mezelf pas laat te gaan kijken om me het lange, teleurstellende wachten te besparen. Toen ik de schuit herkende en later Jacob het strand op zag lopen, met zijn stevige schouders in een donkerblauwe zeemanstrui, moest ik me inhouden om niet op hem af te rennen.

Er viel me in dat het breipatroon van zijn trui bestemd was om een aangespoelde te herkennen als een Noordwijkse vissersman en dat idee was ondraaglijk voor me. Ik verdrong het met kracht. Hij was hier, terug van overzee, zo levend als een man maar kon zijn. Ik liep naar hem en zijn familieleden toe en wist daarna niet wat me te doen stond.

Dit moment had ik de afgelopen dagen zo vaak voor me gezien – zijn terugkomst en ons weerzien – dat ik me uit het veld geslagen voelde toen de werkelijkheid zoveel schraler bleek uit te pakken. Zijn moeder en broers sloegen ons gade en hij leek niet van plan enige genegenheid te tonen. Hij drukte me de hand, nota bene.

Toen hij me zachtjes vroeg of ik hem later die avond wilde ontmoeten, dacht ik een moment dat ik hem niet goed had verstaan. Het duurde even voor ik de tegenstrijdigheid van zijn afwijzende houding en inviterende woorden met elkaar kon rijmen, en voor ik het wist maakte het groepje zich van me los.

Ik bleef achter met een gezicht dat verbazing moet hebben uitgedrukt en een wild kloppend hart dat maar niet tot bedaren wilde komen.

Tijdens de avondmaaltijd schoof ik zo onrustig op mijn stoel heen en weer dat mijn moeder me een berispende blik gaf en ik me weer twaalf voelde. Ik verliet de tafel voortijdig onder het voorwendsel moe te zijn en vroeg naar bed te gaan. Ik wilde alleen zijn om me voor te bereiden, ook al wist ik niet goed waaruit die voorbereiding dan wel moest bestaan. Wat deed een vrouw als ze haar minnaar ging ontmoeten?

Toen ik later het huis ongezien via de keuken dacht te verlaten, botste ik tegen Maria op. Ze wierp een enkele blik op mijn blozende wangen en mijn kapsel, waar ik duidelijk aandacht aan had besteed, en wist hoe laat het was. Ze pakte me zachtjes bij de arm.

'Denk toch na voor je een grote fout begaat, meisje,' zei ze bezorgd.

Ik keek naar de grond. 'Ik kan niet anders,' wist ik slechts met moeite uit te brengen.

Maria knikte langzaam, alsof ze vanuit een ver verleden wist waarover ik sprak.

'Doe je voorzichtig?' vroeg ze toen. Ze streek een pluk achter mijn oor en glimlachte half verwijtend, half berustend.

Voor de tweede maal die dag liep ik het strand op en zag hem staan. Nu was alles zoals ik het me had voorgesteld: zijn houding die geladen afwachting uitstraalde, de rust en ruimte om ons heen, de maan die in haar laatste kwartier was en als een geschonden schijf aan de hemel stond. Zodra ik hem had bereikt, wierp ik me in zijn armen met koortsachtige gulzigheid, niet langer bereid me te beheersen.

Hij vatte mijn gezicht tussen zijn handpalmen. Ik zag de blije verrassing in zijn ogen, zijn geschoren kaken, zijn mond die me zou gaan kussen. Ik keek, in plaats dat ik me bekeken voelde. Ik vergat, zoals ik gewend was te doen, mezelf te beoordelen van een afstandje.

Ieder spoor van argeloosheid was verloren; we konden allebei niet verheimelijken dat we hartstocht voelden. Alles stond nu onder heerschappij van de begeerte: mijn waardigheid, mijn zelfbehoud, mijn verstand.

We kusten en ik huiverde. Mijn lichaam werd zo week,

zo zacht, dat ik met hem leek te vervloeien.

Hij nam me bij de hand en ik volgde hem naar het duin om te gaan zitten. Dat had hij goed aangevoeld; op mijn benen staan kostte me inspanning. Bij een nieuwe omhelzing schikte ik me moeiteloos in zijn armen.

Het volgende moment maakte hij zich resoluut los uit de omhelzing, en dat kwam als een verrassing. Ik had niets verwacht: geen belofte, geen liefdesverklaring, maar zeker geen afwijzing. Het voelde alsof er iets werd gestopt wat amper was begonnen.

Ik verstarde zoals eerder, op het strand, toen hij stilhield om mijn haren te kussen. Toen omdat ik mijn hart moest openen en het niet durfde; nu omdat ik mijn hart had geopend en het werd geweigerd.

Geschokt liet ik me overeind helpen. Hij sloeg het zand van mijn rokken, alsof hij alle sporen van ons samenzijn wilde wissen. Er volgde een laatste, korte zoen.

'Ik wil voorzichtig met je zijn,' zei hij voor hij zich uit de voeten maakte, maar ik hoorde het maar half. Alles wat ik zag was zijn silhouet dat zich van me verwijderde, de snelle stappen in het zand.

Ik was te toeschietelijk geweest. Blijkbaar moest je als vrouw afstand bewaren. Ik had mijn hartstocht geuit en daarmee mezelf in diskrediet gebracht.

Je moest je opwinding verbergen, tegenstribbelen, je met tegenzin gewonnen geven; je moest hem zijn strijd laten voeren, zoals in mijn meisjesliteratuur; dan pas won je de blijvende interesse van een man.

Na een dag of drie was Jacob alweer afgevaren. Ditmaal, zo hoorde ik van de andere vissers, zou de reis drie maanden duren. Ons Huis ging dicht voor de zeelieden, die bijna allemaal aan het werk waren, en deed dienst als pension voor seizoensgasten. Hij had geen afscheid van me genomen en ik nam aan dat dat voortkwam uit verwarring; hij had tijd nodig om zich te bezinnen op een omgang met mij.

Ikzelf had geen bezinning nodig, want elke objectiviteit had me verlaten. Ik was door hem aangeraakt, in lichaam en geest, en wilde niets liever dan bij hem zijn. Om dat te bereiken, zou ik op hem wachten, geduld oefenen, meer niet. Elke voortvarendheid moest ik achterwege laten om hem niet verder af te schrikken. Ik zou voortaan ongrijpbaar zijn, schijnbaar onbereikbaar, om zo zijn schrik weg te nemen en zijn begeerte weer aan te wakkeren.

Ik liet hem verdwijnen naar een draaglijke verte – ver genoeg om weer ruimte te maken voor andere gedachten, maar dichtbij genoeg om me te troosten met zijn aanwezigheid. Zijn beeltenis verdween niet, slechts de contouren vervaagden.

De zomer was nu in volle gang. Het dorp was overspoeld met badgasten en ook het badhotel van mijn vader was helemaal volgeboekt. In *De Badcourant* stonden elke week langere lijsten met de namen van logerende vreemdelingen. Dit jaar waren er zelfs leden van Europese adel en aristocratie bij. De Oostenrijkse prins Alfred von Windisch-Graetz en zijn vrouw prinses Gabriele von Auersperg waren met hun hofhouding te gast en ook de Hongaarse graaf Nicolas Esterházy met zijn vrouw de gravin Anna Palffy en hun gevolg. De Noordwijkse jeugd mocht bij wijze van geschenk al wekenlang op kosten van de gravin ritjes in de draaimolen maken.

In de pers verschenen er lovende artikelen over 'het deftige dorp Noordwijk'. Ook al klonken er alle talen van Europa, zo schreef men, 'het is een echt Nederlandse badplaats met een rustige, daarom nog geen saaie, doch echt Nederlandse toon: een mengsel van comfort, eenvoud, beschaving, ontwikkeling en een levendige zin voor de ware humor van het leven.'

In de maanden juli, augustus en september was het strand het domein van seizoensgasten die zandkastelen bouwden, dammen opwierpen tegen de zee, rondreden op een ezel en pleziertochtjes maakten met een van de kleine zeilboten voor toeristen. Op het strand stonden tenten waar melk, bier en strandartikelen werden verkocht. Mijn vader had een zogenoemde 'zwinkar' laten bouwen: een soort houten brug met wielen eronder die over het zwinnetje kon worden gereden zodat badgasten droge schoenen hielden op het strand. Blootsvoets rondlopen was verboden.

De badvrouw bepaalde driemaal per dag de temperatuur van het zeewater met een thermometer en schreef dat op een bord, samen met de windrichting en de waterstand van eb en vloed.

Het zeebaden won nog steeds aan populariteit. Zelfs het drinken van zeewater kwam in zwang. Het had de naam goed te zijn voor de bestrijding van astma, kanker, doofheid, reumatiek, krankzinnigheid, hernia en tering. Ook zou de zeelucht een heilzame invloed uitoefenen op de gezondheid. Zeelucht was immers zuiver, vrij van stof en andere schadelijke bestanddelen. Bovendien zou een liter zeelucht meer zuurstof bevatten dan een liter lucht op een plaats in het binnenland. Hoe meer zuurstof het menselijk lichaam opneemt, hoe sterker de stofwisseling wordt en hoe meer het de eetlust opwekt. De vochtigheid werd ook gezien als helend voor mensen met keelaandoeningen. Tot slot was daar de gelijkmatige temperatuur van zeelucht, wat van belang werd geacht voor zenuwzieken.

De plaatselijke horeca haakte handig in op deze trend. In

Huis ter Duin, een groot hotel dat op de hoogste duin was gebouwd, werd het mogelijk een bad te nemen in zeewater. Het water werd in tonnen met een waterkar uit zee gehaald en naar het hotel gebracht. Schelpenvissers hadden onder hun schelpenkar een bak hangen waarin het water van de schelpen werd opgevangen, dat ze verkochten aan de hotels.

Bij een van mijn bezoeken aan Nettie in haar huis aan de Koepelweg vroeg ze me op plechtige toon te gaan zitten.

Toen wist ik het al. Ze was zwanger.

'Ik heb nieuws,' zei ze. 'We verwachten een kindje.'

Ze zei het zo stralend, zo triomfantelijk, dat ik vanzelf opsprong om haar te omhelzen. De zucht die ik slaakte was er een van verlichting. Het zou goed komen, ze zou gelukkig worden.

'Het moet al een maand of drie zijn,' jubelde ze. 'Je moet eens weten hoe ik me moest beheersen om het niet eerder aan je te vertellen.'

'Weet mama het al?' vroeg ik.

Nettie knikte. 'Zo blij als een puppy. Straks kan ze haar moederdriften eindelijk weer eens op echte kinderen botvieren.'

Ik keek weg.

'Ik bedoelde niet dat jij, omdat je nog thuis woont...'

'Dat weet ik, Nettie,' zei ik snel, 'en inderdaad, ik denk ook dat het ons wat verlichting zou geven als ze een kleinkind heeft om voor te moederen.'

'En op te sakkeren.'

We lachten.

Ik gaf een kneepje in haar bovenarm. 'Ik ben blij voor je, zusje.'

Ze nam me mee door het huis om de babykamer te laten

zien. Er hingen al zachtgele gordijnen voor de ramen.

Toen we langs haar slaapkamer liepen, zag ik dat haar trouwjurk niet meer aan de ladekast hing. Ze had hem ergens opgeborgen.

Ze was niet langer een bruid. Ze zou moeder worden.

Jan en Nanning maakten nog altijd geen aanstalten een vrouw te zoeken. In hun huisje achter de boulevard runden ze wat mijn moeder afkeurend 'een mannenhuishouden' noemde. De afwas werd gedaan en de vuilnis buiten gezet, maar van echt schoonmaken was geen sprake. Regelmatig stuurde ze een van de dienstmeiden naar het huis om te poetsen en de was op te halen. Jan had, tot mijn vaders vreugde, laten weten te sparen om over een paar jaar een eigen café te kunnen beginnen. Nanning gaf niet de indruk ergens naartoe te werken en was vergroeid met zijn beroep. Altijd droeg hij zijn witte pet met boven de klep een marineblauwe band met de letters BADHOTEL KONIJNENBURG erop, of hij nu de veiligheid van de baders aan het bewaken was, door het dorp liep of aan de bar hing. Het strand was van hem en hij leek niets anders nodig te hebben in het leven.

Dominicus, Mien en ik waren overgebleven in het ouderlijk huis. Tijdens de avondmaaltijd was de eettafel vreemd leeg. We waren wat verder van elkaar af gaan zitten, maar dat kon niet verhullen dat vader en moeder, beiden gezeten aan de uiteinden van de tafel, hun kroost aan de wereld aan het verliezen waren.

Dominicus hield zijn uitstapjes naar de stad beperkt en bleef wat vaker in de omgeving nu de badgasten een lossere, meer mondaine sfeer in het dorp hadden gebracht. Hij gaf zich meer dan ooit over aan een loom hedonisme, waaraan ik me mateloos ergerde. Uren kon hij op de veranda van het badhotel zitten, rokend en nippend aan een glas, als was hij Bacchus zelf. Rond halfdrie nam hij zijn eerste whisky. Niemand nam er aanstoot aan, maar het ontstemde moeder dat hij tegen etenstijd geen behoorlijke zinnen meer kon produceren.

Dominicus gaf geen blijk van enige ambities of toekomstplannen. De enige momenten dat hij met geestkracht sprak, ging het over Indië. Met aandacht bestudeerde hij de prentbriefkaarten die Johanna uit den vreemde stuurde. Meestal had ze er niet meer dan een korte mededeling of een groet op geschreven, maar de afbeeldingen voorop spraken tot de verbeelding, dat moest ik toegeven. Ze toonden taferelen met jongens met een koffiekleurige huid in gebatikte broeken, witgeverfde houten huisjes, bamboestengels, exotische felgekleurde bloemen die afstaken tegen een diepblauwe lucht.

'Java lijkt me een plaats waar een dwaas als ik wel kan leven,' zei hij genietend.

Het verbaasde me dat Dominicus zichzelf als een dwaas beschouwde en daar nog fier op leek te zijn ook.

'Wat zou je daar dan willen gaan doen?' vroeg ik scherp.

'Daar *zijn*, zusje, daar *zijn* en dan zie ik het wel.'

Toen de zomer en het visseizoen ten einde liepen, drong de gedachte aan Jacob zich opnieuw in alle hevigheid aan me op. Hij moest van zee zijn teruggekeerd, waarschijnlijk in de nacht, want ik had zijn thuiskomst niet opgemerkt. De herfst kwam, maar hij liet zich niet zien in Ons Huis.

Als ik door het dorp liep, keek ik naar hem uit – meer uit gewoonte dan met de verwachting dat ik hem werkelijk zou tegenkomen. Soms voelde ik me even door zijn ogen bekeken, maar als ik dan om me heen blikte, was hij nergens te bekennen. Meer nog dan iemand die ik hoopte te ontmoeten, was hij een schim geworden die me vergezelde. Het wezen van Jacob was bij me. Niets van hem behoorde mij toe, maar ik had me een stukje van hem toegeëigend.

Mijn gevoelens voor hem hield ik stevig in de hand. Ik was bang dat als ik het mezelf toestond te hunkeren er een verlangen zou opwellen waarin ik zou verdwijnen. Over hem dromen zou de onrust veranderen in koorts.

Toch verkeerde ik nog altijd in afwachting en weigerde ik te geloven dat wat wij hadden niet meer was geweest dan een vluchtig avontuurtje.

Het was een frisse herfstdag, waarop duidelijk werd dat de winter in aantocht was. Voor het eerst dat jaar had ik mijn wintermantel aangetrokken en de dikke stof hing me zwaar en stug om de schouders. Ik was er door Maria op uitgestuurd om bij de kruidenhandel peterselie te halen voor bij de scholvis, maar verdacht haar ervan dat ze me met een smoesje de buitenlucht in stuurde, omdat ze dacht dat het me goed zou doen.

Alsof mijn onderbewustzijn al wist wat er ophanden was, keek ik zijn richting op. Het duurde even voor ik besefte dat ik naar het silhouet van Jacob staarde. Hij kwam, gekleed in een wijde broek en boezeroen, mijn kant op gelopen.

Ik voelde mijn hartslag versnellen. De straatgeluiden drongen niet meer tot me door, ik werd door een peilloze stilte omgeven. Buiten hem bestonden er geen mensen en dingen meer; ik naderde hem in een grote, lege ruimte.

We waren nu vlak bij elkaar. Hij keek me aan met een blik waaraan ik niets aan af kon lezen. Ik kon mijn ogen met geen mogelijkheid van de zijne losmaken. Hij gaf me een kort knikje.

We waren elkaar gepasseerd.

Ik moest mijn uiterste best doen om niet om te keren en hem achterna te lopen. Met elke stap die ik deed, werd mijn hart zwaarder en mijn weerzin groter. De opgetogen spanning die zich in me had opgebouwd, daalde neer als doffe teleurstelling. Ik was opgetild en weer neergesmeten. Even had alles mogelijk geleken, en nu leek niets meer mogelijk – minder dan ooit.

Het geluid kwam terug, het zicht drong weer door. De mensen op straat kwamen me voor als onwelkome indringers, opdringerig en agressief. Ik wilde ze allemaal wegduwen, want ze brachten het moment waarin ik had willen blijven verkeren verder weg.

De werkelijkheid, die hardhandig binnendrong, herinnerde me aan het leven zonder hem, aan alles wat me niet interesseerde, aan de pijn die me te wachten stond.

10

De winter die volgde was lang en monotoon. 's Nachts was er alleen de rustige regelmaat van de golven die braken en het strand op rolden. Niet langer hielden angstvallige gedachten aan Jacob me wakker. Voor onrust en bezetenheid was een doffe lamlendigheid in de plaats gekomen – een die maakte dat ik het liefst zo lang mogelijk sliep, alsof ik hoopte dat de slaap mijn geheugen zou wissen.

De problemen rond het dobbelspel in Ons Huis hielden aan. Er braken steeds vaker gevechten tussen de dobbelaars uit, waarbij de aanstichters buiten de deur werden geplaatst, zodat de vijandelijkheden in het zicht van de passanten op de boulevard werden voortgezet. Het hele dorp sprak er schande van. Er werd gezegd dat er met het spelen van een kansspel als dobbelen werd gezondigd tegen het derde gebod: een beroep doen op Gods voorzienigheid. De bijdragen liepen terug. Er volgde een reprimande van de Kerk.

Tot mijn spijt moest ik onderkennen dat er steeds minder belangstelling van de zeelieden voor de boeken was. Mijn werk bestond hoe langer hoe meer uit drank schenken, zodat Jan na een tijdje spottend vroeg of ik soms ambitie had naast hem achter de tap te komen staan met alle ervaring die ik had opgedaan.

Een groot deel van de tijd verkeerde ik in een roesachtige

halfslaap. Meer dan ooit kwamen de dagelijkse beslommeringen me voor als de wakende achterkant van mijn dromen. Ik moet zoveel droefgeestigheid hebben uitgedrukt dat moeder er schampere opmerkingen over maakte. Alsof zijzelf altijd het zonnetje in huis was.

Als ze me trof met een starende blik, klapte ze hard in haar handen om me op te schrikken uit mijn rêverie.

'Terug naar het dagelijks brood,' zei ze dan.

Dominicus had zijn fascinatie voor Indië omgezet in concrete plannen. Hij wilde naar Java vertrekken om er een bestaan op te bouwen. Eerst zou hij naar Sukabumi afreizen, om bij Johanna en haar man te verblijven, en daarna zou hij wel zien. Ze hadden hem een tijdelijke baan in de drukkerij aangeboden.

Hij meldde het nieuws op een middag tussen neus en lippen, met de brief van Johanna nog in zijn hand.

'Maar hoe weet je nou of je daar zult gedijen?' vroeg ik, stomverbaasd om het gemak waarmee hij zo'n ingrijpend besluit nam.

Hij rekte zich behaaglijk uit en drukte met zijn vingers zijn gepommadeerde haar tegen zijn schedel. 'Er is maar één manier om daarachter te komen, zus,' zei hij.

Moeder begreep niet waarom Dominicus zo nodig de Robinson Crusoe moest uithangen. Ze had al een dochter verloren aan de Oost en nu zou ook haar jongste zoon naar de andere kant van de wereld verhuizen. Jammerend liep ze door het huis.

'Wat moet hij nou tussen die inlanders?' vroeg ze, haar handen ten hemel heffend.

Ik suste dat er een keurige Nederlandse gemeenschap op Java was gevestigd, maar stiekem vermoedde ik dat het juist de inlanders waren – de koffiekleurige jongens die op de ansichten van Johanna in witte korte broeken in tuinen werkten en poedelnaakt in rivieren zwommen – die de reden waren van zijn vertrek. Hij wilde zich vermaken, zich met onnutte, lichtzinnige dingen bezighouden, ver weg van moeders spiedende blik, de dorpse controle en de christelijke moraal.

Twee maanden later was het zover. Hij had een wit linnen pak aangeschaft in een winkel voor tropenkleding in Den Haag en moest zich inhouden om dit niet al op de dag van vertrek aan te trekken. Op weg naar de boot zou hij nog gewoon in het koude Nederland vertoeven, moest ik hem voorhouden. Een mantel en een das waren verstandiger.

Toen de koetsier alle koffers had ingeladen en Dominicus op het punt stond het trapje van de koets te beklimmen, veranderde er iets in hem. Alle kracht leek uit zijn lichaam weg te vloeien. Voor het eerst zag ik angst in zijn gezicht, alsof hij zo bezig was geweest met de bestemming dat hij zich niet voldoende had gerealiseerd ook iets te moeten achterlaten. Tegen de tijd dat we elkaar hadden omhelsd, de paarden zich in beweging hadden gezet en we nog slechts konden wuiven, liepen bij iedereen de tranen over de wangen.

De eerste weken na zijn vertrek was moeder ontroostbaar. Ze begon steeds over haar eerstgeboren zoon Antonie, die was overleden, en dan weer over Dominicus, die ze, zo geloofde ze, ook nooit meer zou zien. Haar rouw om beide zonen vermengde zich tot een ondoordringbaar, duister verdriet.

De eerste brief die we van Dominicus ontvingen was gepost in de week dat hij arriveerde, zoals hij moeder met zijn hand op zijn hart had moeten beloven. Hij beschreef er zijn wekenlange overtocht naar de Oost in, op een manier waaraan ik kon aflezen hoezeer hij al van het avontuur genoot. Hij had gedoucht met lauw zeewater, spelletjes op het dek gedaan, het Suezkanaal doorvaren en zulk slecht eten voorgeschoteld gekregen dat hij, zo schreef hij met ironie, bang was geweest beriberi te krijgen.

Ook was hij op de boot voor het eerst getuige geweest van het wantrouwen tussen Europeanen en oosterlingen. De oosterlingen, die stuk voor stuk in de lagere klassen reisden, zochten nauwelijks contact met de bleekhuiden en andersom werd er geringschattend gesproken over de 'blauwen'. Ze zouden lui en dom zijn. Hij moest ze straks kort houden, werd hem van alle kanten geadviseerd. Niet te veel ruimte geven, want ze maakten er toch maar misbruik van. De Europeanen brachten orde en beschaving in de chaos; ze mochten hun dankbaar zijn.

'Ik begrijp die Hollanders in den vreemde niet,' schreef hij. 'Waarom zou je naar een nieuwe plek reizen om het vervolgens te willen veranderen in de plek waar je vandaan komt?'

In de vroege lente beviel Nettie van een zoon. Het was een gezonde achtponder met bolle wangen en donzige, geelblonde haartjes. De buurvrouw, zelf moeder van zeven, had geholpen bij de bevalling, die een einde maakte aan ruim dertien uur weeën.

De buurvrouw was nog steeds aanwezig toen moeder, Mien en ik de volgende ochtend op kraambezoek gingen. Zodra ze ons vanuit de keuken de achtertuin in zag lopen, deed ze Netties schort af, hing het over de keukenstoel en liep naar de deur. Ze moest terug naar haar eigen gezin, waar haar oude moeder de boel had opgevangen.

Nettie zat, bleek en met haar haren in strengen rond het

hoofd, rechtop in de kussens. Het wiegje, bekleed met wit gesmokt katoen, stond naast het hoofdeinde. Moeder stak onmiddellijk haar neus in de wieg en maakte brabbelende geluidjes, met Mien vol ongeduld achter zich.

Nettie en ik keken elkaar geamuseerd aan.

Later op de dag kwam vader tussen de bedrijven door een kijkje nemen. Het was niet zijn eerste kleinkind – Johanna had al drie kinderen op Java gekregen –, maar wel het eerste kleinkind dat hij kon bekijken en vasthouden.

Toen ik hem samen met moeder op de bank zag zitten met de baby gewikkeld in een deken op schoot en hem zag stralen, schoot er een onverwachte pijnlijke steek door me heen. Zou ík dit geluk ooit bij hen teweegbrengen?

Een dag later arriveerde er een telegram uit naam van Johanna en Dominicus met gelukwensen. Jan en Nanning brachten kruidkoek en kandeel langs.

In de tweede brief van Dominicus uit Java klonk een aangename verbazing door. 'De vis wordt hier niet gewoon uit de zee gehaald, maar in zout water geweekt, gerookt en daarna op rekjes van bamboe geklemd. Het wordt *ikan acar* genoemd.'

Hij moest vooral wennen aan de geuren die in de lucht hingen: de pittig-zoete geur van specerijen als kruidnagelen, nootmuskaat en vanille die lagen te drogen, vermengd met de modderlucht uit het moeras. Johanna en Bernard hadden hem hartelijk ontvangen en ook hun *babu*, hun vrouwelijke bediende, had zich na een initiële stugheid gedienstig en warm tegenover hem opgesteld.

Er was een foto bijgesloten, die ik pas ontdekte toen ik het tweede vel openvouwde. Op de brede, door hoge bomen omzoomde laan voor het huis van Johanna stond Dominicus. In zijn rechterhand had hij een wandelstok met een eendenbek, die hij helemaal niet nodig had, maar die hem iets voornaams gaf, en in de vingers van zijn linkerhand, een stukje van zijn mond, hield hij een dunne sigaar. Hij zag er ontspannen uit, alsof hij nergens naar op weg was, maar gewoon wat kuierde. Het wit van zijn tropenkleding stak af tegen zijn donkere haar, dat langer was geworden en niet meer zo glom.

Hij had hanengevechten bijgewoond, en feesten waar de goede geesten werden gefêteerd en de boze demonen te vriend werden gehouden.

'Er is daar niet dat verplichte, dat afgedwongen devote,' schreef hij. 'In de tempels worden heilig water en offerandes aan het hogere aangeboden om het gunstig te stemmen, als een beminnelijk, lieflijk bijgeloof, niet een godvrezend ritueel. Als er iets ergs gebeurt is dat geen straffe Gods, maar gewoon een streek van een vervelende demon.'

Glimlachend stopte ik de brief terug in de envelop. Hij zou er gedijen, dacht ik, dat was wel duidelijk. De foto gaf ik aan moeder, die hem subiet op de schoorsteenmantel zette; de brief hield ik achter om haar niet te verontrusten.

Ik herlas de *Max Havelaar* en dit keer, met de brieven van Dominicus in het achterhoofd, las ik het boek niet langer als een roman, maar als een welsprekende aanklacht tegen de koloniale uitbuiting, belichaamd door de zielloze cententeller Droogstoppel. Nu pas begreep ik Multatuli's bedoeling met het boek. De Javaanse boeren werden gedwongen een vijfde deel van hun gewassen voor de export te verbouwen tegen een vaste prijs, wist ik. De overschotten op de begroting werden gebruikt om het armlastige Nederland te ondersteunen.

Tussen de regels door las ik hoe Multatuli de koloniale bestuurders met zijn boek wilde voorhouden dat het hun plicht was de Indiërs te beschermen en te verheffen, maar ook hoe weinig vertrouwen hij had in de zelfredzaamheid en onafhankelijkheid van de Indiër zelf.

En dat, zo beweerde Dominicus in een van zijn brieven, terwijl de Javaan de zachtmoedigste mens op aarde is.

Het visseizoen was begonnen. Voor het eerst dat jaar startte er weer een visafslag op de veranda van badhotel Konijnenburg. Rondom afslager Engel Smit verzamelden zich tientallen gegadigden. Als er genoeg mensen verzameld waren, zou Engel zijn fraaie gedraaide houten stok, waarbovenop het wapen van Noordwijk prijkte, in de lucht steken en het sein 'Ga voort!' geven, waarna iedereen hem volgde naar het strand, waar de vis was uitgelegd en de afslag kon beginnen.

Engel wees dan met zijn stok de partijen te verkopen vis aan. De kleinere scharren werden per mand verkocht. Als de vis van eigenaar wisselde, werd dat in een zakboekje opgeschreven. Om ruzies te voorkomen, mochten de viskopers niet te dicht bij de vis staan. Het was ten strengste verboden om over de vis heen te stappen voordat de gehele partij was afgeslagen.

Na de afslag konden we erop rekenen dat een goed deel van de kopers langskwam voor een afzakkertje, wat ervoor zorgde dat mijn vader de drukte bij het verzamelen op de veranda voor lief nam.

Midden in de drukte stond Jacob ineens voor me.

De schaduw die me dag en nacht vergezelde had zich naar het licht bewogen en werd zonder enige waarschuwing ineens tastbaar. De schim werd mens. Het benam me de adem.

Op zijn gezicht stond kwelling af te lezen. Was hij ongelukkig?

'Ik wil je zien, Adriana,' zei hij. 'Mag ik je eens opzoeken en met je praten?'

'Met me praten?' herhaalde ik dommig.

'Zullen we elkaar treffen als ik terugkom?'

Nu pas zag ik de knapzak die over zijn schouder hing. Hij stond op het punt in te schepen.

'Dat is goed.'

Hij knikte en draaide zich om, waarna hij verdween in de menigte, die zich juist naar het strand begaf.

11

De rest van de dag was ik tot niets in staat. Bij navraag in het dorp kwam ik te weten dat Jacobs bomschuit ging afgraaien langs de kust en dat hij slechts een paar dagen weg zou zijn. Het zouden lange dagen voor mij worden.

Jacob liet zich moeilijk in de kaart kijken. Er was iets in zijn houding geweest dat de indruk bood dat hij iets voor me voelde, maar ik durfde niets te verwachten. Uit zijn woorden kon ik niets opmaken. Misschien wilde hij alleen de spanning uit de lucht halen, knipogen om onze onschuldige vrijerij, zodat we elkaar weer gewoon konden groeten op straat.

Ik leefde tussen hoop en vrees. Het was me duidelijk dat er niet veel voor nodig was om mijn liefde voor Jacob, die zich slechts schuil had gehouden onder de oppervlakte, hoog te doen oplaaien.

De dag na de afslag stond er een jongen van een jaar of acht aan de deur. Er was iets ergs gebeurd en of ik wilde meekomen. Voordat ik door kon vragen, rende hij voor me uit de straat op en ik kon niet anders dan haastig achter hem aan benen.

Ik herkende de man die op straat lag al van verre. Het was mijn vader. De paar omstanders weken uiteen toen ze mij zagen aankomen.

Ik rende het laatste stuk en knielde bij hem neer. Hij had naar zijn borst gegrepen, zeiden de mensen; het had geleken of hij geen adem meer kreeg; hij was op zijn knieën terechtgekomen, voorovergevallen en op zijn zij gerold. Ze hadden een jongen naar dokter Hermanides laten rennen en een andere naar mijn huis. Ik was als eerste gearriveerd; de dokter kon ieder moment komen.

Ik wreef mijn vader over de schouder, steeds steviger, alsof ik hem wakker wilde maken. Het was tegen beter weten in, want ik hoefde alleen maar naar zijn gezicht te kijken – de spieren die volkomen ontspannen waren, de mond die een beetje openhing – om te weten dat hij was overleden. Iedereen wist het, en toch bleven ze maar zeggen dat de dokter vast snel zou komen.

Dokter Hermanides arriveerde korte tijd later. Hij zette zijn leren tas op de grond en knielde aan de andere kant van vader. Hij zette vingertoppen in zijn hals, lichtte zijn oogleden op, hield een spiegeltje bij zijn mond.

Door het waas van tranen dat voor mijn ogen schoof, zag ik de dokter veelbetekenend naar me kijken. Ik knikte ten teken dat ik het begreep, om de vreselijke woorden die al in mijn hoofd klonken niet hardop te hoeven horen.

De dokter zorgde ervoor dat het lichaam van vader op een eervolle manier naar ons huis werd gebracht, met paard en wagen en een deken over hem heen. Thuis werd hij door twee mannen binnengedragen en neergelegd op de eettafel. Een geschrokken Maria legde een laken over hem heen, tot aan zijn hals, zodat het leek of hij lag te slapen. De mannen bleven even staan, met gebogen hoofd, en liepen na een kort knikje de kamer uit. Ze stapten de eerste paar passen achteruit, zoals je bij de koningin zou doen om haar na een audiëntie je rug niet te tonen.

De blik van ontzetting op moeders gezicht toen ze de kamer binnenliep, deed me ineenkrimpen. Ze vloog op hem af, roepend dat het niet waar kon zijn, wilde hem overeind trekken, merkte dat het lichaam niet meegaf en boog zich toen over hem heen, snikkend en jammerend.

Later stonden Jan en Nanning, met hun pet in de hand, in de deuropening. Op hun gezicht lag ongeloof. Nettie wurmde zich langs hen heen en ging aan de tafel zitten, zonder acht te slaan op ons. Later kwam haar buurvrouw langs met de baby, die honger had en aan de borst moest. Nettie trok zich terug in haar oude kamer en kwam daarna terug met de baby in haar armen. Nieuw leven en de dood waren verenigd in dezelfde ruimte.

Moeder las voor uit de Bijbel, bad en prevelde. Ze leek te onderhandelen met God. Hem ermee terugkrijgen zou ze niet, maar ik vermoedde dat het haar ging om zijn plekje in de hemel.

Aan het einde van de dag kwam Agnes langs. Ze zag er nog dunner en breekbaarder uit dan ik me herinnerde en haar donkere haar was nu helemaal grijs geworden. Waar buren en familieleden hun toevlucht namen tot de gebruikelijke wensen en condoleances, haalde Agnes een spreuk aan.

'Sterven is wisseling,' zei ze. 'Het is overgaan van de ene wereld in de andere.'

Dit was Agnes' manier om troost te bieden, maar haar opmerking was me te abstract, te algemeen, nu het mijn eigen vader betrof. Het lukte me niet mijn roerloze vader te verbinden aan de dood als fenomeen, als feit waarvan ik altijd had geweten dat het bestond.

Rationeel begreep ik wel wat ze wilde zeggen. De dood is niet een zwart, afschrikwekkend niets. Vanaf waar wij staan is sterven dan misschien het einde van iets tastbaars, maar vanaf de andere kant is het een begin van iets nieuws. Sterven en geboren worden is verglijden van de ene schijn in de andere schijn, afhankelijk van je standpunt.

In de dagen die volgden was de stilte oorverdovend. Ik herinnerde me de holle klanken van De Lindenhof weer na het overlijden van de vader en het zusje van Henriette, hoe de leegte weerklonk in alle geluiden. Ook ons huis was onder de afwezigheid van vader veranderd; er was een vreemd vacuüm ontstaan.

Ik herinnerde me mijn condoleancebezoek aan Henriette, haar behoefte om over andere dingen te praten dan de dood, om zich te richten op dat deel van de toekomst zonder haar vader en zusje dat wél gewoon doorgang zou vinden: haar schrijverschap. Het schrijven, zo voelde ik ook aan, was het enige in het leven waarvan ik zeker kon zijn, dat me kon sterken door alle moeilijkheden heen, dat tot mijn beschikking bleef om mijn dagen en mijn hart te vullen.

Toch raakte ik mijn pen nog niet aan, uit angst dat de verwondering en de schok die ik voelde, zouden veranderen in verdriet en rouw. Als ik zou gaan schrijven, zou het onwezenlijke wezenlijk worden.

Op de dag voor de begrafenis liep ik de trap af en zag moeder voor de spiegel in de gang staan. Ik hield mijn pas in en voor het eerst in lange tijd keek ik echt naar haar. Ze moest in haar jeugd mooi zijn geweest. Nu het strenge van haar gezicht gegleden was, kwam er een laagje onzekerheid bloot die haar trekken iets meisjesachtigs gaf.

Ze had zich in de zwarte rouwkleding gestoken die ze de komende maanden zou dragen en droeg haar haar in een doordeweekse opschik. Met drie, vier handbewegingen stak ze een extra speld in haar kapsel, waar de lokken niet stevig genoeg vastzaten naar haar zin. Een vrouwelijker gebaar kon ik me niet voorstellen. Normaliter waren haar bewegingen snel en doelgericht; nu trilde haar hand een beetje en was er traagheid in geslopen.

Ineens voelde ik hevige liefde voor haar, en een behoefte haar te beschermen, die ik nooit eerder bij mezelf had bespeurd.

Moeder voelde niet de hartstochtelijke drang naar omhoog, zoals ik, maar gedijde bij stevigheid en rust. Nu haar wapenrusting van zekerheden was opengebroken, kon ik haar kwetsbaarheid zien, haar zoeken naar liefde en koestering als noodzaak om zich staande te houden. Op dit moment was er een wankelen, een kortstondige opening naar haar hart; straks zou ze haar evenwicht hervinden en zich weer opsluiten in overtuigingen. Het was bij haar zwart of wit. Grijs stond haar niet, zei ze altijd.

De ophanden zijnde terugkomst van Jacob en de ontmoeting waar hij op had aangedrongen, kwamen in een ander daglicht te staan. Met de plotselinge komst van de dood leken deze zaken ijl en lucide – een wensdroom die moeiteloos werd weggedrukt door de zwaarte van de gebeurtenissen.

Het lukte me niet om mijn houding tegenover Jacob te bepalen nu alles zo overhooplag. Stel nu eens dat Jacob me weer voor zich wilde winnen, zou ik het dan over mijn hart kunnen verkrijgen moeder te ontrieven? Zou ik onder deze omstandigheden genoeg kracht hebben om in te gaan tegen de dingen die zij zo hoog in het vaandel hield? Zou ik alles wat in haar ogen deugdzaam was, voornaam, passend bij de stand waaraan ik verplichtingen had – het noblesse oblige waarover ze zo graag sprak – terzijde kunnen schuiven en mijn eigen geluk voorop kunnen stellen? Ik wist het niet.

In beslag genomen door deze gedachten – voor een ogenblik meer dan door gedachten aan mijn vader, wat me op zich al een schuldgevoel bezorgde – liep ik de keuken in. Maria zat er bonen te doppen voor het avondmaal.

Ze zag mijn bedrukte gezicht en schonk me een liefdevolle glimlach. Haar aanname dat het vader was die me bezighield, kon ik niet verdragen en in een opwelling nam ik haar in vertrouwen.

'Weet je nog hoe ik op die zomeravond met een jongen uit het dorp had afgesproken?' vroeg ik.

'Die visser? Is dat nog geen gesloten boek voor u?'

Ze ging door met doppen.

'Hij komt een dezer dagen terug van zee en wil me zien.'

Ze legde haar mes neer, schoof de pan een stukje van zich af en legde haar handen in haar schort. Ik beschouwde het als een aansporing en schoof bij haar aan de keukentafel.

'Bedenk eens hoe het uw moeder zal verdrieten als ze ontdekt dat u het met een visser houdt,' zei ze. 'Juist nu.'

'Dat is precies wat ik net deed.'

Ze zuchtte. 'Houdt u van hem?'

Ik knikte.

'Hebt u zich al een voorstelling gemaakt van jullie leven samen? Als hij u uw comfortabele leventje wil laten voortzetten, zal hij geld van uw moeder moeten aannemen, en daar zal hij, de vissers kennende, te trots voor wezen. Hij zal u in armoe storten als hij denkt zelf voor u te kunnen zorgen. Hoe denkt u dat hij zich zal voelen als u bij het soephuis in de rij staat na een slecht seizoen?'

Ik haalde mijn schouders op.

'Om nog maar te zwijgen van het feit dat hij als visser waarschijnlijk protestants is en jullie katholiek.'

'Dat kan me allemaal niet schelen,' zei ik. 'Ik wil bij hem

zijn.' Ik hoorde de overtuiging uit mijn woorden wegvloeien. Over dit soort dingen had ik nog niet nagedacht.

'Als u echt van hem houdt en híj van ú,' dit laatste zei ze met nadruk en geheven wijsvinger, 'dan zit er niets anders op dan uw moeder de schrik van haar leven te bezorgen. Liefde laat zich van buitenaf niet dwingen en niet doven. U kunt niet uw leven lang op tenen lopen om maar niemand te bruuskeren.'

Ze stond op van tafel en legde even de palm van haar hand op mijn kruin, zoals ze deed toen ik een meisje was.

'U moet bij uzelf nagaan of u genoeg kracht hebt om uw hart te kunnen volgen. Want kracht, mijn kind, zult u nodig hebben.'

De dienstbode had Jacob binnengelaten, nadat ze had gemeld dat er een jongeman naar me had gevraagd.

Ik zei dat we thee zouden gebruiken in de antichambre.

Het was er behaaglijk warm, terwijl het anders een opgeprikte kamer met oude lucht was die zelden werd gebruikt. Nu brandde het haardvuur er voor het bezoek dat we voor rouwbeklag ontvingen. Goddank dacht het personeel waarschijnlijk dat ook Jacob dat kwam doen.

Ik liep rond, sloot de gordijnen en probeerde mijn ademhaling tot bedaren te brengen.

De dienstbode klopte aan en liet Jacob binnen, waarna ze weer verdween en de deur sloot.

Hij stond voor me.

Een ogenblik twijfelde ik aan alles – of de grond waarop ik stond me zou dragen, of het licht niet zou verduisteren, of hij het wel echt was. Ik moest me vasthouden aan de zitting van een stoel.

Jacob wist zich duidelijk met zijn figuur geen raad. Hij deed een paar stappen naar voren, leek me een hand te willen geven en besloot toen tot een onhandige handkus, waarbij de pet die hij onder zijn arm hield op de grond viel.

'Je kunt niet lang blijven,' zei ik. 'We zijn bezig met de voorbereidingen voor de begrafenis.'

'Ik heb het gehoord. Wat spijt me dat voor je.'

Ik bood hem een stoel aan en ging zitten met mijn handen gevouwen in mijn schoot.

Het dienstmeisje kwam binnen met een theeblad. Vlot schonk ze de kopjes in en zette ze samen met de suikerpot op tafel. Thee was een goed idee geweest. Geen alcohol. Het was al ongepast genoeg dat ik hier als ongetrouwde vrouw een ongetrouwde man ontving.

Een tak in de haard knapte en alles verschoof, sissend en krakend. Er sprongen vonken op de vloer, die meteen weer uitdoofden. Een veger pakken was niet nodig.

Jacob legde zijn hand op de mijne en pakte hem vast. Mijn ademhaling stokte. Zijn greep was losjes, maar de aanraking brandde diep door mijn huid.

Mijn kleine glimlachje moest verlegenheid maskeren.

'Ik denk erover om te gaan trouwen,' zei hij zachtjes, 'met een meisje uit het dorp.'

Een kort moment sloot ik mijn ogen om de golf van misselijkheid die me overspoelde de baas te worden. Ik trok mijn hand terug.

'Ben je daarom hier?'

Hij schudde zijn hoofd. Zijn gezicht verried spanning.

'Ik weet niet... Ik weet niet precies waarom ik hier ben.'

Wat wilde hij van me? Mijn goedkeuring? Moest ik het hem uit zijn hoofd praten? Wilde hij het uit beleefdheid persoonlijk melden, zodat ik zijn verloving niet van anderen hoefde te vernemen?

Alleen het knisperen van de vlammen was te horen. De thee raakten we niet aan.

'Dan mag ik je feliciteren,' zei ik uiteindelijk, en ik hoorde met verbazing hoe kalm mijn stem klonk, 'en mijn verwachting en hoop uitspreken dat het een gelukkig en vruchtbaar huwelijk zal worden.'

'Maar ik...'

'Als je het niet erg vindt, ga ik nu weer terug naar mijn moeder om haar bij te staan.'

'Natuurlijk.'

Ik stond op en hij schoot overeind.

'Adriana...'

'Breng je verloofde mijn gelukwensen over,' zei ik.

Hij liep weg, gebogen.

Ik ging weer zitten, streek mijn rok glad, keek naar het vuur zonder iets te zien.

Ik had het niet voor mogelijk gehouden zoveel pijn te voelen. Ik merkte dat alle warmte vanbinnen verstarde, alle licht verduisterde en dat de angst dat dit altijd zo zou blijven zich in me vastgreep.

12

Toen Jacob Adriana op straat op hem af zag komen, hield hij zijn adem in. Ze had hem ook gezien, dat zag hij aan de manier waarop ze ineens verstrakte. Zijn hart kromp en zwol tegelijk. Er waren nog maar enkele stappen die hen van elkaar verwijderden en hij wist niet wat hem te doen stond. Paniek maakte zich van hem meester.

Ze vertraagde haar pas. Hij deed hetzelfde.

De uitdrukking op haar gezicht was neutraal, ondoordringbaar. Een enkele glimlach had hem de moed gegeven te stoppen, met haar te praten.

Hij knikte naar haar. Ze knikte niet terug.

Hij had geen andere keus dan doorlopen. Hij voelde zich verkillen. Ze moest boos zijn dat hij niets meer van zich had laten horen, ze moest zich gebruikt voelen en verworpen. En gelijk had ze. Het was laf van hem geweest om haar na die nacht uit de weg te gaan.

Die nacht op het strand had hem in verwarring gebracht. Hij moest afstand nemen, nadenken. Hij kende de regels en overtredingen in haar milieu niet. En hij kende ook deze diepte van gevoelens niet, zo zag hij onder ogen toen hij een paar dagen later afvoer.

In de drie maanden dat hij op zee was, raakte hij ervan overtuigd dat het een liefde was die niet kon bestaan. Adriana zou verkommeren als vissersvrouw. Hij zou haar kapotmaken. Om te beginnen: ze had geen talent voor wachten. Dat had ze zelf gezegd toen ze elkaar net kenden. Voor een vissersvrouw was dat een eerste vereiste om te overleven. Twee: ze bezat te veel geest om vissersvrouw te zijn. Haar schrijfambities zouden gedwarsboomd worden door een huishouden dat ze zou moeten leiden, een gezin dat ze zou moeten verzorgen, vis die ze zou moeten verkopen. En de meest in het oog springende reden: ze zou uit haar milieu tuimelen en zich eenzaam en onbegrepen voelen tussen het ruwe vissersvolk.

Wat ze ook voor hem mocht voelen; ze zou ongelukkig worden. Het zou haar bezuren ooit voor hem te zijn gevallen. Hij moest haar beschermen tegen dat onheil, die schande. Hij droeg de verantwoordelijkheid om haar dat aan te doen of niet, om haar op te zoeken of niet, om haar te vragen zijn vrouw te worden. Of niet.

Op zee kon hij afstand nemen van de dingen. Overzicht krijgen. De zee was altijd en nooit hetzelfde – nu eens weids, stil en glanzend, dan weer donker en machtig. Elke rimpeling in het gemoed werd door haar gladgestreken en opgenomen in een peilloze diepte. Een diepe kalmte kon bezit van hem nemen als hij lang genoeg zijn ogen langs de einder liet glijden.

Hij voelde zich sterk genoeg om weerstand te kunnen bieden aan welke vrouw dan ook.

Weer aan wal voelde hij dat zijn vastberadenheid zou wankelen als hij Adriana in zijn buurt had. Hij zou haar dan aan zijn borst willen drukken, waarna de weg terug alleen maar moeilijker zou worden. Dus ging hij niet naar Ons Huis, meed hij het stuk strand voor haar huis als hij niet moest inschepen en ging zelfs niet kijken bij de muziektent als er gespeeld werd, omdat die pal voor badhotel Konijnenburg stond.

Geleidelijk aan hervatte hij zijn bezoekjes aan Leendert in de rokerij – en daarmee aan Betje. In eerste instantie was ze gereserveerd, maar naarmate hij vaker kwam en praatjes met haar maakte, draaide ze bij. Ze lachte weer naar hem als hij kwam aanlopen.

Het werk in de rokerij was zwaar. De vrouwen en meisjes werkten aan lange houten tafels en banken, die bij goed weer buiten werden gezet en anders in de hal voor de rookruimte stonden. Het stonk er naar vis, zout, verbrande mot en houtafval. De deuren stonden altijd wijd open, maar zelfs dan bleef de rook die uit de rookruimte ontsnapte in je longen hangen. Uren achtereen waren de vrouwen bezig met speten: de haring met hun kop op ronde houten stokken steken, waarna ze de rokerij in gingen. Aan elke speet dertig haringen. Twintig speten in een uur.

De steurharing, meestal gevangen voor de Engelse kust, kwam in tonnen aan en was gezouten. De mannen ontzoutten de haringen door ze in bakken water in de week te zetten. Het water in de bakken werd driemaal ververst en de vis werd tweemaal in een andere bak overgeschept. Leendert was een strijker: hij streek met de hand over de haringen om ze over de speet te verdelen, zodat de vissen niet tegen elkaar kwamen, want dat leverde onverkoopbare klevers op.

Daarna was het de beurt aan de meesterroker. De smaak van de haring was afhankelijk van een constante ontwikkeling van rook en warmte zonder vlammen. Eerst werd de vis met verbrande mot en zaagsel drooggestookt met de luiken open; daarna gingen de luiken dicht en begon het eigenlijke roken. Als het klaar was, werden de haringen Engelse bokking genoemd.

Dorpsgenoten kwamen de hele dag door voor een zacht prijsje een pond bokking halen. Jacob kreeg vaak een paar klevers van Leendert mee voor moeder. Hij rolde ze in een krant en Jacob stopte het pakketje onder zijn trui.

Betje was, goed beschouwd, uitgegroeid tot een mooie vrouw. Haar gezicht was rijper geworden, haar trekken tekenden zich scherper af. Haar figuur had aan vormen gewonnen, terwijl haar schouders en middel rank waren gebleven. De rij knopen op haar strakke jakje liet een mooie welving zien. Ze droeg een beige katoenen rimpelschort over haar rokken. Door de week droeg ze een witte tulen muts met de buitenste punten, de wieken, weggevouwen bij haar oren, en mutsspelden. Voor de zondag had ze er een van Brussels kant, waar ze goudkleurige oorijzers in stak. Het blonde haar, dat in een scheiding was weggestopt onder haar muts, prikkelde Jacobs verbeelding. Hoe zou ze eruitzien met haar dat los over haar schouders hing?

Het duurde niet lang of hij kon de verlokking niet weerstaan. Hij was eenzaam, zij was bereidwillig. Ze spraken af in de duinen en lagen dan urenlang in een duinpan te zoenen. Als ze nadien langs de nettenboeters liepen, werd er gejoeld. Betje drukte zich op die momenten extra stevig tegen hem aan – niet gegeneerd, maar trots en met haar hoofd geheven.

Betje kon de ergste onrust wegnemen. Bij haar lukte het hem Adriana even te vergeten, maar zodra ze was vertrokken kon hij het verlangen naar Adriana alweer voelen aanzwellen. Hij mocht steeds verder met zijn handen onder Betjes rokken dwalen, wat zijn interesse in stand hield. Uiteindelijk gaf ze zich gewonnen en hadden ze gemeenschap.

Betje had al gezinspeeld op trouwen, maar het was hem gelukt dat met een paar vriendelijke woorden af te wimpelen. Nu ze de liefde hadden bedreven zou dat moeilijker worden. Door hem liep ze de kans om als afgelikte boterham te worden gezien, dat wist hij ook wel. Maar de aantrekkingskracht van Betjes lichaam dat hem wilde ontvangen, was te sterk.

'Je moet kiezen of delen,' zei ze enkele weken daarna. 'Het is gewoon niet fatsoenlijk om me nog langer te blijven zien en me niet te huwen.'

Hij wist dat ze gelijk had.

Zijn moeder zou het toejuichen. Ze was protestants. Haar ouders waren bevriend met zijn familie, ze had de juiste leeftijd en geen smetten op haar blazoen.

Hij kon hier niet veel langer mee doorgaan. Voor je het wist was ze zwanger en had hij helemaal geen keus meer.

Toen hij Leendert sprak over zijn idee met Betje te trouwen, rolde deze met zijn ogen.

'Hèhè, jij nam je tijd, zeg.'

'Maar de liefde kost toch tijd? Hoe weet je nou of iemand de ware voor je is?'

Leendert liet een hartelijke lach horen.

'Liefde is iets voor vrouwen, broer. Bet is een lekkere meid, ze is niet bang om hard te werken en ze is duidelijk stapelgek op jou; wat verwacht je nog meer?'

Hij gaf Jacob een knipoog.

'Bovendien hoor ik dat ze wel van wanten weet.'

Vlak voordat Jacob moest inschepen op de Noordwijker 34, de Wilhelmina Hendrika, zag hij haar op de veranda staan. Ze observeerde, met die serene rust die hij van haar kende, de mensen die zich voor de visafslag verzamelden en ze frommelde wat aan haar jurk.

Als vanzelf liep hij naar haar toe, kalm en werktuiglijk,

alsof ze hem met een touwtje naar zich toe trok. Hij had geen idee wat hij zou gaan zeggen, maar hij liep totdat hij bij haar was en ze – verdomd – met een glimlach naar hem keek.

Hij had geen verweer, besefte hij. Waarom had hij geen verweer? Met het grootste gemak, met een enkel teder gebaar, kon ze hem week maken.

Of hij haar binnenkort kon ontmoeten, vroeg hij.

Tot zijn verrassing stemde ze toe, zij het na een korte aarzeling.

Hij was blij dat hij moest inschepen. Nog langer in haar nabijheid verblijven betekende bezwijken.

Opgetogen liep hij naar zijn kameraden bij de bomschuit. Hij had een afspraak met Adriana! De opwinding die dat bij hem teweegbracht, deed hem nog meer twijfelen aan zijn trouwplannen met Betje en hem zich afvragen of zijn toekomst bij Adriana lag. Hij moest het op z'n minst onderzoeken.

Had hij het recht Adriana alles te ontnemen wat ze gewend was, alleen omdat hij haar wilde bezitten? Was zijn liefde voor haar niet meer waard als hij zich terugtrok in haar belang?

De vangst van de reis viel tegen. Na drie dagen graaien langs de kustlijn voeren ze terug, waarna de wind draaide en het toch nog een dag kostte voor ze konden landen. Met elf kantjes keerden ze huiswaarts.

Toen hij nog maar een paar minuten aan wal stond, hoorde hij van het toegestroomde volk al van de dood van de oude Van Konijnenburg. Hij was zomaar dood op straat neergevallen, God hebbe zijn ziel.

'Precies wat Noordwijk kan gebruiken,' schamperde een oude visser, 'een reder die het loodje legt.'

Het was wat bot, maar wel waar. In 1900 waren er zestien Noordwijkse bomschuiten actief in de haringvisserij, en nu, vier jaar later, waren dat er nog maar zes.

Jacob dacht vooral aan Adriana en zijn bezoek, dat nu een andere lading zou krijgen.

De boezeroen en broek die hij droeg, kwamen hem ongepast voor, maar iets anders om aan te trekken had hij niet. Hij had zich er nooit eerder voor geschaamd en daar had hij ook geen reden toe gehad. Iedereen ging zo gekleed. Nu, terwijl hij naar het huis van Adriana liep, was hij zich ineens bewust van de armoedige aanblik die het moest geven.

Hij liet de koperen klepel op de deur terugvallen en niet lang daarna deed een jonge dienstbode open, die hem vragend aankeek.

'Jacob, voor een bezoek aan Adriana,' zei hij.

'Is uw bezoek aangekondigd?' vroeg ze hem.

Hij schudde zijn hoofd.

'Dan moet ik u vragen even in de hal te wachten.'

Hij pakte zijn pet van zijn hoofd, vervloekte zichzelf dat hij dat niet eerder gedaan had, en keek rond. Er hing een schilderij van de oude Antonie van Raal van Konijnenburg. Ernaast hing het familiewapen: een blauw wapenschild met een tweekoppige adelaar met gespreide vleugels. De man was van adel geweest, herinnerde hij zich nu. De marmeren tegels op de vloer, de zilverkleurige lelies op het behang, de ornamenten op het plafond, het personeel dat voor hem boog bij het passeren – dit alles deed hem beseffen dat hij hier niet thuishoorde.

'De juffrouw wil u ontvangen,' zei de dienstbode en ze ging hem voor. Daarna opende ze een deur en liet hem binnen in een pronkkamer met glimmende houten meubels, gouden kandelaars, zware gordijnen en een haard met daarboven een schilderij.

Er was geen tijd om alles op zich in te laten werken, geen tijd om te herstellen. Daar stond Adriana al voor hem, met een bleke teint en vermoeide ogen.

Ze bood hem een stoel aan.

De stilte was zwaar en ongemakkelijk.

Hij wilde haar aanraken, om de gevoelens die hem overmanden in banen te leiden. Hij kwam niet verder dan haar hand, die hij vastpakte. Dat voelde al als een overwinning. Ze reageerde niet, op een stroef glimlachje na dat hem bijna beleefd voorkwam. Het was alsof ze zijn toenadering niet bruusk wilde afhouden, maar ook zeker niet wilde aanmoedigen.

Hij zou haar vertellen wat hem zo dwarszat: dat iedereen zei dat hij zich moest verloven, maar dat hij alleen maar aan haar kon denken.

Hij begon te praten over de verloving met Betje. Nauwelijks waren de woorden zijn mond uit of hij had spijt. Het waren de verkeerde woorden.

Met een snelle beweging trok ze haar hand terug en sprak ijzige, formele gelukwensen, alsof ze het verschil in klasse wilde benadrukken en hem het gevoel wilde geven dat hij zich heel wat in zijn hoofd had gehaald door haar te bezoeken.

Haar houding maakte hem duidelijk dat ze niet voor elkaar bestemd waren. En dat ze dat nooit zouden zijn.

Het meisje dat hij op het strand had getroffen, was een vrouw geworden die zich bewust was van haar stand en zich niet meer met hem wilde onderhouden.

Hij hernam zich, stond op toen zij van haar stoel verrees en deed een stap naar achteren.

Wat hem vooral dwarszat toen hij over de boulevard terug naar huis liep, was niet haar houding, maar zijn eigen handelen. Of liever gezegd: wat hij had verzaakt. Hij had niet de moed gevonden om haar zijn liefde te verklaren. Hij mocht dan een visser zijn, maar hij was man genoeg om een vrouw een vraag te stellen – houd je ook van mij? – en een eerlijk antwoord te horen.

Nu hij het niet had uitgesproken, was wat tussen hem en Adriana bestond gedegradeerd tot een zinsbegoocheling, een hersenspinsel.

Betje zou hem ervan genezen. Een gezin met haar was concreet, echt, duidelijk. Het zou hem op het goede spoor zetten. Het zou orde brengen in deze chaos.

13

Aanvankelijk was ik volkomen verbijsterd. In een enkele week waren de twee belangrijkste mannen uit mijn leven weggevallen. De verbijstering werd niet gevolgd door verdriet, woede of welke emotie dan ook, maar door vastberaden standvastigheid. Ik had mijn moeder om sterk voor te zijn. Mien miste de ernst en toewijding; de rest had eigen levens en gezinnen.

Misschien hield ik me dankbaar vast aan de rol van troostende dochter om het voelen nog even voor me uit te schuiven. Toen mijn moeder zichzelf na wekenlang ontroostbaar te zijn geweest, hernam, gleed ik langzaam uit mijn rol. De rug die ik recht had gehouden, ontspande zich en daarmee raakte de verdoving uitgewerkt.

Een gevoel van totale verlatenheid kwam in volle hevigheid op me af, alsof het in de luwte extra kracht had verzameld. In een instinctieve reflex pakte ik mijn pen. Over leed schrijven komt niet voort uit het verlangen eraan te ontkomen; het is juist elk verweer laten varen, het is de aanval kiezen tegen verdriet in plaats van erdoor verrast te worden; het is je diepste gevoelens opzoeken, erin ronddwalen, bij zinnen komen en dan opschrijven wat je hebt gezien en begrepen. Ik vergelijk het met kopje-onder gaan in de zee, je laten zakken tot op de bodem, rondtasten en met een schelp in je hand weer bovenkomen.

Daarna kwam de vechtlust. Ik zou uit de vleugels en klauwen van Eros blijven. Schrijven zou ik. Als vrouw zou ik nu eens geen muze, maar schepper zijn!

Om een onafhankelijk kunstenaar te kunnen zijn, moest ik met een bemiddelde, ruimdenkende man trouwen, weduwe zijn of ongetrouwd blijven. De eerste twee mogelijkheden leken me zeer onwaarschijnlijk, aangezien mannelijke, huwbare geestverwanten in deze contreien zeldzaam waren. Het laatste lag in de lijn der verwachting: Mien zou vast snel een echtgenoot vinden en het huis uit gaan, en vervolgens zou iedereen begrijpen en zelfs waarderen dat ik mijn dagen zou wijden aan de zorg voor moeder. Binnen de beschutting van een vrouwenhuishouden zou ik de dichtkunst dienen, geen echtgenoot.

Er was een handvol vrouwen die ik als voorbeeld kon nemen. Mevrouw Bosboom-Toussaint schreef vuistdikke romans; er waren getrouwde en alleenstaande vrouwen die zich staande hielden in de journalistiek; Aletta Jacobs had haar studie medicijnen afgerond en werkte als vrouwenarts.

Er vlamde een nieuwe gedachte over mannen en vrouwen op, die mijn dorp nog niet had bereikt, maar waarover ik kon lezen in periodieken. In de rubrieken van vrouwen en de toneelstukken van Hendrik Ibsen kwam de opvatting naar voren dat de vrouw recht had op een eigen leven en dat zij zich onafhankelijk moest maken van de mannelijke normen. Er werd zelfs voorzichtig geschreven over kiesrecht voor vrouwen. Het idee kreeg zowel hevige kritiek als grote bijval.

Met grote verbetenheid zette ik me aan een literatuurstudie. Moeder zag het aan en zweeg, in de veronderstelling dat dit mijn manier van rouwen was. In zekere zin was dat ook zo. Ik had het nodig uit mezelf gehaald te worden. Ik begon met het werk van Herman Gorter, de fijnzinnige dichter over wie Henriette zich zo enthousiast had uitgelaten, en verheugde me over de vele verwijzingen naar de zee en naar de liefde, die ik beide zo hoogachtte. Daarna wijdde ik me aan de lyrische Engelstalige poëzie van Coleridge, Keats, Wordsworth en Shelley.

Als thuiszittende jongejuffrouw schreef Henriette een gedicht over haar ongetrouwde status, dat ik in die dagen vaak herlas. Zij was destijds tweeëntwintig, bijna te oud om nog te huwen. Mijn leeftijd: negenentwintig.

Ik ben een vrouw... mijn jonge jaren sterven,
maar langzaam, en ze zijn nog niet voorbij,
En 't leven bracht genot en vreugde voor mij,
En ik geniet... Maar 'k heb iets moeten derven.

Twee jaar later kreeg ze alsnog wat ze dacht te moeten derven. Ze trouwde met Rik Roland Holst, de kunstschilder. Op de bruiloft, zo had ik gelezen, waren Herman Gorter en zijn vrouw, Albert Verwey en Kitty en Jan Toorop aanwezig. Daarna vertrokken ze op een huwelijksreis van twee maanden naar de Franse Rivièra en Italië. Denk je eens in! Pisa, Florence, Assisi te kunnen bezoeken. Wat een voorrecht.

Henriette had Rik bij de Verweys ontmoet. Hij was een jaar ouder dan zij en ook in de rouw, omdat zijn vader het jaar ervoor was overleden. Ik heb ze weleens samen zien wandelen. Hij was een aantrekkelijke man, maar hij had ook iets aanstellerigs met zijn gesoigneerde snorretje en zijn modieuze witte trui. Een dandy. Henriette liep met snelle dribbelpassen naast hem, zo vol aandacht voor wat hij aan het vertellen was dat ze mijn groet ternauwernood en verstrooid beantwoordde.

Rik had zich in het kleine pension Den Hollander gevestigd en bleef daar van de vroege lente tot de nazomer. Je kon hem op de veranda boven de serre van het pension zien zitten lezen en op het strand zien schetsen. Naar verluidt wilde hij ook modeltekenen, maar hij kreeg de meisjes in het dorp niet zover voor hem te poseren. Er werd gegrinnikt dat Henriette maar moest opschieten met die verloving, omdat haar vrijer zijn ogen liet dwalen.

Die zomer zag ik hen regelmatig strandwandelingen maken en in de duinen zitten. Het was ongehoord om dat zonder chaperonne te doen en het dorp sprak er schande van. Toen de verloving officieel was afgekondigd, kwam hij haar in de weekenden bezoeken. Ook dat maakte de roddeltongen los, want Henriette ontving haar verloofde alleen, in een leeg huis, als haar moeder uit logeren was bij haar broer in Leiden.

'Dat is geen manier om met elkaar te verkeren,' vond mijn moeder. 'Voor niemand niet, ook niet voor het intellectuele slag.'

Nu vader was overleden, was moeder ineens financieel kwetsbaar. Binnen het huwelijk was de man de drager van alle verantwoordelijkheid en hoorde een dame niet te werken en zich te bemoeien met geld. Moeders inspanningen reikten niet verder dan het huishouden leiden, borduren en zich inzetten voor charitatieve instellingen. 'Kwijnen in het boudoir' noemden stadse vrouwen dat. Nu vader was overleden, vielen al die bescherming en veiligheid weg en moest ze ineens in haar eigen onderhoud voorzien. Ze wist duidelijk niet waar te beginnen en ik had met haar te doen.

Er was wat kapitaal om op te teren, maar de lopende zaken behoefden voortdurende aandacht om geld te blijven opleveren. Nanning nam zo goed en zo kwaad als het ging het strandbedrijf over, ook al miste hij het zakelijk inzicht van vader. Helaas was er niemand om leiding te geven aan het badhotel en de rederij. Jan, met zijn overmatige drankgebruik en laconieke houding, was ongeschikt. Dominicus was niet van plan terug te keren naar Nederland. Mien en ik hadden als ongetrouwde vrouwen alle tijd, maar het was ondenkbaar dat wij leiding zouden geven aan wat dan ook. Er zat niets anders op dan de boel te koop te zetten.

Hoe anders was het in lagere kringen. Met een arbeidersloontje kon een man nog wel een vrouw onderhouden, maar zodra er kinderen kwamen ontstonden er moeilijkheden. De vrouw moest bijverdienen in de fabriek, de vishandel of als dienstbode bij een mevrouw. Het verlangen van eigengereide dames van hogere standen om het eigen brood te verdienen werd door hen niet begrepen. In hun ogen lag de vooruitgang er juist in thuis te kunnen blijven.

De koffer die ik onder mijn bed bewaarde, bevatte steeds meer brieven van Dominicus. Ik was degene die de eerste maanden op zijn brieven antwoordde, soms een groet overbracht van familieleden, maar vooral zelf eindeloos veel vragen stelde. Na verloop van tijd richtte hij zijn brieven helemaal aan mij, met passages waarbij hij me nadrukkelijk opdroeg ze niet aan moeder voor te lezen. Zo verbonden als ik me met hem voelde sinds hij was geëmigreerd, was ik toen hij nog thuis woonde nooit geweest. Het was alsof we eindelijk een vorm hadden gevonden om tot elkaar te komen.

Hij schreef dat Nederlanders die in Batavia arriveerden aanvankelijk geschokt reageerden als zij door de stad en het achterland liepen. Ze vonden het schandalig hoe de Aziatische levenswijze greep had gekregen op de emigranten, die toch het vaandel van de voc en de Republiek hoog moesten houden, en boven alles: de christelijke moraal. Juist deze mensen, met hun heilige verontwaardiging, bezweken als eersten voor de verlokkingen van de Oost. De dames dosten zich uit als Javaanse prinsessen, met sarongs die kleurrijk waren en zoveel gerieflijker dan knellende korsetten. De heren verwenden hun ogen met de ronggeng-danseressen die de vele feestjes opluisterden. Ze deelden hun werkdagen in met uren die beter pasten bij de tropische temperaturen en verloren zich in hazenslaapjes, erotische escapades met lokale schoonheden en het hazardspel, waarvoor ze zich diep in de schulden staken.

Ik kon me alleen een voorstelling maken van de Indische grandeur door de schilderijen die ik had gezien van de inhuldiging van koningin Wilhelmina in 1898 in Amsterdam. Op luxueuze passagiersschepen waren de Javaanse vorsten met groot gevolg gearriveerd. In de Nieuwe Kerk gaf hun aanwezigheid, met hun overdadige kledij en hun exotische uiterlijk, het Koninkrijk der Nederlanden iets van een imperium. Het koninginnetje, dat met haar achttien jaar bijna gebukt ging onder de zware rode hermelijnen koningsmantel, zag er breekbaar en tegelijk standvastig uit.

Dominicus had zich onmiddellijk bij aankomst in de Oost gewonnen gegeven. Hij gaf zich over aan het verindischen, dat hij als een verrijking, niet als een degradatie ervoer. Het werk in de drukkerij beviel hem, maar hij voelde de behoefte om op eigen benen te staan. Johanna had een vierde kind gekregen en het was tijd te vertrekken uit het grote landhuis. Bernardus had al bij een collega-drukker in Cirebon geïnformeerd en hoogstwaarschijnlijk kon hij er op korte termijn als chef aan de slag.

Ik vermoedde dat Dominicus de oordelende ogen van zijn zus en zwager niet meer kon velen en de ultieme vrijheid opzocht door uit hun blikveld te verdwijnen. In de brieven repte hij over een lokaal liefje dat hij in het verborgene zag. Blijkbaar hadden meer Europese mannen dat, aangezien er zelfs een term voor bestond: *njai*. Of de njai van Dominicus mannelijk of vrouwelijk was, schreef hij niet. Het deed er ook niet toe. Hij was gelukkig.

In mijn brieven aan Dominicus richtte ik me aanvankelijk op de gebeurtenissen binnen de familie, maar algauw schreef ik over mijn eigen gevoelens: hoe ik rouwde om vader en hoe moeilijk ik het vond om met moeder samen te leven, die haar bemoeienissen niet staakte – hoe oud ik ook was –, en over de wapenstilstanden die we dagelijks ondertekenden en weer schonden.

Ook mijn poëzie belandde in de brieven. Als Dominicus nog thuis woonde, zou ik alleen al blozen bij de gedachte om hem mijn gedichten voor te lezen, maar nu hij veilig aan de andere kant van de wereld zat, durfde ik flarden van mijn eigen werk aan te halen.

Veel vaker gebruikte ik fragmenten van andere dichters. De meeste kwamen uit *Sonnetten en verzen in terzinen geschreven*, de eerste dichtbundel van Henriette Roland Holst, die ik jaren eerder in een boekwinkel in Leiden had gekocht. De lange titel was in rood en zwart uitgevoerde sierletters op het omslag gedrukt en de gedichten stonden op streng omlijnde bladzijden van geschept papier. Excentriek en aanmatigend voor een debuut, vonden veel mensen.

Mij ging het om haar werk. Het was mystiek van aard. Niet in de kerkse zin van het woord – 'dat gedwongen devote', zoals Dominicus het noemde –, maar eerder als een vlammende poging om in aanraking te komen met het hogere, het goddelijke, alles wat buiten het tastbare valt:

Ik ben de *liefde* van de ziel; ik laat
Niet af van de haar passende staat is het rede-
Lijk lieven van wat *is*, en niet vergaat.

En als de ziel zoveel van mij bevat
Dat al haar gedachten gedrenkt met deze
Liefde zijn, als met geur elk rozeblad –
Dan heeft zij haar vleugelen gespreid
En is geheel haar eigenlijke wezen
Volgroeid. En dat is gelukzaligheid.

Moeder, die de bundel eens oppakte en erin las, had gesno-
ven en hem opzijgelegd. Blasfemie, was haar oordeel: 'Het
werk van de Here is in handen van onze Jet tot een heidens
modeartikel verworden.'

Uiteindelijk schreef ik Dominicus ook over mijn gebroken
hart, over liefhebben en kwijtraken, over oude beelden die
zich helder als een luchtspiegeling aan me opdrongen, over
de dag die ik vreesde en die naderbij kwam: de dag dat mijn
oude lief met een andere vrouw zou trouwen.

Ze heette Elisabeth, zo had ik inmiddels begrepen, en
werkte op een rokerij. Toen de dag van de bruiloft aanbrak,
hield ik me bezig met het nalopen van de voorraden in de
keuken en het uitdelen van opdrachten aan het huisperso-
neel, wat ik maar kon bedenken, van het oppoetsen van zil-
verwerk en het wassen van de overgordijnen tot het luchten
van de zolderkamers.

Mijn drukdoenerij kon niet verhelpen dat mijn gedachten telkens afdwaalden naar de bruiloft. Ik wilde me doof
en blind houden voor wat er die dag plaatsvond, maar mijn
geest kwam in opstand en drong met kracht beelden aan

me op van Jacob in zijn trouwpak, van zijn jawoord. Ik kon er niet onderuit: vandaag was Jacob getrouwd, vergeven aan een andere vrouw, voorgoed buiten mijn bereik.

De volgende dag hield ik me zo veel mogelijk schuil in mijn kamer om de praatjes die rondgingen uit de weg te gaan. In de gang hoorde ik een van de dienstmeisjes, die te gast was geweest, over de ceremonie praten. Ik ving iets op over een verlegen bruid, haalde diep adem en liep gauw door.

De Jacob uit het verleden was nu de enige Jacob die nog tot mijn beschikking stond. Ik probeerde me alleen het geluk te herinneren, niet de afwijzing, de teleurstelling, het vruchteloze wachten. Niet het vergeefs begeren. Ik probeerde mijn geschiedenis met hem te ontdoen van straatvuil en huisstof, hem schoon te poetsen en de glans terug te brengen, tot ze als een schitterende edelsteen alleen licht weerkaatste en geen donker verdroeg.

Zoiets vereist geduld en toewijding. Je moet bereid zijn je steeds het geluk voor de geest te halen en daarna de pijn om het wegglippen ervan, die onherroepelijk kloppend in scheuten naar boven komt, ferm en beslist weg te drukken.

Uiteindelijk lukte het me. Jacob werd de man die zachtjes mijn hand pakte en me naar het duin leidde, die mijn haar kuste, die me met kinderlijk plezier in de maling nam. Hij was niet langer de man die me kwam vertellen over zijn verloving, die me stijfjes toeknikte als ik hem passeerde op straat, die me zijn rug toekeerde en met grote stappen van me wegliep op het strand. Jacob, mijn Jacob, bestond alleen nog uit delen, zorgvuldig uitgekozen fragmenten: de glans van zijn ogen in het donker, de gejaagde ademhaling van zijn begeerte, het begin van zijn glimlach.

De troost won het van de treurnis. Misschien was het onverstandig om op deze wijze mijn verlangen smeulend te houden en onbewust te wachten op een voortzetting van het geluk, maar alleen op deze manier kon ik hem bij me houden.

Hij was naar verten verdrongen, in spelonken verstopt, maar niet verdwenen. Hij bleef me vergezellen, in wenkende onbereikbaarheid.

14

Nog maanden wachtte Jacob om Betje de vraag te stellen zijn vrouw te worden, alsof hij hoopte op een plotselinge wending van zaken. Uiteindelijk verlieten de woorden bijna vanzelf zijn mond en hing Betje snikkend om zijn hals.

De bruiloft vond drie maanden later plaats in een kerk die afgeladen vol was; daar had zijn oude moeder wel voor gezorgd. Stralend zat ze op de voorste bank, en hij hoefde alleen maar naar haar te kijken om zichzelf ervan te vergewissen dat hij het juiste deed.

Hij sprak zijn jawoord luid uit. Er werd gelachen, en hij begreep niet helemaal waarom. Onzeker keek hij om zich heen en ving een knipoog van Leendert op.

Betje en hij zouden de eerste tijd bij zijn moeder in het huis aan de Kabeljauwsteeg wonen, tot ze genoeg geld hadden gespaard voor een eigen huisje. Er was genoeg ruimte – ooit hadden hier zeven kinderen en twee volwassenen geleefd en geslapen –, maar ze hadden zelden een moment voor zichzelf. Moeder was altijd in de buurt: aan de overkant bij de waterput waar de andere oudere vrouwen samenkwamen of in haar vaste stoel aan de korte kant van de keukentafel. Vanaf de dag na de bruiloft kookte Betje de warme middagmaaltijd. Als oudste dochter was ze daarin bedreven, maar toch zag zijn moeder kans om commentaar te leveren op hoe ze de aardappels schilde, de erwtensoep bereidde, de vis bakte. Ze knikte en glimlachte dan klein-tjes, maar Jacob zag dat ze zich moest inhouden om niet van zich af te bijten.

Hij was veel vaker thuis dan hij gewoon was. Hij ging nog maar een enkele keer naar de kroeg, want elke cent die hij uitgaf aan drank betekende uitstel van hun plannen. Het werk was teruggelopen. Zijn toekomst als vissersman was ongewis geworden. Na de dood van Willem van Konijnenburg had niemand de rederij overgenomen. De bomschuiten waren verkocht aan reders elders in het land en er waren geen nieuwe voor in de plaats gekomen, zodat er niet genoeg werk was voor alle haringvissers van het dorp. Nog maar een paar keer per seizoen voeren de schuiten uit naar het noorden, naar de visgronden, en de rest van de tijd had hij niets omhanden. Van het geld dat Betje in de rokerij verdiende konden ze met moeite rondkomen, maar ook daar liep het werk terug vanwege de haperende en schame-le aanvoer van haring.

In de rest van het land kon het intussen niet op. De economie groeide en bracht allerlei vormen van extravagantie voort. Er werd gepraat over een groot luxueus verkoopmagazijn in Amsterdam genaamd De Bijenkorf, waar je alles – van leren tassen en geurige kruiden uit de koloniën tot puddingpoeder – zou kunnen kopen. In de etalage stonden menshoge poppen in een decor van bos of sneeuw, afhankelijk van het seizoen, en kinderen drukten hun neus tegen de ramen.

Steeds meer mensen in het dorp reden op fietsen tussen de koetsen en karren door, ervoor wakend dat hun banden in de rails van de stoomtram vast kwamen te zitten. Een enkeling reed in een automobiel. Gefortuneerde, excentrieke badgasten kwamen in hun bolides naar de kust rijden en parkeerden hun stinkende en grommende rijtuigen pontificaal op de boulevard, zodat de dorpelingen, 'de kleine luyden', ernaar konden kijken.

Noordwijk leek steeds minder op het kleine vissersdorp dat het ooit was. Waar eens tientallen bomschuiten te pronk lagen in de branding, dobberden nu twee ranke witte boten voor de pleziervaart. De pittige geur van bruine teer waarmee de bommen waren besmeerd had plaatsgemaakt voor de geur van bier en versnaperingen, die op het strand in kramen aan de badgasten werden aangeboden. Op warme zomerdagen was het op het strand drukker dan in het dorp: het was bezaaid met hoge rieten strandmanden waarin badgasten tegen de zon beschut uitkeken op zee, groepjes mensen die zich op kleden in het zand vermaakten en kinderen die in matrozenpakjes in het kimmetje speelden.

Op de Noordboulevard werden doorlopend nieuwe pensions gebouwd. De oude zeetaverne van Cornelis Vliet Vlieland was al afgebroken om plaats te maken voor een restaurant, en nu was het zelfs uitgebouwd tot een hotel dat Hotel Oranje werd genoemd. In de duinen, waar boetsters eens de haringnetten repareerden, waren villa's verrezen. Huis ter Duin breidde uit met steeds nieuwe dependances om de almaar toestromende badgasten op te kunnen vangen. Ook aan de Zuidboulevard werd druk gewerkt aan een in Duitse landhuisstijl gebouwd verblijf, Villa Seehorst, dat naast het nieuwe Hotel Zee en Duin kwam te staan. Alleen de zee was onveranderd gebleven.

Bijna een jaar na de bruiloft raakte Betje zwanger. Toen voor de tweede keer haar maandstonden uitbleven, vroeg ze Jacob te gaan zitten en legde met een oeroud, eenvoudig gebaar haar hand op haar buik, zoals alleen zwangere vrouwen dat kunnen.

'We verwachten een kind,' zei ze ten overvloede.

Hij wist natuurlijk dat het ieder moment kon gebeuren, vermoedde zelfs dat Betje er al maanden op hoopte, en toch veroorzaakte het een grote schok in zijn binnenste. Het werd menens; hij moest straks de verantwoordelijkheid dragen voor drie.

Een paar dagen later liep hij met een paar oudere collega's mee naar de vissershaven in Scheveningen. Zij gingen erheen om af te varen, hij om te zoeken naar werk. Niet langer werd er met een scheef oog gekeken naar vissers die hun heil in de omliggende dorpen zochten; er was gewoon te weinig werk.

Die eerste keer keerde hij zonder zaken te hebben gedaan naar huis. De keer daarop trof hij een schipper die het wel met hem wilde proberen. Hij ging mee met een zeillogger, een veel snellere zeiler dan de bomschuit, die zodoende meer reizen per seizoen kon maken. Jacob viel in de smaak en kon rekenen op tientallen weken werk.

Aan wal lukte het hem goed bij de les te blijven, maar als hij op zee was keerden zijn gedachten regelmatig terug naar Adriana. In zijn geest was haar beeltenis helder en scherp, alsof hij haar gisteren nog had gezien; er zijn dingen die tegen het vitriool van de vergetelheid bestand zijn. Toch had het gif zijn werk gedaan, want gaandeweg had hij ongemerkt bestaande details weggelaten en verzonnen details toegevoegd, tot de herinnering naast de waarheid bestond, voor altijd opgenomen in het bewustzijn en buiten de schriftuur van de tijd.

Jacob vroeg zich af of hij Betje, als er zo weinig zou zijn voorgevallen tussen hen als tussen hem en Adriana, ook zo in zijn gedachten zou hebben gehouden. Hij betwijfelde het. Kennelijk kan de ene liefde niet bestaan zonder regelmatig omgang te hebben, en kan de andere liefde bij onthouding gedijen zonder dat gevoelens verkoelen of afsterven.

Nu hij getrouwd was en daarmee elke weg naar Adriana had afgesloten, verzette hij zich niet langer tegen de kracht van zijn herinneringen, maar koesterde hij ze in het verborgene. Zijn geest keerde er steeds opnieuw naar terug, om er genotzuchtig te vertoeven, zoals het lichaam zich steeds gerieflijk op dezelfde manier vormt in een comfortabele uitgesleten stoel.

Naarmate de buik van Betje groeide en haar rug zich kromde om haar evenwicht te behouden, vloeide de kracht weg uit het lichaam van zijn moeder. Het was hem al opgevallen dat ze magerder was geworden en met steeds meer moeite uit haar stoel opstond. Haar bezoekjes aan de markt en de waterput hield ze beperkt, tot ze er uiteindelijk mee op was gehouden.

Toen hij terugkwam van een reis liep Betje met een zorglijk gezicht op hem af.

'Het is je moeder,' zei ze eenvoudig.

Drie dagen eerder had Betje tevergeefs geprobeerd haar uit bed te helpen. Ze had dokter Hermanides laten komen en hij adviseerde bedrust en warme melk om aan te sterken.

De oude vrouw begon vocht vast te houden. Haar lijf zwol op tot haar vingers zo dik waren dat ze ze niet meer kon buigen en haar enkels de gestrikte linten van haar lange ondergoed niet meer konden verdragen, zodat Betje de pijpen bij de knie moest afknippen. Geen jammerklacht ontsnapte aan de lippen van de zieke vrouw. Ze onderging stilletjes haar lot – niet uit berusting, maar uit ontzag voor wat haar overkwam. De ziekte die haar beving kwam van God, zoals alles in het leven van God kwam. Het was de toorn Gods die haar moest raken, waarna ze weer beter werd, of het was Zijn lokroep tot Hem te komen, waarna ze zou sterven – de tijd zou het leren en geen mens die er iets aan kon veranderen.

De ziekte trilde naar buiten door het vlees van haar vermoeide leden en sloeg als dampende hitte van haar gloeiende huid af. Het lukte niet meer haar in een jurk te hijsen en ze droeg doorlopend een nachtjapon.

Als Jacob bij haar bedstee stond, zag hij nu eens een blootgewoelde onderarm, dan weer een naakte gezwollen kuit. Hij wendde zijn blik gegeneerd af en probeerde zich te concentreren op haar gezicht, waarvan hij hoopte dat het hem gerust zou stellen, maar dat hem al even vreemd voorkwam. Haar trekken waren onherkenbaar geworden door een verbeten, van pijn vertrokken grimas en haar lippen brachten geen woorden voort die bij haar pasten, maar een ijlende woordenvloed over God en Satan. Haar toon was desalniettemin kalm en dat irriteerde hem. Wanneer was ze verdomme ooit eens kwaad geworden in haar leven?

Zijn broers en zussen kwamen om beurten 's nachts bij haar waken, maar Betje bekommerde zich nog het meest van iedereen om zijn moeder. Met natte, verkoelende lappen en kalmerende woorden stond ze haar bij. Betje was de enige die haar gejaagde ademhaling tot rust kon brengen door haar hand vast te houden en hardop te bidden.

Haar zorg ontroerde hem.

Als hij Betje op een onbewaakt moment in haar eentje zag zitten, met een strelende hand over haar bollende buik en een verheugde glimlach op haar gezicht, besefte hij hoeveel beheersing het haar moest kosten om geen blije verwachting tentoon te spreiden. Ze vestigde geen enkele aandacht op haar zwangerschap, uit respect voor het gevecht dat zijn moeder leverde. Op die momenten hurkte hij neer bij haar stoel en legde zijn hoofd op haar buik, in stille kameraadschap.

De laatste dagen was de ademhaling van zijn moeder niet langer gejaagd, maar traag en zuchtend, alsof het haar moeite kostte haar borst te laten dalen en rijzen. Ze lag er roerloos en zwijgend bij, elk voedsel en zelfs elke vloeistof weigerend. Betje bracht eetlepels water naar haar mond, maar ze kneep hem dicht met haar laatste krachten. Later volstond Betje ermee met een natte doek haar lippen te bevochtigen.

Jacob schrok van de geur van gisting en vochtige aarde die rond zijn moeder hing, en meer nog van de walging die dat in hem opriep. Hij voelde weerstand haar aan te raken, te dicht in de buurt te zijn zelfs. Weerzin voor je eigen moeder – hij schaamde zich en zette zich ertoe plukken haar uit haar gezicht te strijken en de sprei recht te trekken.

Zijn broers en zussen, die moeder kwamen bezoeken, gingen niet meer weg. Het was duidelijk dat het onvermijdelijke niet lang op zich zou laten wachten. Ondanks zijn tegenwerpingen liet Betje een dominee komen om voor te gaan in gebed en een zegening te geven.

'Voordat het te laat is,' had ze gezegd.

Hij zag er de noodzaak niet van in om haar te laten zegenen voordat ze kon hemelen. Waarom had een vrouw die zo godvrezend was een vreemde nodig om mee te bidden?

De dominee kwam, knikte kort naar de aanwezigen en liep op het ziekbed af. Hij haalde zijn Bijbel tevoorschijn en begon voor te lezen.

'Ken Hem in al uw wegen en Hij zal uw paden recht maken,' zei hij plechtig voor hij wegging.

Jacob voelde woede in zich opwellen. Zijn moeder had alleen maar paden bewandeld waarvan ze dacht dat ze Zijn zegen hadden, en waar had het haar gebracht?

Ze overleed die nacht, alsof de dominee haar de moed had gegeven de oversteek te wagen.

Een eenvoudige begrafenis volgde. Jacob zag hoe de rituelen het onbegrijpelijke en onaanvaardbare in banen leidden.

Met zijn broers en zussen kwam hij overeen dat Betje en hij in het ouderlijk huis zouden blijven wonen. Hij verdeelde het geld dat hij en Betje tot dan toe hadden gespaard onder hen, en in ruil daarvoor kwam het huis op zijn naam te staan.

Drie maanden na de begrafenis baarde Betje een zoon, die ze Cornelis noemden. Het jaar erop kregen ze een tweede zoon, Isaac, en in 1907 volgde een derde kind. Het was een meisje, dat de naam Marijtje kreeg.

Nu hij vader was ervoer hij de zee meer dan ooit als een vrouw die vanuit haar donkerte leven voortbrengt. Hij zou haar diepten nooit leren kennen. Ook Betje kon hij, zelfs na jaren huwelijk, nooit helemaal doorgronden. Ze bleef een ander, hoe diep hij haar ook in de ogen keek, hoe diep hij zich ook in haar drong als ze gemeenschap hadden en hoeveel zaad hij ook op haar buik uitstortte om een volgend kind te voorkomen.

Soms was ze onwillig als een span op hol geslagen hengsten. De oorzaak ervan bleef hem onduidelijk en meestal voegde hij zich naar haar luimen tot hij de vertoning beu was en met de vuist op tafel sloeg om er een einde aan te maken. Meestal was ze plooibaar en even goedlachs als toen hij haar had leren kennen. Hij had het idee dat Betje zich, zoals de meeste vrouwen, aan hem onderwierp uit berekening en slimmigheid, niet uit zwakte of angst. Ze was dienstbaar, voerde een ogenschijnlijke minderwaardigheid op om hem te krijgen waar ze hem wilde hebben. Niet dat hij die dienstbaarheid eiste of zelfs maar verwachtte. Ze was wat hij kende. En ze was wat zij kende.

Hun omgang wortelde meer in de traditie dan dat ze hem zelf hadden vormgegeven. Misschien werd dat nog versterkt doordat de vorige generatie, in de vorm van zijn moeder, er zo dicht bovenop had gezeten toen ze net getrouwd waren.

Leendert had hem eens gezegd dat een man zijn vrouw de baas moet blijven bij de zaken die ertoe doen, maar niet alles op de spits moet drijven als hij het gezellig wil hebben in de bedstee.

'Zo werkt dat in de echtelijke liefde,' had hij gezegd.

Was dat wat hij nu ervoer: echtelijke liefde? Was liefde een bondgenootschap tegen de armoede, een blik van verstandhouding, tegen elkaar aan in slaap vallen? Zijn gevoel voor Betje liet zich gelden als hij naast haar in de kerkbank zat en haar stem hoorde klinken boven die van de anderen uit en hij niet wist of dat hem ergerde of bekoorde, en als ze bij hem aan tafel schoof als hij at, soms met een baby aan de borst of een kleuter die aan haar rokken hing, omdat ze eraan hechtte hem niet alleen te laten eten.

Op een avond trof Jacob Betje aan met een boek in haar handen en een diepe frons tussen haar wenkbrauwen. Ze bewoog haar vinger over het papier langs de zin die ze aan het lezen was. Voor zover hij wist kon ze niet lezen, omdat ze al vroeg van school was gegaan om haar moeder te helpen. Hij moest haar de teksten op aanplakbiljetten en krijtborden altijd voorlezen.

Hij bekeek het tafereel met verbazing. Betje was een vrouw die tevreden was met wat zich aandiende en die niet snel iets nieuws in haar leven uitnodigde.

Met een grijns griste hij het boek uit haar handen.

'*Hermelijn*, eerste deel,' las hij zwierig voor, 'romantische werken door Melati van Java. Wat moet jij hiermee? En sinds wanneer kun jij lezen?'

'Ik heb altijd wel een beetje kunnen lezen, hoor,' zei ze gepikeerd. 'Ik had gewoon zin om eens over andere dingen te horen. Het geroddel hier rond de waterput ken ik intussen wel.'

'En dit boek gaat over andere dingen?'

'Over een vrouw die naar Nederlands-Indië gaat om haar echtgenoot te ontmoeten, met wie ze met de handschoen is getrouwd. En dan blijkt die man helemaal niet zo geschikt.'

'Aha, huwelijksleed,' grapte Jacob. 'Héél anders dan de praatjes hier, inderdaad.'

Ze gaf hem een speelse duw; hij wankelde en zij maakte van het moment gebruik om het boek terug te pakken.

'Ik heb het uit de bibliotheek van Ons Huis, als je het weten wilt. Die jongedame van Van Konijnenburg geeft daar af en toe leesles.'

Jacobs gezicht verstrakte. Een korte steek in zijn hartstreek kondigde de onrust aan die Adriana in hem losmaakte. Hij veinsde kalmte.

'Nou, ik hoop dat het allemaal goed komt met die bruid,' zei hij beheerst en hij liep de kamer uit.

15

Terwijl de vissers de boeken van Ons Huis links lieten liggen, wisten de dorpelingen de bibliotheek steeds beter te vinden. Vooral onder de dorpsvrouwen was er een groeiende belangstelling voor boeken over het huwelijk, hygiëne, opvoeding, Nederlands-Indië en de bruiloft van koningin Wilhelmina met prins Hendrik in 1901. *Het Seksueele leven der Vrouw* van dr. Anna Fischer-Dückelmann was echter veruit de populairste titel. Op de achterkant stond het aangeprezen als 'een goed en leerzaam boek, dat niet alleen in handen van vrouwen, doch ook van getrouwde mannen behoort te komen'.

De werken van Couperus, Roland Holst en Gorter werden nauwelijks uitgeleend. Veel meer aftrek vonden de romans van Thérèse Hoven, Melati van Java en Catharina Alberdingk Thijm, de zus van Lodewijk van Deyssel, en boeken van lager allooi met titels als *Onthullingen uit Donkere Huizen* en *Liefdesavonturen van een Officier der Uhlanen*. De kerkelijke gezagsdragers zagen de bibliotheek het liefst sluiten, want ze beschouwden de instantie niet als verheffend, maar zedenbedervend.

Vrouwen kwamen binnenlopen op aanraden van hun buurvrouwen en vriendinnen. Door de schroom waarmee ze me om boeken vroegen en de inspanning die het hun kostte het achterplat te lezen, zag ik dat ze weinig leesonderwijs hadden gehad. De meeste vrouwen uit het dorp hadden kort op school gezeten en waren zodra het nodig was van school gehaald om in het huishouden te helpen, de vis te verkopen of voor hun broers en zusjes te zorgen. Daarna hadden ze geen boek meer aangeraakt. Ik had aan een van die vrouwen, die weifelend met een roman in haar handen stond en me ietwat hulpeloos aankeek, eens voorgesteld om het boek samen te lezen. Elke woensdagavond kwam ze langs, bracht nu eens deze en dan weer die vriendin mee, en voordat ik het wist was het groepje uitgedijd tot zeven vrouwen.

Ik noemde het met opzet geen leesles, want dat vond ik nogal aanmatigend klinken. Ik had drie exemplaren van een roman van Marcellus Emants geregeld, die we rustig, zin voor zin, doornamen. Een enkele keer kwam er een kind mee of werd er een baby aan de borst gelegd, maar meestal hadden de vrouwen hun moeder of buurvrouwen gevraagd om op hun kinderen te passen. Het waren geanimeerde avonden, waarbij de gesprekken over het boek afwaaierden naar het echte leven. De vrouwen, zo ontdekte ik, hadden een goed gevoel voor humor. Ik voelde me thuis in hun midden, al was hun openhartige zelfspot me vreemd. Bij de naaikransjes van mijn moeder was het zeer ongebruikelijk om over eigen gevoelens of problemen te praten; hier leek het of de vrouwen tegen elkaar opboden in klein leed en er hartelijk om lachten.

Op een avond nam een van de vrouwen een slanke, blonde vrouw mee. Ze stelde zich voor als Betje, vissersvrouw, moeder en werkzaam in de rokerij.

Ik moet een kleur hebben gekregen. Daarna hernam ik mezelf en schudde de toegestoken hand van de vrouw die Jacob boven mij had verkozen.

De avond ging voorbij in een roes. Ik kon me nauwelijks

concentreren op de woorden, liet het voorlezen over aan een vrouw die goed gevorderd was en loerde af en toe naar Betje, die eenmaal onzeker terugkeek en verlegen glimlachte. Ze zei die avond geen woord, maar ik kon zien dat ze van het samenzijn en van het verhaal genoot.

Ze was knap op een toegankelijke en niet-intimiderende manier. Dat stak me eerst, maar gaandeweg vond ik haar open blik en regelmatige trekken wel passen bij haar rustige karakter. Naarmate ze vaker kwam, ging ik haar gezelschap op prijs stellen. Ze was welwillend, goedlachs en zich van geen kwaad bewust. Ik zag wat hij in haar moest waarderen, maar ik ontdekte ook andere trekken, die ik niet met de zijne kon rijmen. Ze leverde zelden een bijdrage aan het gesprek. Ze had een zekere terneergeslagenheid, een berustende aard, terwijl hij veel feller en levendiger was. Legde hij zich daar teleurgesteld bij neer of vulden ze elkaar juist goed aan? Ik kende het huwelijksspel niet en kon niet oordelen over die dingen, besloot ik.

Het feit dat Betje bij Jacob hoorde, deed me geen afstand nemen, maar juist toenadering zoeken. Als we niet bij hen kunnen zijn van wie we houden, dan zoeken we kennelijk de nabijheid van hun familie, vrienden – desnoods hun echtgenoot – op in de hoop naderbij te komen. Via Betje kon ik zijn geur opsnuiven, iets van zijn energie oppikken, en ik voedde me ermee.

Er gingen stemmen op om Ons Huis te sluiten. De donaties waren teruggelopen tot een schamel minimum, de cursussen voor de vissers waren al twee jaar gestopt door geldgebrek en het huis deed, behalve als bibliotheek, alleen nog maar dienst als dranklokaal voor vissers in de winter – iets waar Noordwijk de laatste jaren een overschot aan had gekregen. De vereniging Ons Huis bleef bestaan en werd ondergebracht in de openbare school en de Katwijkse visserijschool, maar ik moest afscheid nemen van het gebouw en de bibliotheek. Ons Huis werd eerst omgedoopt in een pension en werd kort daarna gesloopt, waarna er in 1909 een nieuw hotel verrees, De Poolstar geheten.

De boeken werden aan families in het dorp geschonken en de leeslessen zette ik thuis voort. Moeder protesteerde in eerste instantie. Ze vond het geen pas geven om vissersvolk in huis te halen, maar ik trok me er niets van aan.

Toen het eenmaal zover was en er iedere woensdagavond een groepje vrouwen in de antichambre zat, had ik het idee dat ze er heimelijk van genoot dat er weer wat bedrijvigheid in huis was. Mien was opgetogen over de onderbreking van haar verveling en kwam er iedere week bij zitten, met haar oren gespitst.

Het voorjaar bracht de geur van gekortwiekte tulpen mee. Om Noordwijk heen ontlook de bloemenweelde. Op straat zag je de eerste vrouwen in zomerjurken en vroege badgasten brachten stadse frivoliteit en levendigheid in het dorp.

Het beloofde een druk badseizoen te worden. De bouwwerkzaamheden voor het enorme Palace Hotel aan het strand waren bijna voltooid. Het moest, naast Huis ter Duin, Noordwijks meest prestigieuze hotel worden en stond op de plek waar ooit ons badhotel Konijnenburg had gestaan. Nadat moeder het hotel had verkocht, was het verbouwd tot een café-restaurant. In de bijgebouwen werden een bloemen- en fruitwinkel, een sigarenmagazijn en een boekhandel gevestigd. Het duurde een jaar voordat alles tegen de grond ging – ook de muziektent die ervoor stond, tot verdriet van de dorpelingen – om plaats te maken voor het Palace Hotel.

Het was een imposant gebouw met bijna honderd hotelkamers, ingericht voor badgasten van alle nationaliteiten.

Aan de buitenkant prijkten de wapens van landen als Brazilië, België, Hongarije, Frankrijk, Rusland, Engeland, Duitsland, Spanje en Zwitserland. Boven de balkonnetjes hingen gestreepte zonneschermen voor de ramen, het had een steil, puntig dak en voor de galerij met bogen op de begane grond werd 's zomers een serrerestaurant ingericht. Een paar weken na de opening ging ik er uit pure nieuwsgierigheid met Mien en moeder heen om de lunch te gebruiken.

We troffen een grandeur die we tot dan toe alleen buiten de dorpsgrenzen, in steden als Leiden en Haarlem, hadden gezien. De tafels waren met kostbaar tafellinnen gedekt, de glazen waren van geslepen kristal en de servetten waren gevouwen tot bisschopsmutsen. De overvloed en de beschaving hadden hun weg naar Noordwijk gevonden.

Het voelde vreemd om plaats te nemen in dit deftige restaurant, op de plek waar ooit onze gezellige houten veranda gevuld was met een vrolijke chaos van hotelgasten, vissers en visinkopers. Daar, links, wees moeder, had afslager Engel Smit gestaan, met zijn gedraaide stok in de lucht, wachtend tot iedereen er was en ze naar het strand konden om met de verkoop te beginnen. En achter ons, rechts, zei ze, was de entree geweest van het badhotel. Toen lag er altijd een flinke zandophoping voor de deur; hier zorgde een laag stenen muurtje voor beschutting van het terras en het mechanische zonnescherm voor een prettige schaduw. Het zand dat toch nog zijn weg had gevonden naar het restaurant, werd door de garçons weggeveegd met een rijsbezem.

Ik had met moeder te doen. Ze had het duidelijk moeilijk met het verglijden van de tijd en het verschuiven van de orde der dingen. Met de afbraak van het badhotel en de muziektent, de overname van de badkoetsen en badpaarden door badman Pieter Bedijn en het verdwijnen van de vloot was er in het dorp niets tastbaars overgebleven van het levenswerk van vader. Alles was verramsjt.

'Belieft u iets te drinken?' vroeg een kelner in een zwart pak, een hagelwit overhemd met gesteven boord, een vlinderstrik en een voorschoot.

We schrokken op uit onze mijmeringen en bestelden drie glazen limonade.

Even later kwam de kelner terug met de glazen. Hij noemde de lunchgerechten op die hij speciaal aanraadde en legde de lunchkaart neer in afwachting van onze keuze.

De man beschikte over onberispelijke omgangsvormen, een fiere houding en smetteloze kleding. Hij was een heer, bijna. Tegen Duitse en Oostenrijkse gasten sprak hij met groot gemak Duits. Bij de tafels met bohemiens en kunstenaars was zijn toon zwierig, en correct bij de tafels met een stijvere clientèle uit hogere kringen. Hij was onzichtbaar tot hij geruisloos kwam aansnellen met schalen, een kleine buiging maakte en met een lepel de gekozen stukken vlees of vis op de borden van zijn gasten legde. Hij gedroeg zich niet ondergeschikt, maar eerder trots, waardig, met eer in zijn werk.

Ons bediende hij met meer dan gebruikelijke courtoisie en een voortdurende zweem van een glimlach om zijn mond. Naar Mien keek hij met bijzondere interesse, maar zij merkte het niet op.

Mijn blik dwaalde die middag telkens naar hem af. Ik observeerde hoe hij snel en kordaat met een kruimelveger de kruimels van het tafelkleed van de tafel van een jong echtpaar nam, waarvan gefluisterd werd dat de man in nauwe betrekking met het hof stond. Geen van de kruimels kwam op diens schoot terecht. Terwijl hij aan het werk was, keek de kelner even op, zodat zijn blik toevallig de mijne kruiste. Hij keek niet weg en knikte vriendelijk. Ik bloosde zonder te weten waarom.

'De tijden veranderen,' zei moeder met een zucht nadat we hadden afgerekend. Ze stond van tafel op met een abruptheid die mij vertelde dat ze, als het aan haar lag, nooit meer zou terugkeren naar dit etablissement. De tijden konden dan veranderen, zíj hoefde er niet in mee te gaan.

De chic die hun dagen in Noordwijk doorbracht bestond tegenwoordig vooral uit vooraanstaande bankiers, politici en industriële magnaten. Niet afgeleid door politiek of zaken, ver van de stadse jachtigheid, lieten ze de teugels vieren. De heren knoopten hun dassen los in de zon en de dames tilden hun rokken op om door het mulle zand te lopen. Hier en daar waren zelfs blote voeten op het strand te zien, iets wat in de jaren ervoor nog ondenkbaar was.

'Nieuwe rijken' noemde moeder hen minachtend, en ze wees er daarna doorgaans op dat ze dan misschien wel het geld, maar niet de goede manieren van de oude adel hadden overgenomen. Op zulke momenten dacht ik geamuseerd dat ze zelf bepaald niet uit een adellijk geslacht kwam en dat ze door de zoon van een edelman met een niet-erfbare titel te huwen geen stap dichter bij toetreding tot de adelstand was gekomen.

Bovendien kwamen de nouveaux riches me levendiger, geraffineerder, slimmer en ondernemender voor dan de aristocraten. In deze opvatting was ik een kind van mijn tijd. Waar vroeger de adel vol achting werd beschouwd als de door God aangewezen elite, werd hij nu gezien als een klasse van ontaarde, kleingeestige klaplopers. Opleiding en burgerlijke verdiensten legden tegenwoordig meer gewicht in de schaal dan onberispelijke komaf.

De macht van de Europese landadel, vooral de Britse, Hongaarse en Oostenrijkse adel, was tanende. Hun overwicht was gebaseerd op grondbezit en het verbouwen van producten. Door de koelschepen waarmee waren goed geconserveerd konden worden vervoerd, werden vlees- en zuivelproducten van over de hele wereld toegankelijk. De mondiale markt was werkelijkheid geworden, en dat trof de aristocratie als een mokerslag. Edellieden verkochten hun grond, losten hun schulden af en belegden hun geld in aandelen, waarmee ze onbedoeld het proces versnelden: het geld werd vaak geïnvesteerd in de opbouw van moderne landbouw en industrie in het buitenland.

Landbezit werd een dure hobby en de verarmde adel moest het oude familiebezit verkopen of uitbaten, zoals mijn grootvader al deed met zijn Hof van Holland. Ze moesten meegaan met de nieuwe wereld door bedrijven te beginnen en goede investeringen te doen.

Een paar dagen na onze lunch zag ik de kelner die ons had bediend op de boulevard wandelen. Zo zonder zijn kelnerjas en voorschoot was hij ineens een individu, niet langer in voorgeschreven gedrag gevangen, maar met een eigen persoonlijkheid en flair. De manier waarop hij zijn sigaret tussen zijn lippen klemde en zijn jaspanden bijeenhield tegen de wind was elegant te noemen. Zijn fiere, mannelijke lichaamshouding maakte dat ik naar hem keek – iets langer, en nog eens.

De beleefde vriendelijkheid die hij zich als kelner had aangeleerd, legde hij in zijn vrije uren af. Vrijpostig keek hij terug, nam een trek van zijn sigaret en maakte een olijke buiging bij wijze van groet.

Ik knikte terug, de mengeling van bewondering en angst die ik voelde zo goed en zo kwaad als het ging verbergend. De bescherming van de vastgelegde verhoudingen van employé en gast was buiten het restaurant verdwenen en ik voelde me kwetsbaar onder zijn blik.

Iets in mij dreef me terug naar het restaurant. De eerstvolgende keer dat ik op bezoek zou gaan bij Nettie, stelde ik voor in plaats daarvan koffie te gaan drinken in het Palace Hotel. Ik arriveerde alleen en zocht een tafeltje uit, waar ik op Nettie wachtte. Mijn blik richtte ik op de zee, maar onbewust zochten mijn ogen de kelner die me zo vrijpostig had bekeken. Ik zag de commis de rang spuitwater in de kristallen karaffen gieten, het bestek opwrijven en verse bloemen in de kleine vaasjes op tafel steken. Er heerste een slaperige rust voordat dadelijk de hectische bedrijvigheid van het lunchuur los zou breken.

Toen hij naar buiten kwam wandelen en mij zag zitten, lichtten zijn ogen op. Onmiddellijk beving me een nervositeit. Het evenwicht was kennelijk nog steeds zoek, ook in deze omgeving. Er was iets veranderd. We waren ook hier geen gast en gastheer meer, maar man en vrouw.

In een rechte lijn kwam hij op mijn tafeltje af gelopen. Hij leek sterker te worden van deze spanning; ik voelde me erdoor ontredderd.

'Dag, jongedame, wat een genoegen u weer te mogen begroeten,' zei hij.

'Goedemiddag,' zei ik stijfjes en ik keek naar mijn handen, wat me alleen nog maar meer verraadde.

'Mag ik u een drankje van het huis aanbieden?'

Ineens vond ik koffie te truttig klinken en overmoedig vroeg ik om een glas witte wijn.

Terwijl hij het in orde maakte, hoorde ik in mijn achterhoofd onophoudelijk de woorden die mijn moeder zou uitspreken als ze naast me had gezeten: dat ik aanleiding gaf, dat ik me veel te lichtzinnig gedroeg voor mijn leeftijd en het fatsoen schond.

'Kijk eens, een glas van onze beste chablis,' zei hij en hij zette het glas op tafel. Daarna bleef hij staan.

'Mag ik zo vrij zijn te vragen of u hier uit het dorp komt, mejuffrouw?'

Ik beaamde het. In een opwelling vertelde ik hem dat mijn vader op precies deze plek een badhotel had gebouwd, hoe het eruit had gezien en hoezeer ik er in mijn meisjesjaren van had genoten op de veranda naar de zee en de bomschuiten te kijken.

Hij luisterde aandachtig, stelde vragen, leek oprecht geïnteresseerd.

'Is het weemoed die u naar deze plek doet komen?' vroeg hij.

'Dat en de prettige sfeer,' zei ik met een lach. De stem van mijn moeder in mijn hoofd nam toe.

Inmiddels waren er enkele tafels gevuld met nieuwe gasten en nam het geroezemoes toe.

'Ik moet me excuseren,' zei hij spijtig. 'De plicht roept.'

Het gebabbel van de gasten, de geluiden van bestek op borden, de koele wijn, de tabaksgeur die even scherp mijn neus binnendrong en daarna werd verdreven door de wind, gaven me een gevoel van vrijheid. Genietend sloot ik voor een moment mijn ogen, toen Nettie plotseling voor me stond.

'Zo, zus, jij neemt het ervan,' zei ze. Ze ging naast me zitten en keek kritisch rond. 'Op stand hier.'

Ik lachte, luider dan ik mezelf in tijden had toegestaan.

Toen ik terug naar huis liep, kwam ik Betje tegen op straat. Ze begroette me hartelijk. Ik wilde doorlopen, maar ze hield me staande.

'Ik heb nu al zo vaak jouw huis bezocht dat het best een keer andersom mag wezen,' zei ze. 'Heb je zin om bij mij thuis een kop koffie te drinken?'

Ik kon niet weigeren. Het zou ongeïnteresseerd of zelfs

hooghartig overkomen als ik dat deed, alsof ik me te goed voelde om me in de arbeidersbuurt te begeven.

We wandelden naar de vissershuisjes in de Kabeljauw-steeg. Betje babbelde aan één stuk door, zodat het niet op-viel dat ik niets zei. Tussen de twee rijen kleine huisjes stond een waterput met wasrekken eromheen, waar vrou-wen met opgetrokken mouwen hun was op schoonborstel-den. Aan de waslijnen hing wasgoed van zeer intieme aard. Ik wist niet waar ik moest kijken.

De mogelijkheid dat Jacob thuis zou zijn, joeg mijn hart-slag op. Betje leidde me naar een huis in het midden van de straat. De deur stond open en vanuit mijn ooghoeken zag ik een man aan de keukentafel zitten. Ik durfde nauwelijks op te kijken, maar toen Betje me aan hem voorstelde kon ik niet anders.

De verstreken tijd was zichtbaar in zijn gezicht; zijn rim-pels waren dieper, maar hij was er alleen maar aantrekkelij-ker op geworden.

Jacob stond op van zijn stoel, zichtbaar uit zijn doen, en stak zijn hand uit.

'Dit is juffrouw Van Konijnenburg, die ons leesclubje leidt,' zei Betje.

'Wij kennen elkaar al een beetje,' zei Jacob terwijl ik zijn hand schudde. 'Wat leuk je te zien, Adriana.'

Betje keek verrast.

'Hoe gaat het met je moeder?' vroeg hij, kennelijk vast-besloten een normaal gesprek te voeren.

'Veel beter, dank je. Ze mist mijn vader erg, maar er wordt weer gelachen in huis.'

Er schoot me te binnen dat zijn moeder was overleden en toen ik mijn medeleven betuigde, boog Jacob zijn hoofd. Nog steeds bezat hij die subtiele fijngevoeligheid.

We keken elkaar aan en in die enkele, korte blik werd

meer gezegd dan dat we in een urenlang gesprek hadden kunnen doen. In zijn ogen, die verstandhouding eisten, zag ik het: hij miste mij ook.

Een meisje liep op hem af en hield zich vast aan zijn broekspijp, verlegen naar mij opkijkend. Jacob legde zijn hand beschermend op haar hoofd.

Het meisje had ijsblauwe ogen – fletser dan de kleur van een felblauwe lucht, zoals bij Jacob, maar toch benamen die ogen me de adem. Het lichtblonde haar had ze van Betje geërfd.

Zijn kind, meer nog dan hijzelf, bracht me van mijn stuk en ik vervloekte mezelf erom. De jaren die waren verstreken hadden niets afgedaan aan de kracht van mijn gevoelens. Ik voelde de oude wonden schrijnen en trekken bij het zien van zijn nageslacht. Het kind was zo'n tastbaar resultaat van zijn keuze voor een andere vrouw, van het samenvloeien van hun bloed, dat ik mijn ogen wilde sluiten en weglopen.

Niet lang daarna deed ik dat ook, iets mompelend over een afspraak die me te binnen schoot. Gehaast nam ik afscheid en liep weg.

Die avond, toen ik me naar mijn kamer begaf voor de nacht, stopte een van de dienstmeiden me, duidelijk ongemakkelijk met de situatie, een briefje in de hand.

'U hebt een bewonderaar,' zei ze en ze snelde weg.

Ik stopte het briefje in de zak van mijn jurk. Gehaast liep ik naar mijn kamer, waar ik het met trillende handen tevoorschijn haalde. Het was zover. Jacob zocht eindelijk contact.

Ik vouwde het papier open en las:

Geachte mejuffrouw Van Konijnenburg,

Sinds onze laatste ontmoeting, waarbij u te gast was in het restaurant waar ik werk, heb ik aan weinig anders gedacht dan aan u. Het was mij een groot genoegen me met u te onderhouden.

Ik zou niets liever willen dan dat we ons gesprek hervatten onder vier ogen, want het kwam mij voor dat wij elkaar goed verstonden. Ik hoop dat u mij niet zult minachten om mijn dwaze hoop u nader te leren kennen.

U zeer toegenegen,
Hendrik Meppelink

16

Het briefje van de kelner bracht, nadat ik de teleurstelling dat het niet van Jacob afkomstig was had overwonnen, een aangename sprankeling teweeg. Hendrik heette hij dus. Alleen al het feit dat ik zijn naam kende gaf me de wonderlijke sensatie van intimiteit. Van meet af aan had hij mijn blik naar zich toe gezogen. Het verzoek streelde me onmiskenbaar. Onmiddellijk, als bij toverslag, voelde ik me een vrouw. Kennelijk was daar eerst – en vooral – het belangstellende oog van een man voor nodig.

Ik las het briefje keer op keer, genotzuchtig dralend bij 'een groot genoegen', 'heb ik aan weinig anders gedacht' en 'dwaze hoop u te leren kennen'. Ik bestudeerde zijn handschrift, met de kordate 'd', de sierlijke 's', de ferme 'm'. De hoofdletters van zijn naam had hij met edele zwier neergeschreven, als iemand die trots was op zichzelf.

Het zou goed zijn eens in het gezelschap te verkeren van een man die openlijk interesse toonde in mij – als tegenhanger van een man die zich nooit had uitgesproken over zijn gevoelens voor mij, aangenomen dat die hevig genoeg waren om dat te verdienen.

Het inkijkje in het leven van Jacob had zijn werk gedaan. Het tafereel van de keuken, het kind en de aaiende hand over haar bol gaf een huiselijkheid prijs die ik niet kon verdragen, maar die ik niet meer kon verbannen uit mijn geest.

Het was te echt, te *werkelijk* geweest, een veelzeggend fragment uit een gevuld, vol leven. Kwam Jacob me voorheen altijd alleen bezoeken in mijn fantasieën; nu kon ik hem niet meer los zien van zijn gezin. Daarmee was elke gedachte aan hem bezoedeld, zondig.

Een echtbreekster was ik niet.

Ik besloot Hendrik een briefje terug te schrijven. Ik had hem elk moment kunnen opzoeken in het restaurant, maar ik voelde me veiliger bij een correspondentie. Daarvoor was ik zoveel beter uitgerust dan voor lijfelijk contact.

Toen ik begon te schrijven, bleek dat moeilijker dan ik dacht. Ik zocht naar een antwoord waar ontvankelijkheid in doorklonk, geen onbeheerste toeschietelijkheid:

Geachte meneer Meppelink,
    Ik ben geroerd en aangenaam getroffen door uw belangstelling voor mij. Ik kan me goed voorstellen elkaar buiten de deuren van het restaurant te zien indien deze ontmoeting niet het karakter van een romantisch tête-à-tête in zich draagt, maar dat van een vriendschappelijk treffen.
    Met een groet,
    Adriana van Konijnenburg

In werkelijkheid was ik bevangen door ongeduld en opwinding bij het idee van romantiek. Het verwonderde me hoe een vreemde man met zo weinig inspanningen deze verwachtingsvolle gevoelens bij me teweeg kon brengen. Het was alsof deze Hendrik een oude betovering moest verbreken. En wel zo snel mogelijk.

De volgende ochtend overhandigde ik het briefje en een muntstuk aan de dienstmeid en drukte haar op het hart het aan Hendrik, en alleen aan hem, te geven. Met een klein glimlachje, dat iets samenzweerderigs had, nam ze het in ontvangst. De rol van *entremetteuse* beviel haar wel.

Het antwoord kwam de volgende dag:

Lieve juffrouw,

Ik weet niet of ik me aangemoedigd of ontmoedigd moet voelen, maar mijn hart heeft besloten verheugd te zijn. U wilt me ontmoeten! De tijd zal leren welke aard dit treffen heeft en of de kiem van liefde die zich in mij heeft genesteld ook in uw ziel wortel zal schieten.

Deze zaterdagmiddag zie ik u graag rond het middaguur bij de manege voor een wandeling door de duinen. Mijn hart zal opspringen als ik u zie naderen.

Uw oprecht toegenegen Hendrik

Het was lang geleden dat ik in wanhoop voor mijn kledingkast had gestaan. De jurken die door mijn handen gingen kwamen me te opgeprikt of juist te armoedig voor. Ik wilde eruitzien als een elegante vrouw van de wereld en geen van de kleren die ik bezat kon me dat gevoel geven. Uiteindelijk koos ik voor een witte zomerjurk met bloemenborduursels en een lichtblauwe omslagdoek, die ik vastmaakte met een zilveren broche.

Niet eerder was ik zo onzeker geweest over mijn uiterlijk. Het was niet dezelfde opwinding die ik had gevoeld voor de nachtelijke ontmoeting met Jacob. Toen had ik vooral aan hem gedacht; nu hield ik me bezig met mezelf en vroeg ik me af of ik wel mooi genoeg was. De spiegel liet een vrouw zien die getekend was door de tijd, met fijne waaierende rimpeltjes bij de ogen. Mijn volle wangen werkten nu in mijn voordeel: het echt bolle was eraf, maar ze gaven mijn gezicht een jeugdige uitstraling. Mijn middel was nog steeds slank, maar een korset kon ik niet meer zo strak aantrekken als vroeger zonder ademhalingsproblemen te krijgen. Mijn haar glansde en krulde bij de aanzet en in de nek, wat mijn opgestoken haar iets frivools gaf. Ik zette een witte hoed op, waarvan ik het witte lint verving door een lichtblauw.

Het was of ik zijn keus voor mij wilde rechtvaardigen door me zo mooi mogelijk uit te dossen. Ik was met mijn vijfendertig jaar op een leeftijd waarop de meeste vrouwen al zeven kinderen hadden en dertien jaar getrouwd waren. Mien was achtentwintig – ook niet meer de jongste, maar nog op een huwwaardige leeftijd. Als ik me niet had vergist, had hij eerst zijn oog op haar laten vallen.

Zou het mogelijk zijn? Zou ik opnieuw geraakt kunnen worden door een man? Ik had altijd gedacht dat zoiets je maar eens in je leven overkomt, dat de ware zich eenmaal aandient en zich door alle moeilijkheden heen uiteindelijk bij je voegt, zoals in stuiverromannetjes, of voor altijd bij je wegblijft. Een typisch vrouwelijke notie, neem ik aan. Geen man haalt zich zoiets in zijn hoofd en laat zich erdoor beperken bij zijn romantische strooptochten.

Met trage passen, omdat ik iets te vroeg van huis was gegaan, liep ik naar de Meeuwenoordmanege. Ik herinnerde me de paarden van Henriettes vader, hoe we achter in de kar zaten te joelen en soms op de rug van de kalme, oudere dieren mochten zitten en stapvoets door het land reden. Notaris Van der Schalk bracht zijn paarden na hun werkende leven niet naar het slachthuis, maar liet ze tot hun dood grazen op de grond van de manege in de duinen. Ik vroeg me af wat er met de paarden gebeurd was na zijn overlijden.

Hendrik zag ik nergens. Naarmate ik dichterbij kwam,

kneep een koude hand venijniger rond mijn hart. Ineens dook hij vanachter de paardenstallen op en de greep verflauwde. Hij zag mij nog niet, maar ook zonder zijn blik te ontmoeten was de schok van het weerzien groot. Ik dacht dat ik me erop had voorbereid. Opgelucht dat ik nog een paar seconden had om me te herstellen, wandelde ik naar hem toe. Toen hij mijn aanwezigheid opmerkte, lukte het me beheerst en waardig te glimlachen.

Hij droeg een donker pak, een wit overhemd en een vest dat hij tot bovenaan had dichtgeknoopt, ook al was het een warme dag. Het jasje droeg hij open en uit zijn vestzak stak een zijden pochetje. Zijn hoed droeg hij in zijn hand. Toen hij een kleine reverence maakte en zich vooroverboog om mijn hand te kussen, rook ik zijn eau de cologne. Ik verbaasde me over zijn lichte aanraking en de gecultiveerde charme die je in deze omgeving zo weinig tegenkwam, behalve bij de zomergasten.

Hij bood me zijn arm aan en na een korte aarzeling stak ik de mijne erdoor. In mijn kringen gold dit – het alleen en verstrengeld wandelen van een ongetrouwde man en vrouw – als onbehoorlijk. Pas na enkele minuten voelde ik mijn arm niet meer zo branden tegen zijn lichaam en kalmeerde ik door onze gelijkmatige tred. Wandelen was een goed idee geweest. Wanneer je wandelde, drongen de stiltes in een gesprek zich niet zo op en hoefde je elkaar niet voortdurend aan te kijken.

'Ik ben zo verheugd dat u op mijn uitnodiging inging,' zei hij. 'Wat heeft u ertoe doen besluiten?'

'Nieuwsgierigheid,' antwoordde ik eenvoudig.

Een goed antwoord, waarbij ik niets van mijn gestreeldheid of hunkering prijsgaf.

Hij grinnikte.

We passeerden een houten bankje en hij stelde voor te

gaan zitten. Ik maakte mijn omslagdoek los en bette er mijn hals mee. Hendrik leek immuun voor zand en hitte. Hij leunde achterover en haalde een pakje sigaretten uit zijn jaszak tevoorschijn.

'Hebt u bezwaar?' vroeg hij.

Ik schudde mijn hoofd.

Hij rookte op een heel andere manier dan mijn broers deden of mijn vader had gedaan met zijn pijp. Hij hanteerde de sigaret zorgvuldig, sierlijk, alsof de handelingen hem even dierbaar waren als de nicotine. Op zijn gemak, op de toon van iemand die meer wil amuseren dan imponeren, vertelde hij me over zichzelf. Hij was geboren in Meppel in een eenvoudig gezin – in 1886, zei hij toen ik hem ernaar vroeg. Ik rekende razendsnel. Vierentwintig jaar. Mijn god, wat was hij jong.

De meeste van zijn betrekkingen waren in hotels geweest. Hij had gewerkt als bagagejongen, liftbediende, garçon en commis de rang, om ten slotte kelner te worden. In steeds chiquere hotels deed hij steeds een stapje terug in functie, om vervolgens hogerop te klimmen. Hij had er niets op tegen weer glazen op te wrijven, schoenen te poetsen, servetten te vouwen en tafels te dekken, als het maar in een voornamere omgeving plaatsvond. Zo had hij in hotels in heel Nederland, Duitsland en België gewoond en gewerkt, nooit langer dan enkele jaren op dezelfde plek. Het nieuwtje over de bouw van het internationale Palace Hotel aan de kust had rondgezongen en zodra hij vermoedde dat er vacatures waren, ging hij op gesprek en werd aangenomen.

'Kuuroorden en badhotels zijn de toekomst,' zei hij en hij vervolgde haastig: 'Maar dat wist u natuurlijk al veel eerder dan ik.'

Alsof hij zich wilde verontschuldigen voor zijn ondoordachte opmerking, begon hij mij vragen te stellen over mijn jeugd, mijn opvoeding, mijn ouders, mijn voorkeuren en mijn bezigheden.

Ik praatte, ratelde maar wat, maar hij luisterde aandachtig. Ik had het gevoel dat hij dwars door me heen kon kijken, dat ik nu ik was begonnen te praten zo transparant was dat hij mijn hart kon zien kloppen in mijn borst. Andersom had ik geen moment het idee hem te doorgronden. Onder zijn nonchalante openhartigheid bespeurde ik iets terughoudends. Er was een bepaald gedeelte van zijn wezen dat hij verborgen hield. Iets duisters, wat me aantrok.

Misschien was dat het lot van de selfmade man: heil zoeken in goede manieren, in vormelijkheid, in karakterontwikkeling, om het kwetsbare zelf te beschermen.

'Hoe is het toch mogelijk dat iemand als u nog niet is getrouwd?' vroeg hij aan het einde van die middag. Lichtjes in zijn ogen, veelzeggende grijns.

Ik bloosde tot aan mijn haarwortels.

De dag na onze wandeling cirkelden mijn gedachten onophoudelijk rond de brief die ik die ochtend van de meid had gekregen. Ik had hem in de zak van mijn rok gestoken en liep er al uren mee rond. Het geheim dat zich schuilhield in de envelop, het uitstellen van het genot, het niet-weten lieten me zweven. In de namiddag kon ik me niet langer beheersen en liep ik mijn kamer in om hem te lezen. Mijn ogen vlogen over de regels:

Liefste Adriana,
Ook al beslist het lot dat wij elkander nimmer meer zien, dan nog zal ik dankbaar zijn dat ik deze kostbare momenten in uw bijzijn heb mogen verkeren. Ik zal me uw hoed met het blauwe lint herinneren, de schittering

van uw schoonheid, uw schrandere en tegelijk afwezige blik, uw bewonderenswaardige snelle geest waar ik zoveel behagen in schep.

De drift te weten of mijn gevoelens worden beantwoord drijft me nu vooruit en maakt me stoutmoedig. Een kus van uw lippen zou verlossing brengen. Mijn hart is te vol – ik heb te veel gezegd. Hopelijk zult u geen aanstoot nemen aan mijn verlangens.

De conventies waaraan wij gebonden zijn, gebieden mij afstand te houden. Ik zal afwachten, gelaten doch gespannen, of u mij nog eens zult willen ontmoeten. Mijn lot ligt in uw handen.

Uw Hendrik

Ik voelde me uitverkoren. Ik verbaasde me over de diepte van zijn gevoelens, een diepte die ik tijdens ons samenzijn niet had bespeurd. Maar nog meer verbaasde ik me erover hoe makkelijk de verliefdheid bezit van me nam. Het was alsof ik hier onbewust op had gewacht, alsof er al een plek was gereserveerd voor deze gevoelens, die me nu zo halsoverkop bestormden, alsof er holtes werden gevuld, donkerte werd belicht. Zo hoorde ik me te voelen, ik verdiende het me zo te voelen.

In een liefdesrelatie hoor je niet te glijden, daar hoor je je in te storten – onverschrokken. Zonder kansberekening, indekking, vluchtroutes.

Je springt.

Hendrik maakte dat ik wilde springen. Het was alsof hij aan de rand van de afgrond stond, zijn hand uitstak en me uitnodigde me te laten vallen met alleen zijn hand in de mijne om me aan vast te houden.

De regels van de hofmakerij waren mij zo goed als vreemd. Ik kende ze uit boeken en van mijn zussen. Johanna was per brief het hof gemaakt en ten huwelijk gevraagd, waarna ze de man trouwde zonder dat hij daar zelf bij aanwezig was, met alleen zijn handschoen als symbool van zijn bestaan. Een paar weken later stapte ze met haar hele hebben en houden op de boot naar Java. Zij was in haar eentje gesprongen, met alleen de hoop dat haar echtgenoot haar in de afgrond zou opvangen. Nettie had afspraakjes gehad waar steeds een chaperonne bij was geweest. Slechts eenmaal had ze Jan, in alle heimelijkheid, alleen getroffen. Ze kusten en omhelsden elkaar urenlang en hij had haar gevraagd zijn vrouw te worden. Ze stemde in en de volgende dag stond Jan bij mijn vader op de stoep om haar hand te vragen.

In de brieven van Hendrik las ik de tederheid en fijngevoeligheid die ik miste als ik bij hem was. Mettertijd zou ik die kant van hem leren kennen in zijn karakter, daar was ik zeker van. Ik wist als geen ander hoe bevrijdend het was diepe gevoelens op papier te ontsluiten, waarna ze gemakkelijker waren om uit te spreken en na te volgen.

Hendrik en ik waren gelijkgestemden – iets wat afkomst, milieu of voorkomen niet kan verraden, maar wat veel dieper zit dan dat.

Zoals altijd als ik behoefte had aan perspectief, zocht ik de zee op. Nu de euforie van de brief wegebde, voelde ik iets van weemoed opwellen. Het had te maken met Jacob. Je hart openen voor een nieuwe liefde, zo besefte ik, betekende definitief afscheid nemen van een vorige geliefde. Het was net zozeer een nieuw begin als een afsluiting.

Ik keek naar het ruisende water. Er stak een stevige wind op en de temperatuur daalde scherp. Het loslaten van mijn gerichtheid op Jacob, zoveel als ik kon, bracht behalve verdriet ook opluchting met zich mee. Er ontstond ruimte. Er verschoof iets. Het werd tijd dat het verschoof.

De wind zwol aan. Opgeschrikt uit mijn gedachten keek ik op naar de lucht, die tot mijn schrik uit zwavel leek te bestaan. Wolken van donkere inkt kwamen aangedreven en daarna werden ze groen. Ik had moeten weglopen. Misschien had ik het nog droog kunnen houden tot ik thuis was, maar ik wilde de dreiging omgezet zien worden in kracht. Een merkwaardig verlangen naar afbraak en geweld maakte zich van me meester.

Het zeewater werd weggezogen en met een smak weer teruggeworpen op het strand. Zoute regen striemde in mijn gezicht. Binnen enkele momenten was ik drijfnat.

Ik gilde uitgelaten, als een waanzinnige. Het geluid ging verloren in de loeiende wind, waardoor ik het gevoel had onderdeel van de storm te zijn, er deel aan te nemen, erin opgenomen te zijn.

Hendrik kon de man zijn die de wereld voor me opende, die me kon helpen mezelf aan de wereld te laten zien. Ik zou niet langer worden behoed, buiten schot worden gehouden, terzijde van de werkelijkheid staan met dromerijen, schrijfsels en droomliefdes. Ik bezat de zelfverzekerdheid van een vrouw die weet dat er op haar wordt gejaagd.

Het voelde verrukkelijk.

De wind, die orkaankracht moest hebben bereikt, sneed me de adem af. Naar lucht happend rende ik al struikelend naar boven, het zandpad op, naar huis. Overal lagen losgewaaide stukken hout; ik zag een gieter, tuingerei, een fiets. De deur kreeg ik met moeite open, omdat de wind ertegen duwde. De luiken waren gesloten om het huis te beschermen tegen de ergste windstoten en losgeraakte, vliegende voorwerpen. Met een ruk schoot de deur open en was ik binnen, druipend van het water en met een hart dat bonkte van uitzinnig geluk.

17

Ineens, zomaar, was ze in zijn huis. Onwezenlijk en ijl als een engel stond ze daar op de drempel, omgeven door zonlicht dat vanuit de deuropening naar binnen stroomde. Ze ging geheel gekleed in wit, droeg gehaakte handschoentjes en een hoed, die ze niet afzette. Haar chique dracht in smetteloos wit en haar ongemakkelijke houding maakten pijnlijk duidelijk dat het ondenkbaar was dat ze hier, bij hem, zou passen. Een krankzinnig idee. Ze detoneerde in zijn wereld als een parelketting in een vuile wastobbe. Tegelijk was er iets in haar wat hem nabij was, wat hij herkende, wat naadloos aansloot.

Ze moest het hier wel armoedig vinden. Ze keek niet rond, alsof ze hem de vernedering van haar keurende blik wilde besparen. Er waren alleen haar starende ogen en haar opgelatenheid waaruit bleek dat ze hier buiten haar wil was gekomen en zo snel mogelijk weer weg wilde.

Pas toen hij ophield met praten en hij Adriana in haar ernstige gezicht keek, zag hij hoe haar ongenaakbaarheid wegviel en er verdriet onder vandaan kroop. In een korte fonkeling in haar ogen zag hij gemis en spijt.

Zij had geleden, zoals hij.

Toen zijn dochter binnenkwam, was hij blij dat hij zich een houding kon geven. Adriana groette het kind niet, vroeg haar naam niet, keek amper naar haar om en maakte dat ze wegkwam.

'Rijkelui zijn vreemde mensen,' zei Betje terwijl ze Adriana met een frons nakeek tot ze uit het zicht was verdwenen.

Het weerzien maakte hem rusteloos en stuurloos. De Adriana die hij in levenden lijve had gezien, verdrong de Adriana die hij veilig had opgeborgen in dromen en maakte oude verlangens als nieuw. Hij dacht Adriana te zien op straat, wilde haar opzoeken – niets liever dan dat –, verzon de vreemdste excuses om haar te zien, maar hij ondernam niets. Hij had het gevoel nauwelijks opgewassen te zijn tegen deze gevaarlijke drang, die hem roekeloos maakte.

Uit alle macht verzette hij zich ertegen. Hij hield zich bezig met zijn gezin, leurde om werk bij alle reders en stuurmannen die hij kende en gebruikte in het uiterste geval liters drank om de verlangende pijn te dempen. De alcohol vernauwde zijn bewustzijn, maar leverde geen rust op. In zijn sluimer kwamen verwarrende beelden op die als luchtbellen weer uit elkaar klapten: Adriana in vissersvrouwendracht, Adriana zwanger van zijn kind, Adriana die van hem wegliep met witte rijglaarsjes aan, haar rokken in de handen om niet te struikelen. Na verloop van tijd gaf de geest zich gewonnen, gingen de gedachten liggen en viel hij in slaap.

Elke dag overwoog hij om haar op te zoeken in haar deftige huis aan zee. Elke dag opnieuw, en elke dag liet hij het voornemen varen omwille van een huwelijksbelofte, een kinderschare, een bestaan waar hij nodig was, waar op hem gerekend werd.

Niet alleen zijn geest, ook zijn lichaam herinnerde zich haar scherper dan ooit. Toen ze op de drempel stond, had hij gestaard naar haar hals, haar kleine, volle mond. Het bracht herinneringen boven aan hoe het voelde om zijn armen rond haar middel te slaan, hoe ze haar zoete, stotende ademhaling in zijn hals had geblazen, hoe zacht haar lippen waren geweest toen ze hem kuste. Ook haar parfum was terug in zijn bewustzijn. Hij had er een vleug van opgevangen. Het was een bloemige geur die hem opwond.

De uitdrukkingen die in die paar momenten beurtelings over haar gezicht waren gegleden, herinnerden hem eraan dat ze het plechtstatige en kwetsbare razendsnel kon afwisselen. Dat was hij vergeten en het maakte hem, net als zo lang geleden, nieuwsgierig naar alles wat deze vrouw dacht en voelde.

Er was ruig weer op komst en net zoals zijn moeder had gedaan toen haar zonen op zee waren, liep Jacob naar het strand. Geen van zijn broers was op haringvangst, allemaal hadden ze werk aan wal gevonden, maar toch begaf hij zich zonder na te denken naar de kust. De wind wakkerde aan en blies geel schuim op het strand. De lucht en de horizon waren niet meer van elkaar te onderscheiden. De zeemeeuwen hadden beschutting gezocht – een teken dat het er niet zachtjes aan toe zou gaan.

De wind vermengde zich met druppels zout water. Het waaide in zijn gezicht tot het plakkerig was. Daarna brak de bui los en raakte hij binnen een mum van tijd doorweekt. Golven beukten op het land; de wind loeide oorverdovend; de wolken ontdeden zich van hun lading. De razernij deed hem goed.

In hem woedde een grotere storm – ziedend en aanzwellend. Hij vervloekte zijn zwakte, zijn lafheid, God, die dit zieke experiment van liefde had bedacht.

Als de liefde haar zin niet krijgt, gaat ze drammen.

De orkaanwind tilde het zeewater op tot grote hoogten en stortte het terug in donkere diepten. Het stijgen en dalen, het deinen, wankelen en vallen van het water brachten een angstaanjagend tumult teweeg. Dit was niet zomaar een storm, dit was noodweer.

Hij liep naar boven, met de wind in zijn rug, struikelend over zijn eigen benen, naar de zandweg in de richting van Adriana's huis. Als vanzelf leidden zijn voeten hem naar haar. Hij had geen plan, geen openingszinnen in zijn hoofd; hij had geen flauw idee wat hij zou doen als hij oog in oog met haar stond; al dat hij wist, was dat hij haar moest zien. Er moest iets eindigen en iets beginnen. Er moest iets kantelen. Dit hield hij niet langer vol.

De luiken van het huis waren gesloten en klapperden in hun sponningen. Hij klopte aan – één keer, een tweede keer harder omdat hij dacht dat de loeiende wind alle geluiden overstemde. De meid deed open. Ze opende de deur maar een klein stukje, uit angst dat hij uit haar handen zou vliegen, en stak haar hoofd door de opening. Regen sloeg in haar gezicht en op haar kapje; ze kneep haar ogen samen.

'Ik kom voor Adriana.' Hij moest schreeuwen om boven de stormgeluiden uit te komen.

'Ze is er niet.'

Hij kromp ineen.

'Wie moet ik zeggen dat er langs is geweest?'

Hij maakte een afwerend gebaar. 'Laat maar,' stamelde hij.

De meid keek hem nog een kort moment aan en sloot toen resoluut de deur, blij dat ze uit de regen kon stappen.

Jacob bleef staan. Hij wist niet onmiddellijk wat hem te doen stond. Teruglopen naar huis was onverenigbaar met de euforische waanzin die hem op het strand had bevangen. Het leek onmogelijk. Maar hoe langer hij in de stromende regen bij het huis – dat zich als een fort had gepantserd – stond, hoe meer de euforie van hem af gleed.

Hij begaf zich naar huis, zich af en toe vasthoudend aan

schuttingen, muren en lantaarnpalen, omdat de wind hem omver dreigde te blazen. Op straat zag hij een weggeslingerd boek liggen dat een natte papierbrij was geworden.

Het zout dat hij op zijn lippen proefde was een mengeling van zeewater en tranen.

In de buurten waar de visserhuisjes stonden, zag hij steeds meer rommel. Het materiaal waar deze huizen mee gebouwd waren was armzaliger, de constructie krakkemikkiger. De Kabeljauwsteeg was een ravage. Met stomme verbazing zag hij dat er daken waren verdwenen en deuren waren ontzet. De brokstukken maakten het hem bijna onmogelijk de weg over te steken. Een angstige vraag beheerste hem plotseling: zouden Betje en de kinderen in orde zijn?

Hij kreeg zijn huis in het oog en schrok. Het halve dak was losgerukt. De deur was van binnenuit in het slot gedaan en hij moest er als een bezetene op bonken voordat Betje opendeed.

'Waar was je?'

In die vraag lag alle verwijt dat hij verdiende. Hij had zijn plicht als vader, als echtgenoot, als hoofd van het gezin verzaakt.

Zonder zijn antwoord af te wachten holde Betje terug naar de hoek waar de kinderen op de grond zaten. Ze had de keukentafel op zijn kant gezet om hen te beschermen en had kussens en dekens op de vloer gelegd.

Hij snelde achter haar aan. De jongens huilden en klampten zich aan hem vast. Betje hield Marijtje in haar armen en kroop tegen hem aan.

Ze zagen toe hoe de helft van het huisraad natregende, een spiegel van de muur in stukken op de grond viel door windvlagen, de borden in het bordenrek rammelden en braken, en de petroleumlamp vervaarlijk schommelde.

Ze zwegen.

Eerst ging de wind liggen; daarna kwam de regen niet langer stortend, maar striemend naar beneden. Ten slotte werd het lichter.

Voor de avond viel lukte het Jacob het gat in het dak af te dekken met zeildoek. Pas dagen later timmerde hij het met hout dicht. Er zou geld moeten komen om het huis opnieuw goed te bedekken, geld dat hij niet had en dat hij vreesde niet snel bij elkaar te kunnen verdienen.

Hij zag het theatrale in van zijn daad, de ijdelheid, het egoisme. Daarbij hoorde een snijdende schaamte tegenover Betje en zijn kinderen, die hij de weken die volgden met speciale toewijding behandelde.

Hij was blij dat hij kort erna aan het werk kon. Er stond een volgende tocht op stapel – niet letterlijk meer, hij miste het ritueel van het van stapel laten lopen van de bomschuiten, de bemoeienis van de dorpelingen, de briesende paarden. In Scheveningen voeren de schepen zonder rumoer af en aan. Het ging snel en efficiënt, als stoomtrams die stopten bij een halte.

Hij werkte met veel van zijn oude Noordwijkse kameraden, maar in de sfeer aan boord was iets veranderd. Zegswijzen en zeemansrituelen, die in Scheveningen niet leefden, raakten in onbruik. Het was belangrijk om gesprekken aan te gaan met de andere vissers om een volgende keer ingehuurd te worden. In zichzelf gekeerde kliekjes werden niet op prijs gesteld, dat was niet bevorderlijk voor de samenwerking aan boord.

Het binnenvaren in een haven was heel anders dan op het strand. Er was geen bombrood als beloning voor de dorpeling die hen het eerst had gezien, geen dorpsomroeper die hun komst aankondigde, geen afslag waar de vis door het toegestroomde volk werd bewonderd. Niet langer had hij het gevoel dat hij het middelpunt was van een gemeenschap, een manier van leven.

Het was ieder voor zich.

De literaire interesse van Betje bleek geen bevlieging. Elke woensdag vertrok ze naar het huis aan zee en kwam terug met nieuwe boeken onder haar arm en nieuwe verhalen om te vertellen over personages, culturen, gebruiken. Sinds Adriana's tegenbezoek kon ze spottend over Adriana praten, maar even vaak had hij het gevoel dat ze niets minder dan ontzag voor haar had. Ook kon hij zich niet aan de indruk onttrekken dat Betje haar imiteerde. Ze drapeerde haar omslagdoek zoals zij en zette hem vast met een sierspeld die ze normaal alleen in haar kapje deed. Ze gebruikte woorden die hem nieuw in de oren klonken en maakte vrouwelijke gebaren met de behoedzaamheid van iemand die er zelf nog niet mee vertrouwd is: hoe ze statig wuifde, een kopje thee naar haar lippen bracht, een vriendin begroette. De koffie moest hij tegenwoordig zittend gebruiken, aan de keukentafel, waar ze een smetteloos wit kleed overheen drapeerde.

Het stoorde hem mateloos. Niet haar nieuwe manieren op zich irriteerden hem, maar het feit dat ze die bij Adriana vandaan haalde. Haar imitatiedrang gaf hem het gevoel dat ze zichzelf niet goed genoeg vond en dat hij met een tweederangs Adriana leefde, in plaats van een eersterangs Betje.

Zijn schuldgevoel over de avond van de storm weerhield hem ervan commentaar te leveren. Het dak mocht dan na twee maanden zijn hersteld, zijn gevoel van controle was dat nog steeds niet. Hij had zich laten gaan en hij had het zichzelf nooit vergeven als er iets met zijn gezin was gebeurd. Het was aanstellerij. En dus had Betje recht op haar eigen aanstellerig gedrag.

Het was via Betje dat hij hoorde van Adriana's omgang met een kelner.

'Er wordt gekletst dat Adriana scharrelt met een vent van buiten,' zei ze.

Jacob hield zich onverschillig.

'Een of andere kelner van het Palace Hotel schijnt het met haar aangelegd te hebben. Ze zijn al een paar keer samen wandelend gezien.'

'O, ja?' zei Jacob, omdat zijn nieuwsgierigheid het won van zijn angst iets te laten merken.

'Had jij dat nou gedacht van zo'n dame?'

Jacob trok zijn schouders op en zweeg.

'Zo zie je maar weer. Stille wateren...'

Het nieuws hield hem dagen bezig. Eerst richtte hij zijn aandacht op Adriana. Kennelijk achtte zij het niet beneden haar waardigheid een verhouding te beginnen met iemand uit een lager milieu. Dat stak hem en deed hem tegelijk plezier.

Daarna concentreerde hij zich op de man in kwestie. Wat was dat voor vent? Was hij uit op haar geld of hield hij van haar?

Het kostte hem weinig moeite in het dorp te achterhalen wie de aanbidder was en wat zijn reputatie was. Hij stond bekend als een harde werker, maar ook als een ijdeltuit, die zeker verdacht zou worden van sodomie als hij niet zoveel vrouwen naliep. Jacob voelde een sterke drang om Adriana te beschermen, maar was zich ervan bewust dat hij zich niet in de positie bevond om zoiets te doen.

Misschien moest hij gaan praten met een van haar broers. Hij zou eens naar het café van Jan van Konijnenburg kunnen gaan.

18

Het waren de jaren van de oprukkende bourgeoisie. Hendrik was een voorbeeld van de zichzelf opwerkende burgerman, zoals je die steeds vaker zag. De moderne mens was een selfmade man. De arbeidersklasse voelde zich krachtig genoeg om tegen onderdrukking en uitbuiting te strijden. Nadat de januaristaking in 1903 – een spoorwegstaking die begonnen was als een solidariteitsactie met Amsterdamse havenarbeiders – was uitgegroeid tot een massaal oproer, had het socialisme grote sprongen gemaakt.

Henriette Roland Holst was een van de kopstukken van de socialistische beweging. In haar poëzie, maar ook daarbuiten, voelde ze zich geroepen om zich uit te spreken over de rechten van de werkende klasse. Haar naam was voortdurend in de krant te lezen. Er was algemene bewondering voor haar strijdlust, maar ook kritiek op haar 'onwrikbare en onzinnige voorspelling dat uitsluitend van het volk alle heil moet komen'.

Ik had Henriettes mystieke en teerhartige gedichten liever dan haar strijdbare werk, maar zag ook dat haar leven en haar kunst een richting en een doel hadden gekregen. Ik voelde een tikje afgunst als ik weer eens op haar verdiensten werd gewezen, ook al wist ik dat mijzelf de rol van voorloper niet zou passen.

Alles leek mogelijk. De snelheid van leven nam toe. Veel badgasten maakten gebruik van de mogelijkheid voor een uur een krant te huren, zodat ze elke dag op de hoogte waren van het wereldnieuws. Krantenjongens liepen, de koppen scanderend, over het strand en langs de terrassen op de boulevard. Het ene na het andere nieuwe communicatie- en vervoermiddel werd geïntroduceerd: de trein, de telegraaf, de telefoon, de fonograaf, de motorfiets.

Snelheidsrecords van raceauto's werden om de haverklap gebroken. Alles leek vandaag groter, beter en sneller dan gisteren. De tijd werd opgedeeld in steeds kleinere stukjes. Voorheen werd er over de ochtend, middag en avond gesproken; nu over uren, minuten, seconden.

De westerse wereld liet zich opjagen, en dat zorgde voor een golf van neurosen en zenuwziekten. De steden groeiden in de hoogte en de breedte. Het gaf Noordwijk als badplaats alleen maar meer bestaansrecht. Hier, aan de rand van de Noordzee, heerste de kalme hartslag waar men naar verlangde als tegenwicht voor de drukte. De beau monde zocht en vond er *luxe, calme et volupté* om zich mee op te laden voordat hij zich weer in het veeleisende raderwerk van de stad stortte.

Op het strand was het beeld van luierende mensen, op kleden en in korfstoelen zittend en pratend, niet helemaal onveranderd gebleven. Er was een activiteit bij gekomen: sporten. Het was een mode die uit Engeland was komen overwaaien, waar lichaamsoefening al langer heilzaam werd bevonden voor de gezondheid en het karakter. In opiniestukken in de krant werd het voorgesteld als 'een gezond middel tegen het decadente moderne leven en het aangewezen werktuig van de beschaving, het enige probate middel van de mens om zijn wrede instincten met zijn ideaal van gerechtigheid te verzoenen'.

Op het strand werd met ballen gegooid, getennist en gevoetbald, en ook het zwemmen in de zee nam toe, onder begeleiding van een badmeester. Vrouwen droegen daartoe een badpak uit één stuk, met een pantalon die net onder de knie werd vastgemaakt. De halsuitsnijding werd elk jaar lager en breder, en de schouderbanden werden smaller, maar de hoeden en parasols waren groter dan ooit, omdat de blanke huid, die zo hoog in aanzien stond, moest worden beschermd. In Amsterdam konden de heren een dwarsgestreept zwempak kopen, dat van hals tot knieën reikte en was voorzien van een lange rij knopen.

Moeder zag het allemaal met lede ogen aan. Snelheid en machines bedierven wat haar betrof de ziel en sporten vond ze excentriek. Ze ervoer de lossere omgangsvormen als provocatief en hunkerde naar het oude decorum met zijn geboden en verboden. Nieuwigheden wees ze stelselmatig af en halsstarrig hield ze vast aan oude gebruiken. Ze rinkelde met haar koperen belletje als de meiden een volgende gang ter tafel konden brengen, hield haar hoed in andermans huis op ten teken dat het bezoek kortstondig zou zijn en droeg een mandvormige tournure onder haar rok om een weelderig achterwerk te creëren.

Voor de verandering die zich de afgelopen tijd in mij had voltrokken, had ze geen oog – ik nam in ieder geval aan dat mijn metamorfose niet alleen in mij had plaatsgevonden, maar ook zichtbaar was aan de buitenkant. Hendrik deed me een ander mens voelen: jonger, vitaler, brutaler. Als ik in de spiegel keek, zag ik dat terug in mijn flonkerende ogen en frisse teint.

Mijn uitstapjes, die ik vaag omschreef als wandelen, even het dorp in of een frisse neus halen, lokten bij moeder geen reactie uit. Wellicht merkte ze het niet op, omdat ze niet verwachtte dat ik op mijn leeftijd nog zo'n truc zou uithalen.

Ons tweede afspraakje vond weer plaats in de duinen, dit keer om bramen te plukken. Ik had twee emmertjes meegenomen en Hendrik had een opgerold kleed en een fles spuitwater onder zijn arm. Toen we de paden verlieten, pakte hij me met een galant gebaar bij de elleboog. Ik kon mijn parasol ingeklapt houden, want er waren schapenwolkjes die de zon zijn kracht ontnamen. Het was warm, op een manier die onbezonnen maakte, in plaats van loom.

De bramen waren groot en donkerblauw, rijp om geplukt worden. Hij grapte over mijn gulzigheid, omdat ik het niet kon laten af en toe een sappige braam in mijn mond te laten glijden in plaats van in mijn emmertje te stoppen. Als antwoord bloosde ik niet zoals ik anders deed, maar keek ik hem recht aan, stak er nog een in mijn mond en lachte.

Onze emmertjes raakten vol en Hendrik stelde voor even te rusten. Hij spreidde het kleed uit over het mos, maakte een uitnodigend gebaar naar mij en ging zitten nadat ik plaats had genomen. Van mijn brutale houding was in één klap niets meer over. Hier zat ik dan, een halve meter verwijderd van een man die me de meest intiem getoonzette brieven had gestuurd. Al dagen had ik hier reikhalzend naar uitgekeken en nu wist ik me geen houding te geven.

Hendrik had geen last van enige schroom. Hij trok zijn benen op, sloeg zijn handen om zijn knieën en becommentarieerde 'onze oogst'. Met het spuitwater vulde hij twee glazen, die hij in zijn zakken had gehouden, bood me er een aan en hief zijn glas.

'Op de zomer die is en de zomers die nog zullen komen,' zei hij met jongensachtige bravoure.

We proostten en ik vroeg me af of hij bedoelde dat hij hoopte dat we de volgende zomers ook samen zouden zijn.

Bijna onmiddellijk nadat hij zijn glas had weggezet, kuste hij me. Het was een onbevangen en onverschrokken kus. Er was niets onbeholpens aan. Hij was niet bang afgewezen te worden, omdat hij wist dat dit niet zou gebeuren. Zijn tong nam bezit van mijn mond en ik ontving hem wat beduusd, maar zonder enige weerstand.

Toen pas realiseerde ik me hoezeer ik naar zijn aanraking had verlangd. Het was alsof mijn lichaam zuchtte van verlichting en zich kon ontspannen.

Ik was degene die verloren was. Hij had alles in de hand. Ik zou daarvan niets laten merken, zoveel had ik intussen wel geleerd. Om zijn interesse vast te houden moest ik mijn gevoelens versluieren en – belangrijker nog – mijn verlangens verstoppen. Maar mijn lichaam had zijn eigen reactie. Het kwam het zijne tegemoet als een magneet.

Met onze openbare liefkozingen namen we een groot risico. We zaten dan wel een eind van de wandelpaden af, maar er konden elk moment ongewenste toeschouwers opduiken. Ik was me ervan bewust, maar het woog niet op tegen de gelukzaligheid waarin ik me voelde wegglijden. De stralende aanwezigheid van dit mannelijke lichaam en zijn onbesuisde manier van doen waren nieuw voor me. Koortsig van geluk wentelde ik me in het besef dat ik me aan hem zou uitleveren en ik verheugde me op de weg ernaartoe.

Er werd gekletst, dat kon niet anders. De keukenmeiden thuis keken me met meer dan gebruikelijke vrolijkheid aan en eenmaal werd ik door de linnenmeiden van het Palace Hotel fluisterend nagewezen. Het kon me niet schelen. Om iets abstracts als mijn reputatie – achtenswaardig blijven in de ogen van de mensen – kon ik me niet druk maken nu ik me zo sterk voelde. Ik voelde me mijlenver verheven boven dorpse praatjes.

Wonderlijk genoeg leek onze liefde buiten de ontmoetingen niet te bestaan. Terwijl Jacob me jarenlang vergezelde bij iedere stap die ik nam, kon ik me in Hendriks afwezigheid niets bij hem voorstellen. Ik moest zijn brieven erbij pakken om me ervan te vergewissen dat hij iets voor me voelde. Als ik in zijn gezelschap verkeerde, voelde ons samenzijn pas na een tijdje vanzelfsprekend. Dan voelde ik me levend, tot in elke vezel van mijn lichaam.

Ik wist niet dat de liefde zo... bekrachtigend kon zijn. De liefde in haar beantwoorde vorm werkte kennelijk zo: ze deed mijn voetstappen veren, ze laadde mijn lijf met energie en mijn geest met lichtheid.

Ik voelde me onoverwinnelijk.

Ondertussen werkten onverbiddelijke wetten geleidelijk in op onze omgang. Het verlangen groeide. Dat verlangen voelde als een vonk die was overgesprongen van huid tot huid, niet als iets dat vanuit mijn hart of ziel was opgeweld. Mijn geest was er al helemaal niet bij betrokken; het werd me duidelijk dat het verstand onder heerschappij van de begeerte stond. Het was een verrukkelijk, vreesaanjagend gevoel. Deze man liet zich niet afschepen met een enkele kus, met een hand die voorzichtig werd weggeduwd. En wat nog angstaanjagender was: ikzelf wilde niets liever dan mijn verlangen volgen tot waar het me maar zou leiden.

Tegen elke prijs.

Ik hoefde niet lang te wachten. Na een volgende wandeling vroeg Hendrik me mee naar zijn personeelskamer in het Palace Hotel. De ernstige toon waarop hij de vraag stelde en de onderzoekende blik die ermee gepaard ging, maakten zijn bedoelingen volledig duidelijk. Het gaf mijn instemming gewicht; ik had er zojuist in toegestemd in zijn armen te liggen. Verder durfde ik nog niet te denken.

Zijn kamer bleek zich op de zolder van het hotel te bevinden en bij het bestijgen van de trappen voelde ik de blikken van elke hotelgast op mijn huid branden alsof ik al naakt was, alsof iedereen zag wat we van plan waren.

In de kamer was het broeierig warm. Hij lag vlak onder het dak en alleen een klein dakraampje dat openstond, bracht enigszins verkoeling. Onder de schuine kant was een bed geschoven; ernaast stond een stoel die was behangen met kleren. Tegenover het bed stond een kledingkast.

Er zat weinig anders op dan op het bed te gaan zitten. Op de schuine wand waren ansichtkaarten en een enkele foto geprikt. Ik begon ze te bestuderen om het moment van toenadering uit te stellen, maar Hendrik ging niet mee in deze vertragingstruc. Hij ging naast me op het bed zitten en liet zijn vingers langzaam en plagend langs mijn hals glijden, tot over de stof van mijn jurk naar waar mijn borsten begonnen – en lager. Hij bleef me aankijken en kuste me niet, en toen ik terugkeek, golfde er een onbekende kracht door me heen.

Ineens was zijn mond op de mijne, en ik was blij dat ik mijn ogen kon sluiten om op te gaan in wat zich afspeelde. Gedachten raakten op de achtergrond, ik was een en al lichaam. Mijn zenuwen waren tot het uiterste gespannen; mijn huid tintelde, verrukt over elke prikkeling. Onze kleren gingen uit.

Toen hij zijn hand op mijn intiemste deel legde, verstrakte ik haast onmerkbaar. Zijn vingers gleden verder, tot ze in me zaten. Het was een vreemd gevoel; instinctief wilde ik hem wegduwen, maar ik liet hem begaan tot er iets in mij smolt en ik hoopte dat hij zijn vingers er nooit meer weg zou halen. Mijn geslacht was mijn middelpunt geworden;

het klopte, stond in brand. Elke schuwheid die ik nog in me had, vloeide weg.

Ik was bang dit extatische gevoel te verkwisten en wilde het verlengen, verdiepen, maar voordat ik er goed en wel bij stil kon staan, nam hij me alweer mee naar een volgende nieuwe sensatie.

Nadien ademden we naast elkaar, plakkend van het zweet. Hendrik drukte een kus op mijn mond, stond op van het bed en deed een kamerjas aan. Hij liep de kamer uit om zich te wassen in de badkamer in de gang, die gedeeld werd door het personeel.

In opperste verwondering bleef ik achter.

Eenmaal ingewijd in de minne, bracht ik veel gestolen momenten in die kamer door – altijd in verstrengeling, altijd in haast en heimelijkheid, die de ontmoetingen nog kostbaarder maakten. Ik ontdekte vele dingen, waarvan het belangrijkste was hoezeer het oproepen van zijn begeerte mij een machtig gevoel gaf. Ik teemde en plaagde, bood weerstand en opende me, in gloedvolle afwachting van het moment dat hij zichzelf verloor in rauwe lust en het beest door zijn huid scheurde. Hoe hij zo in niets meer kon lijken op de beschaafde man van overdag, hoe hij hijgend, verwilderd en woest werd in zijn bewegingen en maar één enkel doel voor ogen had: diep in zijn prooi dringen. Hoe hij zijn levenskracht op mijn buik stortte.

Zijn lid, dat een eigen leven leek te leiden, richtte zich op onder mijn aandacht, was fier en sterk, maar kon ook lief en zacht zijn. Het werd mijn voorwerp van studie, fascinatie, en uiteindelijk obsessie. Ik wilde steeds weer het dier in hem opwekken en samen in het duister afdalen. Mijn eigen begeerte, nog maar net ontdekt, bleef achter vergeleken bij de verrukking die ik voelde over wat ik bij hem teweeg kon brengen.

Elke keer als ik hem zag, moest ik opnieuw beginnen. Ik moest de hele weg afleggen, van onwennigheid, via spanning en opwinding, tot bevrijding. De indruk dat ik een vreemde voor me had vervaagde pas bij de eerste aanraking. Het was deel van de verrukking, neem ik aan.

De keren dat ik bij Jacob was, hadden nooit gevoeld als een ontmoeting, eerder als een hereniging.

Het was altijd te kort. Ik wilde rek in de tijd. Als we weer uiteengingen, was ik altijd in de veronderstelling dat het gebrek aan tijd me waardevolle ogenblikken had onthouden – ogenblikken waarin we tederheden hadden kunnen uitwisselen en diepe gesprekken hadden kunnen voeren.

De leegte die ik voelde als ik weer alleen was, had desalniettemin vooral betrekking op mijn binnenste. In zijn onwetendheid had mijn binnenste nooit gehunkerd; nu het de sensatie kende gevuld te zijn, deed het niet anders. Het moest vergelijkbaar zijn met de moederschoot. Ik had een vrouw eens horen beweren dat haar buik na de bevalling zo verlaten aanvoelde en dat ze terugverlangde naar haar zwangerschap. Ik kon me daar toen niets bij voorstellen – alleen maar omdat er nog nooit een kind in me had gegroeid, zo begreep ik nu.

Op een van de schamele momenten dat Hendrik niet op zijn schreden terug moest naar zijn werk of ik me terug naar huis haastte om niet gemist te worden, lagen we te praten in bed. Ik vroeg hem of hij zijn ouders vaak bezocht.

'Een heel enkele keer,' was zijn antwoord.

Ik keek hem verrast aan. Wat hadden ze voor vreselijks gedaan om door hem verwaarloosd te worden?

'Het zijn eenvoudige mensen, moet je weten. Elke maand ging mijn vader naar de notaris om geld te innen. Uit opmerkingen van ooms en oudere broers begreep ik dat ik de oorzaak was van dat geld. Veel later, toen ik het huis uit ging, kwam ik erachter dat het geld van het koningshuis afkomstig was.'

Hij zweeg even.

'Ik ben een bastaardzoon van Willem III.'

Hij genoot zichtbaar van het schokeffect dat hij teweegbracht.

'Dus je moeder...'

'Nee, nee,' haastte Hendrik zich te zeggen. 'Ik ben bij hen ondergebracht in ruil voor geld. Mijn moeder is net zomin mijn moeder als mijn vader mijn vader.'

Ik was verbijsterd.

'Toen ik erachter was gekomen, ging ik verhaal halen bij de notaris. Hij wilde niets prijsgeven en weigerde mij het bedrag in handen te geven.'

Ik begreep het niet. 'Jou het geld te geven?'

Hij veerde op, fel.

'Ik heb recht op dat geld; ik ben immers de geofferde bastaard. Mijn ouders hebben er jarenlang van geleefd en nu was ik aan de beurt, vond ik.'

'Wat vonden je ouders daarvan?'

Hij trok zijn schouders op en draaide zijn benen uit bed, klaar om op te staan.

'Ze ontkenden alles. Voor zover ik weet innen ze nog steeds elke maand geld. Tot aan hun dood, om hun kaken op elkaar te houden.'

Zijn ontboezeming hield me dagenlang bezig. Koning Willem III had, net als zijn vader Willem II, inderdaad veel bastaarden verwekt, dat was een publiek geheim. De moeders werden betaald in ruil voor geheimhouding; de kinderen werden in weeshuizen en gastgezinnen ondergebracht en fluisterend 'Oranjekinderen' genoemd. Ik kende deze verhalen, maar ik had nog nooit iemand ontmoet die beweerde een Oranjekind te zijn.

Al sinds ik me kon herinneren, deden de wildste geruchten over Willem III de ronde. Er werd beweerd dat hij gescheiden van zijn vrouw Sophie had geleefd: hij op 't Loo en zij op Huis ten Bosch. Ze had niet meer met hem samen willen leven vanwege zijn ontrouw met dienstmeiden, prostituees en vaste minnaressen. Na hun scheiding van tafel en bed zou hij zich meer dan ooit hebben overgegeven aan seksuele uitspattingen in bordelen, waardoor het Oranjehuis op kosten werd gejaagd om alle bastaarden en vermeende bastaarden in het duister te houden.

Toen Sophie in 1877 overleed, leek Willem haar heengaan nauwelijks te betreuren. Hij was tweeënzestig toen hij twee jaar later trouwde met de twintigjarige prinses Emma. De drie zoons uit Willems eerdere huwelijk waren overleden, depressief of ziek en dus ongeschikt voor de troon. Er moest een troonopvolger komen om de monarchie te redden, desnoods een meisje. Er werd gefluisterd dat Willem door syfilis onvruchtbaar zou zijn geraakt. Dat zou betekenen dat ook Hendrik, geboren in 1886, niet door hem verwekt zou kunnen zijn.

Het zou ook betekenen dat Wilhelmina, het kind dat uit dit koninklijke huwelijk voortkwam, onwettig zou zijn. De kwaadste tongen beweerden dat de natuurlijke vader Sebastiaan de Ranitz was, edelman en particulier secretaris van koningin Emma.

Ik kende koningin Emma alleen van de prenten van de eedaflegging, een paar dagen voor de dood van Willem III, toen ik vijftien was. Het krantenbericht meldde dat ze beloofde het voorbeeld van 'haar geliefde en geëerbiedigde gemaal' na te streven. Op de prent was een kleine, in zwarte rouwkledij gestoken vrouw met bolle wangen en een rond brilletje te zien; haar hand had ze in de lucht gestoken.

Ik herinner me dat ik me niet kon voorstellen dat deze lieve, verdrietige oude vrouw in staat zou zijn om haar koning te bedriegen met een andere man, zoals op straat werd beweerd. Ik neem aan dat ouderdom elke zonde verhult en ons weer zo ongeschonden maakt als toen we net geboren waren.

Hendrik had zijn ontboezeming gedaan met een zweem van trots in zijn stem, alsof hij genoot van de koninklijke glans die die hem verleende. Zijn aanspraak verschafte hem een geschiedenis die hem bijzonder maakte, omstreden, verheven en onwaardig tegelijk. Ik had de indruk dat hij liever een bastaard met blauw bloed was dan een volwaardige zoon van eenvoudige mensen.

Wat de waarheid ook was, hij was een eenzaat, net als ik. Hij stond alleen en was vastbesloten zich boven zichzelf uit te tillen. Dat herkende ik en daar voelde ik me toe aangetrokken.

Ik had geen idee wat er verder in hem omging.

Soms had ik het gevoel dat hij een toneelacteur was die in zijn kleedkamer zijn tekst op mij, zijn medeacteur, uitprobeerde. Midden in een gesprek kon hij kijken alsof hij zijn tekst was vergeten – of ik mijn tekst, als ik iets zei wat hem niet beviel.

19

Er werd een brief van Dominicus bezorgd. Hij droeg het poststempel van Cirebon, wat betekende dat hij verhuisd was – zoals hij zich had voorgenomen. Ik scheurde de brief open en liet mijn ogen langs de regels vliegen. Het werk als drukkerijchef beviel hem. Zijn dagen verliepen in een plezierige, rustige regelmaat. Om een uur of zes, als het licht werd, stond hij op en dronk koffie of thee in zijn kabaai, het hemd waar hij 's nachts in sliep. Vanaf halfacht verrichte hij zijn zaken in de drukkerij. Om twaalf uur at hij thuis het maal dat door zijn huishoudster was klaargemaakt, hield een middagslaapje tot vier uur en ging dan tot zes uur terug naar de drukkerij. Daarna nam hij het rijtuig naar de herensociëteit om te kaarten, te biljarten en een paitje, een bittertje, te drinken.

'In de sociëteiten, clubs en salons worden carrières geboren, bestendigd, gedwarsboomd of gebroken,' schreef hij. 'Het zou je verbazen, zus, als je me in de weer zag met visites afleggen, tennispartijtjes spelen en rond de kletstafel zitten. Java is net een passagiersschip op volle zee waar je elkaar als Europeaan telkens weer tegenkomt, nu eens op het promenadedek, dan weer in het ruim of op het achterdek. Er valt niet aan te ontkomen, dus kun je je net zo goed aansluiten bij de koloniale coterieën.'

Het verbaasde me dat Dominicus zich inliet met conventies en kliekvorming. De huishoudster die hij had, was hem door Bernardus aangeraden – met een knipoog, voegde hij eraan toe. Hij had gezegd dat het tegennatuurlijk was als een ongetrouwde jongeman geen omgang met vrouwen had, zodat Dominicus begreep dat de term 'huishoudster' hier breed werd opgevat. Bernardus had een *tjari perampoen*, een eerste informele ontmoeting, tussen hen geregeld.

'Ze is een mooie, jonge, statige Javaanse vrouw,' schreef hij over zijn huishoudster, en hij liet in het midden of hij gebruikmaakte van haar aanvullende diensten of niet.

Dominicus met een surrogaatvrouw, dacht ik geamuseerd.

In Nederland werd het concubinaat in de kolonie geaccepteerd en zelfs aangeraden voor vrijgezelle Europeanen, in ieder geval gedurende hun eerste tijd in Indië. Seksuele onthouding keurde men af, want die kon tot hysterie of – erger nog – tegennatuurlijke ontucht leiden. De njai kon op elk moment zonder gevolgen worden teruggestuurd naar de kampong, op z'n best met een paar centen. In de romans van Dé-Lilah en andere belletrie over Indië had ik vaak gelezen over heren des huizes die een inheemse concubine hadden voordat ze hun huwelijkskandidate, hun blanda, in het thuisland uitkozen.

Ik vroeg me af of Bernardus een njai had gehad voordat hij mijn zus met de boot de overtocht had laten maken. En zo ja, of er kinderen waren geboren – 'voorkinderen', zoals dat heette – die aan hun lot waren overgelaten.

Jan kwam die avond eten, nu eens zonder Nanning. Moeder liet extra werk van het eten maken, maar kort nadat de laatste gang was opgediend excuseerde ze zich en trok zich terug in haar slaapkamer. Migraine, zei ze.

Mien was opgetogen dat er weer eens wat te beleven viel aan tafel en babbelde erop los. Jan gaf geen sjoege en zat ongemakkelijk op zijn stoel te schuiven.

Op een zeker moment keek hij mij recht aan.

'Er gaan verhalen,' zei hij alleen maar.

Ik wist onmiddellijk waarover hij het had.

'Zou je ons even alleen willen laten, Mien?' vroeg ik.

Ze zette grote ogen op en verliet traag, met zichtbare tegenzin, de eetkamer. Ik wist bijna zeker dat ze zou blijven luisteren aan de deur nadat ze die had gesloten.

'Het zijn mijn zaken niet,' schutterde Jan, 'maar als caféhouder hoor je weleens wat.'

'Je hebt het over mijn omgang met Hendrik,' zei ik, om een einde te maken aan deze ongemakkelijkheid.

'Hij staat niet bepaald bekend als een betrouwbare jongen,' zei hij op zachte maar dringende toon. 'Het zou me spijten als hij je in de maling neemt om je dingen te laten doen die je... nou ja... niet wilt doen.'

Alleen zijn verlegenheid, die duidelijk maakte dat hij dit gesprek niet zou voeren als hij er niet de dringende noodzaak van zag, weerhield me ervan uit te vallen.

'Ik ben zelf goed in staat om te weten wat ik wel en niet wil.'

Bij die woorden keek hij beschroomd weg. Hij las er ongetwijfeld in dat ik inderdaad dingen had gedaan die voor een dame buiten het huwelijk onacceptabel waren.

'Pas op,' zei hij, 'wil ik maar zeggen. Dit soort types heeft geld en status in hun achterhoofd bij alles wat ze doen.'

Een golf van verontwaardiging sloeg door me heen.

'Is het zo moeilijk te geloven dat iemand verliefd op mij zou kunnen worden zonder dat het hem om geld gaat?' vroeg ik op hoge toon.

'Nee, nee, dat bedoel ik niet,' haastte hij zich te zeggen.

'Het is meer dat ik dit soort mannen niet vertrouw.'

We zwegen enige tijd.

'Ik zeg niets tegen moeder,' zei hij, waarna hij zijn servet van zijn schoot haalde en van tafel opstond.

Daar zou ik blij om moeten zijn, maar ik had schoon genoeg van alle heimelijkheid.

Bij elke ontmoeting gaf Hendrik me het gevoel dat hij me bijzonder vond en dat hij meer en meer aan me gehecht raakte. Als ik sputterde over ons leeftijdsverschil, zei hij dingen als: 'Je leeftijd maakt je schoonheid alleen maar sprekender.' Quatsch natuurlijk, maar het nam mijn onzekerheid weg. Een verliefde man ziet alleen het mooiste in zijn voorwerp van begeerte, hield ik mezelf voor, dus ik was veilig.

Ik had altijd gedacht dat wederzijdse liefde een versmelting van gevoel teweeg zou brengen, maar deze verliefdheid onderging ik in eenzaamheid. De liefde bedrijven hief die eenzaamheid tijdelijk op, maar daarna, als we weer gescheiden waren, was ze groter, donkerder en troostelozer dan ooit.

Ik kwam op een punt dat ik begon te fantaseren over een leven met hem. Een man die zich zo makkelijk in allerlei kringen begaf, die zich als een kameleon aanpaste aan gedragscodes en conversatieregels, ook al was dat dan als kelner, zou zijn weg vinden in de moderne wereld. Aan zijn zijde kon ik mijn leven wijden aan de kunst; als man die zelf ook ambities had, zou hij mijn artistieke verlangens begrijpen.

Zijn verleidingsbrieven, die me nog altijd bereikten, ook al was ik al lang en breed verleid, bevredigden mijn lust diep in zijn hart te kijken. De brieven fluisterden tot mijn ziel, terwijl hij slechts tot mijn lichaam sprak als we samen waren. Dit was hoe de liefde tussen man en vrouw was, dacht ik. Dit was hoe het moest zijn.

Op een middag had Hendrik minder haast om me uit de kleren te krijgen. Hij ging niet naast me op bed, maar op de stoel zitten.

'Ik heb je lief,' zei hij toen plechtig.

Die woorden had hij al vaker in zijn brieven geschreven, maar nog nooit eerder uitgesproken. Ik wilde hem antwoorden dat ik hem ook liefhad, toen hij zich op één knie liet zakken. Mijn hart ging als een razende tekeer.

Hij pakte mijn hand. Nu ging het komen.

'Wil je me de eer doen mijn vrouw te worden?'

Vol ongeloof keek ik naar mijn hand in de zijne, niet in staat een woord uit te brengen of hem aan te kijken.

'Wat zeg je ervan?'

Hij klonk als iemand die zeker was van zijn zaak.

'Ja, heel graag,' zei ik zacht en tot mijn eigen verbazing.

Ik keek op en zag blijdschap.

Mijn antwoord moest voor hem geen verrassing zijn. Naast de liefde die hij dacht dat ik voor hem voelde, wist hij dat dit met mijn zesendertig jaar zonder twijfel de laatste keer zou zijn dat zoiets aan me werd gevraagd. Er waren godbetert vrouwen van mijn leeftijd die al kleinkinderen hadden.

In zijn ogen had ik geen al te goede vooruitzichten. Het zou me weliswaar financieel aan niets ontbreken, maar met een ongetrouwde status zou ik voor mijn oude moeder moeten zorgen – een enkele dichtbundel uitgeven, misschien – tot ikzelf een oude vrouw was.

Die middag vreeën we hartstochtelijker dan ooit. De lichamelijke vertrouwdheid stelde me gerust.

Nadat ik het hotel had verlaten, liep ik door naar de Zuid om Nettie te bezoeken. Ik moest dit delen met iemand die ik kon vertrouwen, het hardop uitspreken zodat het me niet meer zo onwerkelijk zou voorkomen.

Het duurde lang voor er open werd gedaan. Uiteindelijk liet de huishoudster me binnen, met een baby op de arm.

'Mevrouw komt naar beneden,' zei ze afgemeten, en ze maakte een uitnodigend gebaar naar de woonkamer en ver-excuseerde zich.

Nettie stapte binnen in een robe de chambre, met een beverig glimlachje. Ik kon zien dat ze had gehuild. Ze zag bezorgdheid op mijn gezicht en wilde die zo snel mogelijk wegnemen.

'Het is niets,' zei ze in een poging het met een grapje af te doen. 'Aanstellerij van een huisvrouw.'

Ik nam er geen genoegen mee en pakte haar hand vast.

Onmiddellijk rolde er een nieuwe traan over haar wang.

'Het gaat om Jan,' zei ze snikkend. 'Sinds de baby geboren is, is hij nog minder thuis. Hij komt zelden naar huis om te eten en...'

Een nieuwe golf verdriet verhinderde het haar een paar momenten te spreken.

'We slapen niet meer samen.'

'Denk je dat hij een bijzit heeft?' vroeg ik.

Ze trok haar schouders op.

'Toen ik hem ernaar vroeg, ontkende hij het niet.'

Ik bleef haar hand vasthouden en luisterde naar haar verhalen.

Mijn eigen nieuws kreeg ik niet gezegd – niet zozeer omdat ik mijn geluk niet tegenover haar misère wilde plaatsen, want ik wist zeker dat ze blij voor me zou zijn, maar omdat ik een gelukzaligheid zou moeten veinzen die ik niet werkelijk voelde.

Over het strand, met mijn blik naar de zee gekeerd, liep ik naar huis. De lucht was afgekoeld, de zomer liep op zijn einde. De schrale oostenwind had kwallen achtergelaten op het strand. Er lag een zachte glinstering over de zee. Visdiefjes en steltlopers pikten hun avondmaal uit de branding.

Een diepe vermoeidheid overviel me. Waarom voelde ik me niet krankzinnig van geluk? Ik was geschrokken, besefte ik – niet van zijn aanzoek, maar van mijn eigen haast het te accepteren. Wat wilde ik zo graag over het hoofd zien?

Iets in me had me na zijn vraag tot wachten gemaand, maar ik had het weggedrukt. Ik was bang dat er, zodra er kalme overdenking was, inzichten zouden opborrelen die alles in de war zouden sturen.

Angst is een slechte raadgever, hield ik mezelf voor. In het leven kon je beter spijt hebben dan onvervulde hoop koesteren, beter handelen dan aarzelen, beter de werkelijkheid ervaren dan de droom.

De droom kende ik; nu was het tijd om te ervaren.

Bovendien leek het me romantisch. Dramatisch. Het was zoals ik vanaf nu leven wilde: sprongen wagen met de ogen dicht, zonder voorbehoud, aarzeling of lafheid.

In blinde vervoering.

Moeder reageerde op mijn mededeling zoals ik had verwacht: malicieus, met onverholen afkeer in haar stem. Het alarmeerde me niet. Ik was erop ingesteld de afkeuring van mijn moeder te incasseren.

Het feit dat ik het aanzoek had geaccepteerd zonder met haar te overleggen, leek haar nog het meest te raken.

'Hoe kun je zo'n beslissing alleen nemen, alsof je met niemand iets te maken hebt!'

Ik wist niets beter te zeggen dan dat ik van hem hield.

'Spreek niet van dat trotse, hoge woord liefde.' Ze spuwde de woorden uit. 'Denk je dat liefde zich zomaar aandient en dan voor eeuwig blijft hangen? Denk je dat elke liefde geschikt is voor het huwelijk?'

Ik zweeg.

'Trouwen met een kelner, het is abject. Het hele dorp zal erover spreken. Het gaat hem niet om jou, maar om je geld en je positie en wat hij denkt dat je hem verder te bieden hebt.'

'U hield toch ook van papa en niet van zijn geld?' vroeg ik scherp.

'Ga jij je mond maar spoelen,' zei ze met een stem die brak, haar rug naar me toe kerend.

Ik boog mijn hoofd, schaamde me. Ik was te ver gegaan.

'Je bent een *conquête*, een buit, domme meid, niets meer dan dat. Ik ken dat slag. Die trouwen niet uit liefde, maar uit calcuul.'

Met ferme stappen liep ze langs me heen, de kamer uit. Op de drempel draaide ze zich om.

'Dit huwelijk zal niet plaatsvinden, hoor je? Niets minder dan de familienaam staat op het spel. En die bewaak ik, dat ben ik je vader verplicht. Tot aan mijn dood.'

Woedend bleef ik achter. De familienaam was kennelijk belangrijker dan mijn geluk, mijn laatste kans op geluk, dat wist zij ook, en die was ze bereid me te ontnemen als daarmee onze goede naam gehandhaafd bleef. Wat maakte ze zichzelf wijs? De grandeur van de Van Konijnenburgen sijpelde al weg vanaf het moment dat grootvader was overleden.

Koopmannen waren we geworden, en nu alle ondernemingen van vader voor een paar duiten waren verkocht, waren we zelfs dat niet meer. De verpaupering had allang plaatsgevonden, ook zonder dat ik beneden mijn stand trouwde.

De sfeer in huis was ijzig. Moeder en ik ontliepen elkaar en tijdens de maaltijden werd nauwelijks gesproken. De luchtige opmerkingen van Mien zonken weg in een zware stilte zonder weerklank te vinden. Algauw staakte ze haar pogingen en klonk er alleen het getik van bestek op borden, waarna ieder zijns weegs ging.

Na een middagmaaltijd, die op dezelfde manier was verlopen, trok ik me terug in mijn kamer met een lichte kramp in mijn buik. Ik zocht de doeken voor het maandelijkse bloed vast op. Het werd tijd dat ik mijn periode had, het leek al veel te lang geleden. Ineens gealarmeerd telde ik het op mijn vingers na: het was bijna zeven weken geleden dat ik had gevloeid.

Die dag bleven de doeken ongebruikt liggen. De dagen erna ook. Ik vloeide niet en een onuitsprekelijk vermoeden maakte zich van me meester, dat door dokter Hermanides werd bevestigd nadat hij met zijn handen mijn onderbuik had gekneed en mijn borsten bevoeld.

Het was een coup de théâtre die de opheffing van alle mogelijkheden betekende. Kolossaal, subliem, scabreus.

We zouden spoedig móéten trouwen.

20

Hendrik keek me onbewogen aan toen ik hem vertelde in verwachting te zijn. Enkele seconden later brak er, godzijdank, een lach op zijn gezicht door.

Op de kalme, geruststellende toon waarop je een kind toespreekt, zei hij dat het goed zou komen, dat we het huwelijk met spoed zouden laten voltrekken, dat hij van me hield.

Ik kende hem niet goed genoeg. De trek rond zijn mond kon een teken zijn van ongenoegen, maar evengoed van blijdschap.

Nu ik zijn kind droeg, had ik niet langer het gevoel dat ik een stem had in mijn toekomst. Het lot rolde zich voor me uit als een rol perkament waarop mijn levensloop tot in detail beschreven stond. Het kind zou groeien, geboren worden en mij tot moeder maken, met of zonder mijn goedvinden. Ik verbood mezelf deze fatalistische gedachten. Ja, er wachtte me een toekomst die me onbekend was, die het moederschap zou omvatten of ik wilde of niet, maar het was een toekomst die me niet mocht verlammen. Ik was haar immers zelf, met in me – sluimerend – alles wat ik nodig zou hebben om haar vorm te geven.

Ik moest hoopvol zijn.

Het was wonderlijk: zelfs nu ik in het volle besef van mijn dragende toestand was, voelde ik me niet uitgesproken blij of angstig. Eigenlijk voelde ik nauwelijks iets. Mijn lichaam voelde niet anders aan en mijn geest had de kennis nog niet helemaal in zich opgenomen. Het hele gebeuren was onwerkelijk voor me, zoals het idee dat ik ging trouwen.

Vanuit de behoefte mijn gevoelens te onderzoeken, schreef ik Dominicus een brief. Ik was zijn getuige geweest bij zijn nieuwe leven in de Oost; nu moest hij mijn medeplichtige zijn bij het leven dat ik op het punt stond te beginnen.

'Ik moet iets aan je vertellen,' begon ik de brief, 'ook al twijfel ik, want ik wil je niet ongerust maken. Je bent zo ver van me vandaan dat je niets kunt uitrichten en misschien is dat wel juist de reden dat ik je in vertrouwen neem: omdat je niets kunt doen en daarom zult weten dat ik niets van je vraag.

Er speelt ook een laffere reden, vrees ik. Ik vermoed dat jouw oordeel minder hard zal zijn dan dat van anderen. Jij kent immers de verschillende verschijningsvormen van de liefde, de verwarring die ze veroorzaakt, de koorts die je in haar greep houdt. Ik raakte verstrikt in een folie à deux: een geval van dubbele waanzin, van hem en van mij. Resulterend in een zwangerschap. Ja, je leest het goed. Je ongetrouwde zuster heeft zich laten bezwangeren.'

Ik schreef hem over Hendrik, over zijn betrekking bij het Palace Hotel, over zijn intieme brieven en onze omgang. Al schrijvende ontdekte ik dat ik een zekere trots schiep in het feit dat ik Hendriks vrouw ging worden. Ik wist heel goed dat zijn bed, misschien zelfs het smalle bed in het Palace Hotel, gevuld was geweest met andere vrouwen, linnenmeiden, kamermeiden, eenzame hotelgasten. Maar geen van die vrouwen had hem getrouwd.

Mijn romantische gevoelens voor hem lieten zich moeilijker beschrijven.

'Niets vind ik moeilijker dan mezelf te kennen. Net als ik iets beweer over mezelf, blijkt het tegenovergestelde waar te zijn. Of net zo goed waar, tegelijkertijd. Ik houd van Hendrik, ik houd niet van Hendrik. Ik wil niets liever dan zijn vrouw worden, ik ben doodsbang om zijn vrouw te worden.'

Ik schreef hem over moeder, hoe ontstemd ze was over mijn acceptatie van het huwelijksaanzoek en hoe ik ertegen opzag haar te vertellen van mijn zwangerschap.

'Ik moet doen wat de liefde dient. Ik bezweer je: met al mijn kunnen zal ik betrachten een goede echtgenote, een goede moeder en, als zij het me toestaat, een goede dochter te zijn.'

Het klonk zo standvastig als ik graag wilde zijn.

Voor de spiegel in de hal maakte moeder zich klaar om een van haar ochtendbezoeken af te leggen. Ze schikte een hoed met pluimen op haar omhooggewerkte haar. Haar volumineuze boezem was in een blauwe mantel gestoken en ze twijfelde tussen twee paar handschoenen van grofmazig haakwerk.

Ik liep op haar toe en bleef zwijgend naast haar staan, niet wetend hoe dit gesprek te beginnen.

'Als je het niet uit hebt gemaakt met die jongen, heb ik je niets te zeggen,' zei ze afgemeten.

'Dat kan niet, moeder.'

Ze keek me scherp aan en ik voelde hoe belangrijk het was dat ik de volgende woorden met zekerheid en kalmte uit zou spreken.

'We verwachten een kind. Het huwelijk gaat door.'

Haar ogen werden groot van ontzetting. 'Maar dat is niet gepermitteerd!' riep ze uit. 'Het hele dorp zal ervan spreken. Iedereen zal begrijpen hoe het zit.'

Ze boog haar hoofd, uit het veld geslagen, en even had ik medelijden met haar.

'Wat doe je ons aan?' zei ze.

Daarna, ferm: 'Die zwangerschap zul je hier in het dorp niet tonen. Dat ben je aan je stand verplicht.'

Ik was met stomheid geslagen. Ze stuurde me weg? De ontgoocheling moet op mijn gezicht te lezen zijn geweest, want ze benadrukte het nog eens.

'In dit huis ben je niet meer welkom als deze zwangerschap zichtbaar wordt. Die schande wens ik niet te dragen.'

Haar woorden klonken me als een toverspreuk in de oren – een vervloeking, moet ik zeggen. Nog lang nadat ze haar handschoenen had gekozen, naar de deur was gelopen en die in het slot had getrokken, kon ik haar woorden in mijn hoofd horen galmen als het luiden van een noodklok.

Verder: stilte.

Haar sublieme ontzetting had een diepe schaamte in me doen opwellen, die vrat aan de trots die me staande had gehouden.

In een roes liep ik terug naar mijn slaapvertrek, langs het familiewapen in de gang. De dubbelkoppige adelaar, waarvan de koppen elk een andere kant op keken, kwam me ineens voor als het symbool van de dubbelhartigheid in mijn familie. Zolang de schijn van fatsoen kon worden opgehouden, was schuinsmarcheren geen probleem. Jan en Nanning waren vrij om, binnen de gedemptheid van het schemerduister, zich te verliezen in verboden omhelzingen die in het volle daglicht ver beneden hun waardigheid zouden worden geacht. De echtgenoot van Nettie verwaarloosde zijn vrouw, hoogstwaarschijnlijk ten faveure van andere dames. Zij berustte erin dat ze met haar jeugd ook de exclusieve rechten op haar geliefde verloren had. Dominicus had zijn schandknapen in Leiden bezocht en leefde daarna in concubinaat in Indië. Zijn inheemse bijzit werd geaccepteerd zolang ze eufemistisch 'huishoudster' werd genoemd en eventuele kinderen niet werden erkend.

Zolang de façade intact bleef, het pleisterwerk niet werd losgetrokken, kon dit alles bestaan binnen de schijn van deugdelijkheid en kuisheid.

Het harnas met het kruis dat onder de adelaar stond, had ik altijd opgevat als het schild dat bescherming biedt aan de strijder, het geloof in Christus als een vertrouwensvolle overgave waardoor je je veilig kunt voelen; nu zag ik het als een symbool voor het harnas van conventies waarin mijn familie gevangenzit en we ons amper kunnen bewegen.

'Waarom is dat, Dominicus?' voegde ik toe aan mijn brief. 'Hoe komt het dat mensen zo bang zijn uit de gratie te vallen? Ze leven als praalhanzen die een angstige sluwheid aan den dag leggen om eerbaar te blijven in de ogen van allen die hun wandel beoordelen. Reddeloos verstrikt in hun eigen samenzweringen.'

Maria was met haar meiden in de keuken bezig. Als meisje hield ik ervan om in de keuken te zitten, omringd door aardewerken kruiken, manden met aardbeien en bramen, weckpotten met groenten, vijzels voor grof zout, schuimspanen, spatels en vergieten – instrumenten die als in een orkest voor muziek konden zorgen. Als aan de keukentafel kruiden werden fijngehakt, wortels werden gekliefd en peperkorrels gemalen, vond ik rust te midden van het tumult. Handen die weten wat ze moeten doen, die een gewenst en zichtbaar resultaat voortbrengen, doen de geest ontspannen. Dat was me zoveel liever dan de gespannen stilte in de pronkkamers.

Ook nu hoopte ik er rust te vinden.

Maria wreef haar handen af aan haar schort zodra ze me binnen zag komen. Een troostrijker gebaar kon ik me niet voorstellen. Ze maakte zich vrij om aandacht aan me te besteden. De arbeid zou onderbroken worden voor een vriendelijk woord, een aai over mijn wang, zoals vroeger.

Kennelijk begreep ze dat ik iets op mijn lever had, want ze dirigeerde alle meiden de keuken uit.

Tranen vloeiden bijna onmiddellijk toen ik mijn verhaal deed.

'Mevrouw wil heus geen banvloek over je brengen,' suste Maria. 'Je moeder heeft haar toevlucht genomen tot het laatste machtsmiddel dat tot haar beschikking staat. Haar dreigement is uit wanhoop en liefde geboren, niet uit wreedheid. Ze zal er vast op terugkomen.'

'Denkt u dat echt?'

'Ze moet wel radeloos zijn omdat jij op het punt staat haar te verlaten. Uitgerekend jij, Adriana, de ongetrouwde dochter op wie ze kon leunen, de dochter die voor haar zou zorgen als ze oud was.'

Toen ik de keuken uit liep voelde ik me uitgeput. Ik voelde een intense behoefte om Hendrik te zien.

Ik probeerde mezelf tot de orde te roepen; hij hield er immers niet van als ik hem bezocht als hij aan het werk was, maar de drang was te sterk en ik was al op weg.

Vanaf de boulevard zag ik hem redderen op het terras. Hij bood gasten brood aan voor bij de maaltijd, ontkurkte flessen, sneed het gebraad aan, reikte tussen schouders en nam borden weg. De panden van zijn jas wapperden als kraaienvleugels achter hem aan. Hij had sowieso wel iets weg van een kraai.

Als Hendrik een kraai was, bedacht ik, dan zou Jacob een zeemeeuw zijn. En ik was waarschijnlijk een strandlopertje, trippelend naar de branding en terugdeinzend bij elke golf. Tot mijn zwangerschap was ik dat geweest, in ieder geval. Het kind in me maakte me log, niet wendbaar. Straks zou dat ook letterlijk het geval zijn, als de baby ging groeien.

Hendrik zag me staan terwijl hij iemand de wijn liet proeven, geduldig wachtend met de fles in zijn hand en zijn gezicht afgewend van de gast. In zijn blik vormde zich langzaam een vraag. Ik gebaarde in een opwelling dat ik op het strand zou zijn en keerde me om.

Het strand was, op een paar wandelaars na, verlaten. Het hoogseizoen was voorbij en alleen enkele volhardende badgasten genoten van de laatste zonnestralen.

De zee stortte zich beurtelings op het strand en zoog zand weg bij het terugtrekken, onophoudelijk, als een aards perpetuum mobile. Het werd door iets onbegrijpelijks in beweging gehouden. Misschien was het dat wel: die tastbare vorm van eeuwigheid, die mijn blik zo lang kon vasthouden. Ik dacht aan de zee van Willem Kloos, die in eindeloze deining voortklotste, waarin zijn ziel zichzelf weerspiegeld zag.

De zee gaf mijn ziel vandaag niet prijs, maar bracht me wel tot bedaren.

Gehaast kwam Hendrik het duin af.

'Ik kan maar een moment verzuimen,' zei hij. 'Wat is er aan de hand?'

Bij het zien van zijn gealarmeerde gezicht had ik onmiddellijk spijt van mijn bezoek. Het gaf me wel de moed om de reden van mijn bezoek direct aan te snijden om de urgentie ervan te benadrukken, waar ik er anders omheen zou hebben gedraaid.

'Mijn moeder dreigt me weg te sturen als ik de zwangerschap voldraag.'

'Wat wil ze dan? Dat je het weg laat halen?' Zijn stem was hoog van verbazing.

'Ik weet het niet. Ze weigert haar zegen te geven aan ons huwelijk en wil me uit huis hebben als ik begin te tonen.'

Hendrik zweeg, leek na te denken. Zei toen beslist: 'Dan moeten we je erfenis opeisen. Na het overlijden van je vader heb je recht op je kindsdeel. Daarmee kunnen we ergens anders een bestaan opbouwen.'

'Mijn kindsdeel opeisen? Dan kan mijn moeder niet meer in het huis blijven wonen. Ik ga haar niet in het ongeluk storten.'

'Ze moet geld zat hebben. Jullie hebben toch alles verkocht?'

Ik zweeg.

'Waar is dat geld dan gebleven?' hield hij aan.

Ik haalde mijn schouders op. 'Misschien hebben de jongens een deel gekregen, of heeft ze iets naar Dominicus in Indië gestuurd.'

Hendrik vloekte binnensmonds.

'Ze hebben me nodig hier boven,' zei hij daarna afgemeten.

Thuis heerste er die dagen een zenuwslopende discretie, waarbij het personeel geruisloos over de vloeren sloop, zwijgend inschonk, me met neergeslagen ogen liet passeren. Men gedroeg zich zoals toen vader was overleden, maar nu met een minzame in plaats van een meewarige ondertoon. Of misschien dacht ik die erin te lezen en waren er dienstbodes die oprecht met me meevoelden, wie zal het zeggen? In ieder geval kon ik geen ginnegappende heimelijkheid bespeuren.

Het meisje dat de afgelopen weken de rol van *postillon d'amour* had gespeeld, ontweek me nog het meest van allemaal. Misschien vreesde ze voor haar betrekking nu duidelijk was geworden hoe afkerig moeder was van mijn geliefde.

Mijn verloofde, moet ik zeggen.

Mien wist zich met de situatie geen raad. Het viel niet vast te stellen of dat kwam doordat ze bang was dat de smet van mijn situatie haar eigen huwelijkskansen verminderde, omdat ze solidair wilde zijn met moeder of omdat ze jaloers was. Zij was degene die al vanaf dat ze een klein meisje was wilde trouwen, niet ik. En nu was ik haar voor.

Ik kon nauwelijks wennen aan mijn rol als flagellant van de familie. Ik was altijd de ernstige, de betrouwbare, de bedachtzame geweest.

Moeder zelf toonde zich van haar meest onbuigzame kant. Ze had een ontmoeting met Hendrik geweigerd, alsof hij bij voorbaat te klein werd geacht om de maat te nemen. Haar ressentiment was grotesk, zeker als je bedacht dat ze neerkeek op het volk beneden haar stand uit het midden waarvan zij zelf opgeklommen was. Juist dan was de weerstand ermee te mengen groot, neem ik aan.

Zonder vader om haar milder te stemmen, was ze absoluut geworden in haar oordeel. Het was haar manier om het leven te lijf te gaan. Gewapend met haar wil, haar sterke wil die elke consequentie van haar principes verdroeg en aanvaardde, hield ze zich staande. Geen drift deed haar buigen, geen zwakte mocht haar vellen. Ze wilde feilloos zijn. Voor piëteit was geen plaats, niet voor haarzelf en niet voor mij.

Ik heb nog een paar weken respijt, dacht ik steeds. Ze kan nog van gedachten veranderen. Ze kan naast me gaan zitten, haar arm om me heen slaan en zeggen dat het een tijdelijke verstandsverbijstering was – natúúrlijk was er geen haar op haar hoofd die er serieus aan dacht haar eigen dochter weg te sturen.

De situatie bleef onveranderd. Ze hield voet bij stuk. In haar zwijgen klonk geen twijfel door, maar standvastigheid. Ze sprak zelfs over mijn onterving indien ik Hendrik zou huwen.

Het was ernst.

De herfst deed zijn intrede. De bloembollen rondom Noordwijk lagen klaar om te worden gepoot in de velden. Mijn buik bolde zichtbaar; ik kon mijn vonnis niet langer ontlopen. Deze gordiaanse knoop viel niet te ontwarren, ik moest hem doorhakken. Mij stond een levenslange excommunicatie te wachten. Ik zou worden verbannen uit de schoot van mijn familie en ergens anders als verstotene een nieuw begin moeten maken.

Meppel zou het worden.

Daar kon Hendrik gaan werken bij een van zijn eerste werkgevers, de eigenaar van een eenvoudig maar charmant hotel in de dorpskern. Zijn moeder woonde er. Of ze nu zijn biologische moeder of zijn voogd was, ze had zich ingespannen en een huis voor ons gevonden dat we konden huren.

Ik had alleen Hendrik om me aan vast te houden. En het leven dat in me groeide, dat zich wentelde als ik in bed lag en begon te drukken op mijn ingewanden.

Hendrik was een zelfverklaarde wees, ik had mezelf tot wees gemaakt.

We spraken af bij het ochtendgloren te vertrekken. Hendrik zou me met een rijtuig ophalen, waarna we in Leiden op de trein konden stappen.

Ik had twee koffers – niet meer, had Hendrik me op het hart gedrukt – gevuld met kleren, toiletartikelen, de brieven van Hendrik en Dominicus, enkele boeken. Mijn doopjurk had ik uit sentiment ingepakt.

Nu stond ik, rillend van de ochtendkoude, met beide koffers naast me voor de deur te wachten. Ik wilde niet in de hal blijven, waar moeder me onverhoeds zou kunnen passeren en me in het voorbijgaan iets zou kunnen toevoegen. Ik wilde buiten staan, waardoor ze de keus moest maken afscheid van me te nemen. Ik wilde dat ze de deur uit zou moeten en de koets zou moeten zien aankomen en vertrekken. Ik wilde dat het voor haar net zo moeilijk zou zijn als voor mij.

Tegen de tijd dat Hendrik was gearriveerd, waren Jan en Nanning er, stond Nettie naast me en was Mien naar buiten gekomen. Op hun gezicht was een diepe bezorgdheid te lezen. Toen Hendrik uitstapte, werden er schuchter handen geschud. Mien knikte even, in haar ogen een afstand opeisend waaraan Hendrik gehoor gaf.

'Houd je taai,' werd er gezegd. 'We schrijven elkaar. We zullen je zo missen.'

Ik wist dat we allemaal op een zeker moment aan het afscheid van Dominicus dachten en aan dat van Johanna. Dit was echter anders. Dit was omgeven met schaamte en schuld, die het verdriet niet verzwaarden, maar dempten.

De koetsier laadde de koffers in en hield de deur voor me open. Ik nam plaats op een van de twee pluchen banken die tegenover elkaar stonden opgesteld. Hendrik ging naast me zitten – goddank niet tegenover me.

Moeder liet zich niet zien.

De koets kwam in beweging. Ik zwaaide gedag, met een ingetogenheid die bij de reden van dit afscheid paste, die niet meer sympathie vroeg dan ik verdiende en waarbij ik niet aan meer waardigheid inboette dan noodzakelijk was. Ik nam afscheid met de trots van een martelaar. Pas toen ik mijn broers en zussen niet meer zag staan, merkte ik dat mijn wangen nat waren van de tranen.

Zo lang mogelijk hield ik mijn blik gericht op de huizen van Noordwijk. Ik voelde me als een vlot op het water dat steeds verder afdreef, de open zee op, omringd door niets dan koud water en een grijze lucht.

Mijn uit het zeewater getilde dorp verdween uit het zicht.

In de uren die volgden, doemde steeds het beeld van mijn moeder op. Mijn moeder en haar pyrrusoverwinning, de veldslag die ze had gewonnen en verloren. Ik wist dat het haar verdriet moest doen om voor de vierde maal een kind te verliezen; ik wist zeker dat het offer voor haar net zo groot was als voor mij.

Wat ik moest doen, was me op de toekomst richten.

Ik keek even schuin naar Hendrik. Hij pakte mijn hand en drukte er een kus op.

21

Jacob hoorde pas van Adriana's voorgenomen huwelijk toen ze al vertrokken was. Betje vertelde dat Mien van Konijnenburg haar nogal kortaf had medegedeeld dat er geen literaire avonden meer zouden plaatsvinden in het huis aan zee. Adriana was 'naar buiten het dorp verhuisd'. Over de redenen wilde ze niets loslaten, maar het kostte Betje niet veel moeite om in het dorp te achterhalen dat Adriana ging trouwen met haar ober, dat het een moetje was en dat haar moeder haar had weggestuurd.

'Schandalig en zedeloos' noemde Betje de buitenechtelijke zwangerschap, met een schittering in haar ogen die vrouwen kunnen hebben als ze een goede roddel delen.

Jacob moest zich van zijn vrouw afwenden om niets van zijn gevoelens prijs te geven.

'Wij hebben ooit hetzelfde risico gelopen,' zei hij toen hij zichzelf enigszins tot bedaren had gebracht. 'Gedroegen wij ons toen ook zedeloos?'

Betje keek hem verbaasd aan.

Haar zwijgen moedigde hem aan en hij uitte zijn ongenoegen over de lasterpraatjes waarmee ze zo vaak thuiskwam. Hij zei dat het allemaal maar ideeën waren en dat die ideeën met de tijd zouden verschuiven, dat elke provocatie een conventie werd als je maar lang genoeg wachtte, dat wat de ene dag een perversie werd genoemd, de andere dag gemeengoed zou zijn.

Haar verstarde glimlach drukte afkeuring uit van alles wat hij zei. Die afkeuring of het gevaar dat hij zichzelf verraadde, deed hem niets. Het maakte hem niet uit. Het was de schrik om deze overmoedigheid die hem uiteindelijk tot zwijgen bracht. Kennelijk zou hij Adriana verdedigen tegenover iedereen en met elke consequentie.

Toen hij alleen was, brak hij.

Adriana had wél de moed gehad om te breken met haar milieu. Iemand had die moed in haar aangewakkerd. Liever had hij gehad dat ze zou huwen met een heer, zodat hij had kunnen blijven geloven dat het aan haar had gelegen, dat hij gelijk had gehad om haar te beschermen tegen een leven beneden haar stand. Nu ze liet zien dapper te zijn en te kiezen voor de liefde op straffe van excommunicatie, voelde hij zich verantwoordelijk voor het eindigen van hun vrijage. Nu was híj de lafaard.

Hij herinnerde zich hoe flets hij zich voelde afsteken tegen de luister van haar huis, de familieportretten, de wapenschilden. De navrante conclusie die hij moest trekken was dat hij in plaats van naar de inrichting van haar ouderlijk huis beter in haar ogen had kunnen kijken.

Adriana woonde niet langer in zijn dorp en hij realiseerde zich dat het een onbewuste troost was geweest dat hij haar kon tegenkomen op straat, via Betje en anderen over haar wandel kon horen en dat hij haar, als hij ooit weer in een krankzinnige bui was, kon bezoeken in haar huis. Ze was indirect binnen zijn bereik gebleven.

Op een wonderlijke, irreële manier voelde hij zich door haar verlaten.

In die dagen dronk hij niet, hij zoop. Betje had er een hekel aan als hij dronk waar de kinderen bij waren, dus ging hij naar de kroeg. Hij wilde de gedachten aan Adriana zowel naderbij laten komen als eraan ontkomen. Door te drinken was hij tegelijk op de vlucht voor de werkelijkheid én de verbeelding. De stemmen in zijn hoofd vermenigvuldigden zich. Hij vervloekte zijn wankelmoedigheid, zijn twijfel, zijn verering voor die vrouw. Ze zoog zijn krachten op en verstikte zijn moed – naar de duivel ermee!

Hij nam zich voortdurend voor minder te drinken en was er elke keer van overtuigd dat het hem zou lukken. Maar dat was voor de eerste slok. De alcohol vernauwde zijn bewustzijn en bracht hem in een cocon van vertrouwde veiligheid. De roes goot een stroperige zoetstof over de dingen. Alles werd vloeiend, vertraagde, smolt samen. De scheiding tussen de dingen vervaagde en er ontstond een wereld waarin alles bewoog, verschillende kleuren had, één geheel was. Gewichtloos en pijnloos dreven mensen langs elkaar heen.

Alles was zoals het bedoeld was.

Alles was goed.

Totdat het waas omsloeg in een zware dronkenschap. Er begon een aanhoudend gedreun in zijn hoofd te klinken en er sijpelde somberheid binnen in de roes. De lichtheid werd zwaarheid en de ernst werd bitter. De zwaartekracht zoog hem terug naar de grond en dwong hem naar huis te gaan, zich te laten vallen op bed en weg te zinken in een diepe slaap.

Op sommige avonden zat Leendert naast hem aan de bar, die met moeite zijn tempo bijhield, tot hij het opgaf en stommelend naar huis ging.

'Weet je wat Betje een keer tegen me zei?' vroeg Leendert op een avond.

Jacob keek opzij, de blik al niet meer helder.

'Ze zei dat jij haar geloof niet begrijpt, dat je haar god-vrezendheid ziet als die van een slaaf die vreest dat de heer komt, terwijl zij haar meer ziet als die van een kind dat vreest dat zijn vader weggaat.'

De terloopse opmerking van Leendert kwam hard aan en drong door de roes heen. Hij keek op het geloof van Betje neer, en zij wist het. Een onverwacht gevoel van tederheid voor zijn vrouw sloeg als een golf door hem heen, gevolgd door schaamte over zijn gedrag.

Dat was de pest van zelfmedelijden: zodra je het doorhad, was je er al van genezen. Hij had zijn kans bij Adriana gehad, hij had thuis een goede vrouw en een gezin, hij moest zijn obsessie voor Adriana als een vent van zich af zetten.

In een vlek moest je niet wrijven.

In de zomer van 1912 werd er een groot feest gegeven ter ere van de invoering van de elektrische tram. De rails van de oude stoomtram was grotendeels blijven liggen, maar er was elektrische bedrading boven komen te hangen. Het betekende een snelle verbinding met Leiden, nieuwe wagons en ruimere zitplaatsen.

Betje wilde naar de feestelijke indienststelling gaan en drong erop aan dat hij meeging, al was het alleen maar om een oogje te kunnen houden op de kinderen. Ze had haar beste goed aangedaan, een strooien hoed met linten opgezet en de kinderen hun zondagse pakjes aangetrokken. Met z'n allen waren ze naar Noordwijk-Binnen gelopen.

Het hele dorp had zich voor de gelegenheid in slingers en versierselen getooid. De burgemeester had een oproep in de krant geplaatst om de vlag uit te hangen 'om de komende tram vrolijk en opgewekt het welkom toe te zwaaien' en daaraan had men massaal gehoor gegeven.

De elektrische tram zou een officiële rit afleggen van Leiden naar Noordwijk met als inzittenden het voltallige gemeentebestuur van Leiden, Oegstgeest, Rijnsburg, Katwijk en Noordwijk. De tram zou feestelijk worden ontvangen met muziek. De genodigden zouden in Hof van Holland de lunch gebruiken.

Bij Hof van Holland stond een menigte. Er werden bladen met een lied uitgereikt dat gezamenlijk zou worden gezongen als de tram arriveerde. Jacob herkende Mien van Konijnenburg en haar zus Nettie onder de dames van de feestcommissie en bedacht dat Adriana, als ze nog in het dorp zou wonen, ook van de partij zou zijn geweest.

De tram arriveerde en de burgemeester stapte als eerste uit. Hij had zijn zilveren ambtsketen om, die schitterde in de zon. Het lied klonk, er werd gezwaaid en gejuicht, en de heren verdwenen in het hotel.

De eerste keer dat Jacob en Betje van de tram, die in de volksmond 'de blauwe tram' werd genoemd, gebruikmaakten, was tijdens het 3-oktoberfeest in Leiden. De Noordwijkse visvrouwen brachten elk jaar gepekelde haringen naar de gedenkdag van Leidens Ontzet, die werden uitgedeeld aan de armen. Jacob zou die haringen goed zelf gevangen kunnen hebben, maar hij was er nog nooit geweest.

In Leiden aangekomen, bleek de stad op zijn kop te staan. Jacob moest wennen aan de drukte en de uitgelaten sfeer op straat; Betje ging er moeiteloos in op vanaf het moment dat ze de tram uit stapte. Ze trok hem opgetogen mee naar het stadhuis, waar de haring met wittebrood werd uitgedeeld. Meiden liepen gearmd over straat; er werd naar ze geroepen en gefloten door jongens die zo te zien al de nodige borrels op hadden.

Bij de uitdeling stond het vol. Notabelen controleerden op lijsten of de mensen die in de rij stonden zich wel hadden aangemeld en of ze armlastig genoeg waren bevonden om in aanmerking te komen. De dames van de liefdadigheid – doktersvrouwen, professorenvrouwen, verpleegsters en schooljuffen – haalden haringen uit de tonnen en mannen en vrouwen namen hun portie in ontvangst. Er klonk geroep om meer en gemopper op de kleine hoeveelheden: een sneetje brood en een halve haring.

Van een afstandje stonden de heren studenten, de melkmuilen, met een glas bier in hun hand geamuseerd te kijken naar de rij. Ze wierpen spottende blikken op het volk en maakten grappen waar luid om werd gelachen.

Er laaide woede in Jacob op om het opzichtig goeddoen van de studenten, die zich tegelijk vrolijk maakten om het volk. Onder het mom van helpen maakten ze zichzelf groter en hen kleiner.

Hij pakte zijn vrouw bij de hand en troonde haar weg van dit rollenspel, naar de kermis. Ze vermaakten zich bij de schiettent, de lachspiegels, de oliebollenkraam en de kop-van-jut, en uiteindelijk belandden ze in de danstent.

Daar dansten ze voor het eerst in tijden. Betje had een kleur op haar wangen, er waren plukken haar uit haar kapsel losgeraakt. Ze zag er meisjesachtig uit en hij drukte haar tegen zich aan.

Ze maakte zich van hem los en keek hem recht en langdurig aan. Jacob zag ogen die iets bedwelmends uitstraalden. Hij wist dat haar lichaam minder werd aangeraakt dan het verdiende.

Hij zou het goedmaken, vannacht.

22

De huwelijksvoltrekking vond plaats op 7 januari. We waren een van de eerste stellen die in 1911 in het stadhuis van Meppel huwden. Toen we de koets uit stapten, beet de kou in mijn gezicht. Na een kort praatje van de ambtenaar van de burgerlijke stand schoven we onze ringen aan elkaars vinger en werd verklaard dat we man en vrouw waren. Geen trouwjurk, geen bruidsjonkers, geen champagne – ik had het alleen niet kunnen laten om een klein boeketje te bestellen, dat ik in mijn handen hield. Er waren amper gasten. Alleen Hendriks moeder en twee van zijn broers met hun echtgenoot waren gekomen. Zijn vader was jaren eerder aan cholera bezweken.

Hoezeer ik de veters van mijn korset ook had aangetrokken, toch bolde mijn buik zichtbaar onder mijn jurk. De buikkrampen en ademhalingsproblemen die dat me opleverde, maakten me voortdurend duidelijk hoezeer mijn huwelijksdag verschilde van het beeld dat ik ervan had uit mijn meisjesliteratuur en de enkele bruiloft die ik had bijgewoond.

Verder voelde ik verbazend weinig die dag. Ik nam waar. Het lukte me niet echt contact te maken met Hendrik. We keken elkaar aan op gepaste momenten, hij glimlachte op de juiste manier, maar er was geen teken van verwantschap, van een intiem verbond tussen ons. Het lukte me ook niet contact met mezelf te maken. Ik zweefde in de ruimte tussen ons, de ambtenaar en de gasten. Hendrik leek het niet te merken.

Geen mens nam in Meppel notitie van mijn bestaan. Of toch... Hun ogen volgden me onopvallend, keken weg als ik hun blik wilde beantwoorden. Dat boezemde me meer angst in dan onverholen, nieuwsgierige blikken zouden kunnen bewerkstelligen. Het was alsof ze me wilden beschermen tegen de last van hun oordeel. Dat is een mededogen dat normaal gesproken wordt gereserveerd voor de zieken en krankzinnigen, maar kennelijk ook voor uitgestotenen is bestemd.

Mijn naam zong rond, merkte ik gauw genoeg. Mijn geschiedenis van buitenechtelijke zwangerschap, onterving en verbanning was bekend. Dit had ik te danken aan Hendriks moeder, die, trots als ze was dat Hendrik een dame van goeden huize had weten te schaken, het vertelde aan iedereen die het horen wilde en daarmee de roddeltongen in beweging bracht. Ze bleek zelfs te verkondigen dat ik een adellijke titel had moeten inleveren, wat ik meerdere malen moest rechtzetten. Met deze verhalen bezegelde ze onbedoeld mijn lot: ik werd gezien als een gevallen vrouw. Ik was niet een van hen, de eenvoudige lieden, maar was gevallen vanuit de hogere kringen naar een plek ergens beneden hun stand.

De plek van de bannelingen.

Ook zonder haar verhalen zou ik moeite hebben gehad me aan te sluiten. Bij de dames van de Meppelse gegoede families had ik niets te zoeken en ik wist me ook niet te verstaan met de werkende klasse, die zo anders was dan in Noordwijk, waar ik al de grootste moeite had moeten doen om aansluiting te vinden. Ik kon me de fijne nuance van het argot, de gebruiken en de mores niet eigen maken en mijn manieren kwamen niet uit de verf. Mijn vormelijkheid werd aangezien voor hoogmoed, mijn jurken van Franse makelij werden opzichtig gevonden en mijn gewoonte om 's avonds, en niet 's middags, warm te eten werd gezien als het bewijs dat ik het hoog in mijn bol had. Ik zou altijd een buitenstaander, een indringer blijven.

Tegenover Hendrik kon ik me niet uitspreken over mijn moeite in zijn klasse te gedijen. Als ik het zou aankaarten, zou ik het verschil tussen ons benoemen. Hij zou het opvatten als een persoonlijke belediging, alsof ik moest bukken om te functioneren in zijn milieu en er rugpijn van kreeg.

In Meppel was geen einder, geen rand van de wereld. Overal, in alle windstreken, waren mensen, gebouwen, geluiden, emoties, gedachten. Waar ik vandaan kwam, nam de zeewind alle menselijke drukte mee naar de uitgestrekte oceaan, waar ze zich vermengde met de elementen en vergeten raakte. Hier kaatste alles terug, dwarrelde in het rond en bleef uiteindelijk voor je voeten liggen.

Er was tegenwoordig een hier en een daar. Dat bewustzijn had ik niet eerder zo gehad. Voorheen was ik in het hier, vanzelfsprekend. Nu was er een besef van aanwezigheid en afwezigheid tegelijk. Omdat ik hier was, was ik niet daar – waar ik hoorde.

Terwijl ik door de straten van Meppel wandelde, stelde ik me voor hoe ik het zandpad af liep, hoe de wind aan mijn kleren trok, en in gedachten zag ik het zeewater, stil en glanzend, de tinten grijs, zilver, tin en lood, de laaghangende bewolking waar langs de randen bleek zonlicht doorheen straalde, de leegte die me zachtjes naar zich toe trok. Met mijn ogen dicht stelde ik me voor te verdwijnen in die weidsheid en dat licht, niets meer te zijn dan een zoute druppel, een enkele schittering van zonlicht, een korrel glanzend zand die bij eb de zee in wordt gezogen.

Als ik om me heen keek in mijn nieuwe huis, zag ik niet de stoelen, de tafel die Hendrik had overgenomen van zijn baas, het bebloemde eetzeil dat zijn moeder ons had gegeven, maar de eetkamer van mijn ouderlijk huis – het witte, met broderie afgezette tafelkleed van mijn moeder –, rook ik de geur van boenwas en hoorde ik het gerinkel uit de keuken, van dienstmeiden die het eten in de schalen schepten.

De lucht in de stad was zo zwaar en vol dat ik onbewust mijn adem inhield als ik de deur uit stapte. Het huishoudelijke vuil dat in de grachten dreef, de paardenstront en de ontlastingstonnen die soms dagen overvol op straat stonden tot de mannen van de gemeente ze kwamen legen in de boldootkar, zorgden voor een walmende, weeë geur. Toch liep ik liever buiten dan dat ik binnen zat, waar het vochtig en benauwd was. De schimmel zat overal: op de muren en in het stro van de matrassen in de klamme bedstee. Hij had zich zelfs in mijn kleren genesteld, die ik bij gebrek aan helder water nooit echt schoon kreeg.

Zodra ik afweek van mijn vaste route naar de kruidenier, raakte ik steevast verdwaald in een labyrint van stegen, grachten en straatjes. Ik was uren onderweg, omdat ik in mijn paniek de naam van mijn straat vergeten was en de weg niet kon vragen. De jongens die zich op hun transportfietsen met goederen in hun manden een weg door de smalle stegen baanden, vloekten en belden luid als ik niet snel genoeg opzijweek.

Mijn ademhaling was oppervlakkig, mijn hoofd duizelde. Ik kon me niet ontspannen in dit vreemde heden.

De tijd kroop hier voorbij op zijn knieën, alsof hij niet

gezien wilde worden. Er heerste een landerigheid waarmee de dagdelen zich aan elkaar regen. Ochtend verwerd tot middag, middag vergleed langzaam in avond, avond in nacht. Er was geen zichtbare zonsondergang en zonsopgang, niets van de extatische kleurenpracht waarmee de zon voor ons huis dramatisch kopje-onder ging in zee, alleen een schier onmerkbare verandering van lichtsterkte en lengte van schaduwen.

Het dal is nooit dieper dan wanneer wij een heuvel verwachten. De eerste prille weken van ons huwelijk waren geen wittebroodsweken, maar een beproeving. Ik spande me in me als een echtgenote te gedragen. Het enige waar ik aan kon refereren, was wat ik had gezien bij mijn eigen moeder. Net als zij maakte ik me mooi voordat mijn echtgenoot thuiskwam, vroeg ik hem naar zijn dag en dronk een glas wijn met hem. Daar hield mijn voorbeeld op. Moeder kon het koken, de maaltijden opdienen en de rest van het huishouden overlaten aan dienstbodes en kokkinnen. Ikzelf had nog nooit in mijn leven een ei gekookt of aardappelen afgegoten en wist me geen raad. Mijn maaltijden waren dan ook een ramp – een die Hendrik op geen enkele manier met een relativerende opmerking of geveinsde waardering verzachtte – en steeds vaker kwam hij later op de avond thuis met de mededeling dat hij de maaltijd al in het hotel had gebruikt.

Er was geen ruimte om te wennen, om een steek te laten vallen en er hoofdschuddend om te lachen. We eisten het beste van elkaar, omdat het alle offers waard moest zijn. Ons samenzijn moest goedmaken wat we moesten doorstaan om de ander. Ik was afgedaald naar zijn klasse; hij niet opgestegen naar de mijne, zoals hij misschien had gewild.

Beiden waren we slechter af.

Mijn offers sprongen wellicht het meest in het oog, maar ook Hendrik had dingen moeten opgeven. Hij was zijn vrijheid als jonge ongebonden man kwijt, had de kust verlaten, waar hij het naar zijn zin had, had een luxehotel waar hij carrière kon maken verwisseld voor een middelmatig hotel en de lasten voor een vrouw – en over niet al te lange tijd een kind – op zich genomen. Die beproevingen balden zich samen in één onderwerp, dat hij dagelijks aansneed: mijn erfenis. Ik moest de familie aanklagen, mijn deel opeisen, bezwaar maken, geen genoegen nemen met minder. Hij praatte net zo lang op me in tot ik uiteindelijk zweeg, de ogen neergeslagen, de handen ineengevouwen.

Mijn moeders voornemen me te onterven liet ik onbesproken. Dan zou hem duidelijk worden dat we niet alleen nu geen geld van mijn familie hoefden te verwachten, maar na mijn moeders dood waarschijnlijk ook niet. Waarom ik er niet over begon, daar durfde ik niet over na te denken.

Los van de ruzies over geld gedroeg Hendrik zich hoffelijk, gedistingeerd. Zijn onberispelijkheid kwam op mij even wreed als charmant over. Die vergrootte de afstand tussen ons en stelde me niet op mijn gemak, wat de bedoeling was, maar maakte de sfeer er juist ongemakkelijk op. Het deed me voelen alsof ik een van de hotelgasten was die hij bediende, met een neutrale beleefdheid die elk persoonlijk gevoel maskeerde.

Het huwelijkse leven viel me even zwaar als overschakelen op een andere taal, zoals sommige schrijvers dat doen halverwege hun oeuvre. Zoiets gaat verder dan alleen een vertaling van woorden; ook de stijl verandert, de toon, misschien zelfs de thematiek. Niets ging meer gedachteloos, automatisch; alles wat ik deed was bewust, gecontroleerd, doordacht.

In het huwelijkse leven moest ik proberen een andere vrouw te worden: de vrouw die hij hoopte dat ik was en naar wie ook ik wonderlijk genoeg verlangde. Ik moest háár zijn, zo min mogelijk wrevel opwekken, hem oprechte goedkeuring ontlokken, eelt op de handen en de ziel kweken. Lijnrecht daartegenover stond de eigengereide vrouw die ik ook was, maar die ik – tijdelijk, zo vertelde ik mezelf – wegmoffelde. Lang genoeg om deze overgang vloeiend te laten verlopen. Lang genoeg om de Hendrik uit mijn dromen, de Hendrik uit zijn brieven, de kans te geven zich te openbaren.

Er had een bijna onmerkbare verschuiving plaatsgevonden. Zijn aandacht en lofprijzingen in de tijd van de hofmakerij hadden me een machtspositie gegeven waarbinnen ik me sterker voelde dan ooit. Nu, in de positie van getrouwde vrouw, was ik ervan afhankelijk geraakt. Ik had ze nodig om me goed te voelen. Ik was bereid me in bochten te wringen om zijn liefde in stand te houden, te doen groeien zelfs, zodat ik weer sterk zou zijn.

Het leven in me roerde zich. Het begon te bewegen als ik rustte en ik ontdekte dat het zich toekeerde naar de plek op mijn buik waar ik mijn hand op legde. Mijn zwangerschap was niet langer een omstandigheid, maar ging deel van mijn wezen uitmaken. Ik beschermde die met mijn weefsels, voedde haar met wat ik at, stond ermee in verbinding op een verbijsterend fysieke manier.

De beschermdrang die ik nu al voelde ten opzichte van dit leven maakte de afwijzing van mijn eigen moeder des te pijnlijker. Mijn ontzetting daarover groeide evenredig met de liefde die ik ontwikkelde voor het wezen dat in mij besloten lag.

In mijn fantasie leed mijn moeder zoals Demeter om

haar dochter Persephone, die door Hades naar de onderwereld was ontvoerd. Demeter zwierf wanhopig en tevergeefs rond om haar dochter te vinden en toen ze de waarheid ontdekte, was ze zo verdrietig dat niets op aarde meer wilde groeien en het in de bovenwereld eeuwig dorre winter bleef.

Moeder leed ook, zo las ik in de brieven die Mien schreef, maar op de manier die ik van haar kende: met expressief zelfmedelijden. Haar beslissing leek ze niet te betreuren of te heroverwegen. Het ging erom dat háár iets was aangedaan.

In dezelfde brieven las ik tussen de regels door ook Miens eigen boosheid over het feit dat ik haar als laatste dochter bij moeder had achtergelaten en zij dus mijn plaats had ingenomen als verzorgster voor haar oude dag. Elke opmerking over de haperingen in moeders gezondheid klonk als een verwijt, elke zin over de stilte in het grote huis als een aanklacht.

De brieven die ik mijn moeder stuurde, kwamen ongeopend retour. Ik herlas ze zelf en huilde om de woorden waarvoor zij zich doof hield:

Mijn geliefde moeder,
De moeilijkheden hier in Meppel, waarmee ik u niet zal vermoeien, verbleken bij de zwaarte die ik voel als ik denk aan uw afkeuring. De volharding waarmee u mij buiten uw leven houdt, doet me meer verdriet dan ik hier kan opschrijven. Hier te zijn, ver weg van alles wat me lief is, zou zoveel makkelijker zijn als ik zou weten dat ik niet uit uw hart verdwenen ben. Ik vraag niet om genade of om terug te mogen keren; een teken van genegenheid vraag ik, een uiting van goedertierenheid.

Als ik straks zelf moeder ben, zal mijn hoop zijn dat u mijn kind eens aan uw borst zult drukken.
Met liefdevolle gedachten,
Uw Adriana

Dominicus schreef in een lange, troostende brief hoezeer wij in wezen op elkaar leken, moeder en ik.

'Trotse wezens met standpunten die koste wat kost verdedigd moeten worden,' schreef hij. 'Ik kan me niet anders herinneren dan dat jij het tegen haar opnam. Vader liet haar vaak maar begaan – wij allemaal. Ik heb altijd gedacht dat jouw tegenkracht haar deugd deed, dat ze zich door jou serieus genomen voelde, gezien voelde. Je hebt haar geestdrift geërfd, haar aangeboren melancholie en de vrije geest van vader. Dat is een krachtige combinatie, zus, en ik wacht af waar die je brengt.'

De regels die volgden moet ik honderden keren hebben gelezen: 'In mijn ogen heb je je niet onbeschaamd verlaagd, maar je geluk gezocht – niet als een hersenloze pedanterie of uit rebellie, maar als een oprecht volgen van je verlangens. Bedenk: de grootste zonde van een mens is niet gelukkig te zijn.'

Mijn schrijfsels beperkten zich tot brieven, waarin ik opgetogen wilde klinken om de last op de geadresseerden te verlichten. Ik wilde contact, geen medelijden. Verder lukte het me niet de tijd of de gemoedsrust te vinden om ook maar een paar regels te dichten.

Het voelde alsof ik ronddwaalde in het leven van een ander en als ik een poging deed te schrijven, drong dat zich nog het meest aan me op. Ik meed het voorlopig.

Wat ik in de pen had, zou ik bewaren. Het gefluister dat ik hoorde, zou niet op papier belanden. Voor mijn eigen bestwil en dat van Hendrik zou ik de roep negeren, mijn ambities versmaden, de pen in de dop schroeven en me richten op het welslagen van ons huwelijk.

23

Door mijn perstranen heen zag ik een bebloed en besmeurd wezentje dat de vroedvrouw aan zijn enkels omhooghield. Het gehuil dat klonk was verlossend en geruststellend. Nadat ze het kind had gewassen en in linnen doeken had gebakerd, kreeg ik een sluitlaken om mijn onderlijf en kraamverband tussen mijn benen. Ze legde het kind in mijn armen.

Een zoon.

Ik keek hem ongelovig aan en hij keek, tot mijn nog grotere verbazing, terug. De vroedvrouw spoedde zich naar de kroeg op de hoek om Hendrik te halen en een paar minuten was het volmaakt stil en vredig in de kamer. Ik bleef in de ogen van mijn kind kijken. Ik kon me niet herinneren ooit eerder zo'n intens, hypnotiserend contact te hebben gevoeld.

Het was het begin van wat ik niet anders dan een verliefdheid kan noemen. Vanaf het eerste moment was ik gebiologeerd door mijn kind en ik had oog voor elke minieme beweging en elk trekje in zijn gezicht.

Verliefdheid is een verheerlijking van het heden. Die verjaagt de herinneringen en zorgt voor hechting aan het huidige moment. Delen van mijn leven verzonken in vergetelheid. De macht van het verleden nam af en er kwamen berusting en aanvaarding voor in de plaats.

Niet langer vervloekte ik de klamme, krappe bedstee en

verlangde ik terug naar mijn oude ledikant, maar ik genoot ervan om er met Hendrik en ons kind in te liggen. Niet langer kneep mijn maag samen van de stank op straat en vergeleek ik die met de frisse zeewind, maar ik raakte eraan gewend. Niet langer dacht ik aan ons watercloset als ik de gang moest maken naar het hok met drie gemakken op het plaatsje achter, dat we deelden met de bewoners van het rijtje arbeiderswoningen. Ik vond mijn weg naar de zeepzieder, de kaasmaker en de boer die net buiten de stad eieren en melk verkocht en ontdekte dat de waren er veel voordeliger waren dan bij de kruidenier. Geleidelijk aan werd ik door meer buurtbewoners begroet en maakten ze een praatje met me.

Het kind – we noemden hem Egbert – hielp Hendrik en mij om nader tot elkaar te komen. We keken beurtelings naar hem en naar elkaar, glimlachten en voelden dat alles goed was. Ik vond de Adriana die ik naast hem moest zijn. Ze nam geleidelijk vaste vorm aan.

Ironisch genoeg moest ik moeder worden om een echtgenote te kunnen zijn.

De avondmaaltijd had ik beter leren bereiden. Al in de vroege middaguren maakte ik de kookkachel aan en zette er een pan met het draadjesvlees op waar Hendrik zo van hield. Van zijn moeder leerde ik stoofperen te maken, jus te bereiden en aardappels op smaak te brengen. Op de avonden dat Hendrik een dagdienst had gedraaid in het hotel, schoof hij aan de keukentafel aan, at en converseerde, waarna hij net als de andere mannen in de buurt met zijn pijp naar buiten ging om in de portieken of, als het geld het toestond, in het café te praten over politiek en nieuws. Hij bleef er tot de lantaarnopsteker zijn ronde deed en de straatlampen doofde, waarna hij naast me in bed schoof en me besteeg om de liefde te bedrijven.

De kloof tussen Hendrik en mij was soms zo klein dat ik me afvroeg of hij zou oplossen als ik er niet meer aan zou denken. Dan ineens kwam hij me weer onoverbrugbaar voor. We verhielden ons niet zoals mijn ouders tot elkaar, die gelijk opgingen in hun twist en verzoening, ernst en jool. Ik was inschikkelijk, voegde me naar zijn wensen en speelde in op elke kleine emotie die zich aftekende op zijn gezicht. Er was geen evenwicht, zoals bij mijn ouders. In dit huwelijk was ik degene die boog.

Ik kende mezelf niet zo. Ik had mezelf altijd beschouwd als een eigenzinnige vrouw die zich uitsprak, die tegenwierp, betwistte. Bij Hendrik mondde zoiets niet uit in een levendige discussie, maar in ruzie. Kennelijk was mijn behoefte aan harmonie groter dan mijn behoefte aan vurige uitwisseling, want na verloop van tijd hield ik mijn afwijkende mening voor me.

Zijn afstandelijkheid was geweken voor humeurigheid. Dat was niet noodzakelijk plezieriger, maar in ieder geval wel echter. Hendrik liet zijn ongenoegen blijken over alles wat hem niet bekoorde. Waar hij in zijn werk discreet en welvoeglijk was, wilde hij zich in zijn eigen huis laten gelden met een nadruk waar niet aan te ontkomen viel.

Nu eens was hij somber, dan weer uitzinnig gelukkig. Hij kon me het gevoel geven dat hij me niet in zijn buurt kon velen en dan weer drukte hij me dicht tegen zich aan elke keer als ik langs liep. Het was zaak vloeiend mee te gaan in deze stemmingswisselingen, anders brak er alsnog grote ruzie uit.

Zijn driftbuien dacht hij te vereffenen met liefdesbetuigingen. Hij dacht oprecht dat die twee elkaar ophieven, alsof hij de kuil die hij had gegraven weer dichtgooide, het zand aandrukte en er geen verschil meer te zien was. Ik ervoer het anders. Het had veel meer weg van een klap krijgen op je linkerwang en een kus op je rechterwang. De klap blijft branden, hoeveel kussen je daarna ook krijgt.

Hij kon als geen ander beterschap beloven, zijn liefde verklaren, excuses maken. Dat laatste kwam vooral neer op uitleg geven over zijn misstappen, kwetsende opmerkingen en stemverheffingen: het kwam door zijn gevoelige aard, zijn angsten, zijn opvoeding. Het bracht hem helaas niet de inzichten waarop ik hoopte. De volgende keren voerde hij voor dezelfde vergrijpen dezelfde excuses aan.

Toch bracht dit ons, op een bepaalde manier, de intimiteit die ik zo zocht. Ik wilde de emotionele Hendrik die ik uit zijn brieven kende, de uitzinnige Hendrik die ik tussen de lakens had leren kennen, niet de beheerste en gesloten Hendrik van de begindagen van ons huwelijk. De donkere kant die zichtbaar werd, boezemde me geen angst in. Ik was verliefd geworden op zijn duisternis net zo goed als op zijn licht.

Zijn geheimen en zijn worsteling naar boven, zoals ik die ook kende, oefenden hun aantrekkingskracht op me uit. Ze gaven mij het gevoel dat ik bijzonder genoeg was om hem te helpen, dat mijn liefde hem zou verzachten. Ik kende zijn demonen, ik was sterk genoeg om ermee om te gaan en ze in stilte te bevechten, dus ik was uitverkoren om hem te redden.

Uiteindelijk ging ik van hem houden, met al zijn grillen en eigenaardigheden. Wij waren anders, hij en ik. We pasten dan misschien niet bij elkaar, we hoorden wel bij elkaar.

Via Nettie hoorde ik van het aanstaande huwelijk van Mien. In haar brief had Nettie het over 'een keurige, wat timide jongeman die als bouwkundig tekenaar werkt'.

Het stak me dat Mien me niet persoonlijk had ingelicht

over haar trouwplannen. Nu kon ik niet vaststellen of ze echt verliefd was of dat ze het huwelijk aangreep om niet als laatste dochter thuis te wonen als moeder ouder werd en zorg behoefde. Onder die omstandigheden zou een verloving onkies zijn. Ik ging ervan uit dat ze oprecht was gevallen voor haar tekenaar.

Een uitnodiging voor het huwelijk in januari van 1912 ontving ik ook niet. Ze moest bozer op me zijn dan ik had aangenomen. Ik had haar in de steek gelaten; nu deed ze hetzelfde bij mij.

Later hoorde ik van Nettie dat moeder Mien voor de keus had gesteld. Als ik werd uitgenodigd op de bruiloft, zou zij thuisblijven. Zoiets kon Mien niet over haar hart verkrijgen en ze miste ook de moed om tegen moeder in te gaan. Ik vergaf haar onmiddellijk en stuurde een brief met mijn gelukwensen.

Al een paar dagen later kreeg ik een brief terug, waarin de opluchting voelbaar was. Ze zou me snel komen opzoeken samen met Nettie, schreef ze, om mijn zoon te zien.

Ik wilde het graag geloven.

Ook nu er een zekere balans was ontstaan in ons huwelijk en ik vrede had gesloten met mijn ballingsoord lukte het me niet te schrijven. De ruimte, afzondering en rust die voorafgingen aan mijn schrijfuren, kwamen niet meer voor. Alleen in stilte dienen zaken zich aan om opgeschreven te worden. Alleen uit dat niets komen gedachten als ruwe grondstoffen boven om woorden te vormen, die zinnen vormen, die gedichten vormen. Er moet eerst níéts zijn om iets te kunnen voortbrengen.

Er was altijd wel wat te doen. Waren er geen luiers te wassen, dan waren er maaltijden te bereiden of vloeren schoon te maken. Het lukte me niet een ruimte naast de tijd te scheppen, zoals je doet als je schrijft, omdat de tijd zelf voortdurend mijn aandacht vroeg.

Het kleine won het van het grote en het dagelijkse van het tijdloze. In het gedrang der dingen drong de fantaste in mij zich terug. In het tumult had ik niet eens tijd om haar te missen.

Anderhalf jaar nadat Egbert was geboren, ontdekte ik dat ik opnieuw zwanger was. Inmiddels wist ik waar ik op moest letten: het bloeden bleef uit, mijn borsten zwollen op en ik kreeg pijn in mijn onderrug als ik bukte. Ik vond dat ik blij moest zijn, maar ik werd bevangen door paniek. Het schrijven zou ik voorlopig niet kunnen oppakken en het wankele evenwicht dat met z'n drieën was ontstaan, zou met een nieuwe zwangerschap gemakkelijk kunnen breken. Bovendien zou mijn uitdijende lichaam de lusten die bij Hendrik weer voorzichtig waren ontluikt kunnen doven. De eerste keer dat ik zwanger was, had hij geen enkele behoefte getoond me aan te raken, maar dat kon ook komen door de schok van het samenwonen. Misschien zou het dit keer anders zijn.

Voordat ik trouwde, gold het als onvrouwelijk, onzuiver en ongezond om te verlangen naar zinnelijke liefde. In de verlovingstijd werd ik door de buitenwereld geacht mijn geliefde op afstand te houden, maar door de geliefde zelf aangespoord tot toenadering. Onmiddellijk na het huwelijk werd er van me verwacht dat ik in de seksuele behoefte van mijn echtgenoot zou voorzien, maar zodra ik zwanger was, moest ik erin berusten dat hij zijn aandacht verloor. Het leek allemaal buiten mij om te gaan. Mijn seksuele leven hing af van omstandigheden, niet van mijn eigen verlangens.

In de nieuwe dichtbundel van Henriette Roland Holst,

De vrouw in het woud, las ik tot mijn verbazing dat ook zij
– geëmancipeerde en kinderloze vrouw – haar frustraties
had in de minne. In nauwelijks verhulde termen schreef ze
over haar celibaat binnen het huwelijk. 'Verzuimde vreug-
den' en 'versmade bruiden' noemde ze haar onvervulde verlangens. Ze beweende 'zoete kussen die nooit open bloei-
den/ waartoe ik acht'loos mij niet heb gebukt/ toen z'in het
perk der uren geurden en gloeiden/ die ik kon plukken en
niet heb geplukt'.

Zou het dan toch waar zijn en zou Rik Roland Holst een
ingewijde in de knapenliefde zijn? Over zijn excentrieke
manier van kleden, met strooien hoeden, strikjes, witte
broeken en witte schoenen, zijn vrouwelijke gedrag en het
feit dat het huwelijk kinderloos was gebleven, werd in
Noordwijk nog altijd druk gespeculeerd.

Henriette had dan wel alle ruimte om haar poëzie na te
jagen, haar huwelijk werd niet of nauwelijks geconsum-
meerd. Nu ik de smaak van de lichamelijke liefde kende,
vroeg ik me af of ik dit offer zou kunnen brengen voor de
dichtkunst. Ik had een vreemde gedachte die me deed glimlachen: samen zouden we een volmaakt gelukkige vrouw
kunnen zijn.

Poëzie wil alomvattend zijn, wil grootser dan het leven,
dan de liefde zijn. Ik vroeg me af of het andersom ook gold.
Zou ik, die voor de liefde had gekozen, daarmee de kunst
de rug toe hebben gekeerd? Had mijn gezinsleven de literaire bron doen opdrogen?

De bundel, die Nettie naar me had opgestuurd, bracht
me opnieuw de verbinding met de vrouw die me mijn hele
leven als voorbeeld had gediend. Ik kon niet anders dan me
met haar vergelijken, met haar talent, haar keuzes, haar
omstandigheden. De jaloezie, die tot mijn eigen schaamte
bij vlagen in me opwelde bij het horen over haar successen

en het lezen van haar werk, werd overstemd door de vreugde een gelijkgestemde te hebben gevonden – al was het alleen maar in het woord.

Mijn lievelingsgedicht in de bundel ging over de zee. Ze schreef erover in de derde persoon, wat ik een vondst vond:

> Toen zij een kind was, leefde
> zij dicht aan het machtige hart der zee
> dat het machtigst hart is der aarde;
> zij hoorde zijn stem als zij staarde
> van den duintop naar beneê
> of langs zijn rand liep waar de golven sterven,
> festoenen trillend-paarlemoeren kant
> op 't zilverwitte zand,
> zij hoorde zijn klacht tot haar overzwerven
> nachts, door de stilte van het huis, en hoorde
> daarin haar eigen donker-grooten drang
> opkomen, breken en verstillen.
> Want de stem van de zee is de moederzang
> Van alle vage en half-bewuste willen,
> alle begeeren dat zijn doel niet kent.

De zee als veld van de ongeboren toekomst, van al wat onbewust sluimert in ons; zo ervoer ik dat ook. Bij de zee zijn en naar haar kijken bracht onvermoede inzichten en diepe onverwoorde verlangens in mezelf naar boven.

Er werd gefluisterd dat Henriette in een kuuroord zou verblijven in Duitsland. Ze zou vermagerd, uitgeput en somber zijn. Het zou de strofe 'Ook ik ben omstreeks 't midden van mijner dagen/ verdwaald geraakt in levens donker woud' verklaren. Behalve teleurstellingen op het gebied van de liefde zou haar depressie verband houden met de desillusies van de sociaaldemocratie waar ze zich zo voor had ingezet.

Nu de lente van het socialisme voorbij was, heerste er verdeeldheid. Er woedde een felle partijstrijd tussen de reformisten en de revolutionairen binnen de SDAP. Henriette was een van de weinige vrouwen die spraken op partijbijeenkomsten, die opiniestukken en propagandabrochures schreven. Waar de prominenten van de partij zich eerst zo lovend over haar hadden uitgelaten, waren zij nu kritisch. Na de verschijning van *De vrouw in het woud* werd ze 'de woudloopster' genoemd. Vanaf dat moment was 'woudloper' de term die men in linkse kringen gebruikte voor mensen die zweverig waren en geen lid waren van een partij.

Nu ik me in hun midden begaf, kon ik het gemor van de massa begrijpen. Vroeger had ik me als bemiddelde juffrouw op een naïeve, romantische en idealistische manier hun lot aangetrokken; nu ervoer ik het elke dag aan den lijve. Het kapitalisme, dat voor de bovenklasse extra comfort en verstrooiing betekende, was voor de onderklasse een ramp. Arbeiders werden uitgebuit en verpauperden, waren inwisselbaar, ziek, dronken, en woonden mensonterend in krotten en kelders. Waar de ambachtsman vroeger zijn product maakte met ijver en liefde, maakte hij nu deel uit van het leger fabrieksarbeiders dat spullen maakte waar het zich niet meer mee verbonden voelde. Het socialisme was nodig om de zwakken en weerlozen tegen de gewelddadigheden van het kapitalisme te beschermen.

Het was een tijd van politiek bewustzijn. Het vuur van de revolte laaide hoog op. Communistische partijen kwamen op voor de werkende armen, conservatieve partijen beschermden de belangen van de bezittende klasse en vrouwenorganisaties streden voor de vrouwenrechten.

Ik had Domela Nieuwenhuis nooit horen spreken, maar zijn invloed was voelbaar geweest in mijn eigen kringen en

ook in die van Hendrik. De geschoolde arbeiders, dagloners, ambachtslieden en werklozen die om me heen woonden waren lid van vakbonden en klaagden over de regering, waar ze zich vroeger niet mee bezighielden. Het feit
dat niet alle mannen mochten stemmen werd gezien als een
schande. Domela Nieuwenhuis pleitte als een van de eersten voor de invoering van het algemeen kiesrecht en gelij-
ke rechten voor mannen en vrouwen.

Hendrik moest niet veel van Nieuwenhuis hebben, omdat hij Willem III in zijn tijdschrift 'Koning Gorilla' had laten noemen en diens activiteiten symboliseerde met enkele
blanco bladzijden. Domela Nieuwenhuis werd veroordeeld
wegens majesteitsschennis en moest zeven maanden in de
gevangenis zitten.

Het was een van de weinige uitlatingen van Hendrik
waaraan ik kon aflezen hoe hij tegenover zijn zelfverklaarde bastaardschap stond. Met zijn moeder hield hij zich
nauwelijks bezig, maar over de Oranjes was hij bijzonder
goed ingelicht. Hij noemde Willem III nooit openlijk 'mijn
vader', maar als hij hem ter sprake bracht, kwam er een
glans in zijn ogen die een heimelijke trots verraadde.

Hij voelde zich een koningszoon, dat was duidelijk. Hij
was niet als dubbeltje, maar als half kwartje geboren.

In de eerste maanden van mijn tweede zwangerschap wierp
ik mijn korset af, zoals ik zoveel vrouwen om me heen had
zien doen. In de winkelstraten van Meppel kocht ik fat-
soenlijke, goedkope jurken van modieuze snit. Het bracht
een onbeschrijfelijk en onverwacht vrijheidsgevoel bij me
teweeg. Het had invloed op mijn hele wezen: niet alleen
kon ik vrij ademhalen en had ik niet langer last van flauw-
tes en maagkrampen, ook mijn levenshouding veranderde.
Ik voelde me krachtiger, aardser, beter in staat om te vol-

doen aan wat het leven van me vroeg – en hoopvoller over een bestaan met het tweede kind dat zich over een paar maanden zou aandienen.

24

In 1913 werden de laatste Noordwijkse bomschuiten verkocht. Het schuitengat, waar de schuiten meer dan zevenhonderd jaar 's winters waren ondergebracht, gooide men dicht. De oude vuurbaakkoepel verdween en ervoor in de plaats kwam een pension te staan. Het strand werd verpacht aan hotelhouders die hun bedrijf op de boulevard hadden gevestigd. Zij zetten houten huisjes neer op het strand, waar gasten zich konden verkleden in badkostuum. Naast de badkoetsjes was het toegestaan om op gezette tijden en onder toezicht van badmannen vrij te baden in zee. Het geloof in de magische gezondheidskrachten van de zee en het daaruit voortvloeiende toerisme, ooit door de vissersbevolking met argwaan bekeken, was nu de voornaamste bron van inkomsten.

De kloof tussen arm en rijk was groter dan ooit. Die was voor de Noordwijkers goed zichtbaar, omdat de badgasten van aristocratische signatuur het breed lieten hangen in hun vakantieoord. Jacob bemerkte bewondering en afgunst onder de dorpelingen. Andersom, bij de bourgeoisie, kon hij weinig aandacht voor de bewoners ontdekken. Hij geloofde niet dat hun rijkdom hun minder smaakte omdat die gemengd was met een slecht geweten.

De Kerk sprak schande van 'de verlokkingen van de commercie en het losbandig vertier'. Vanaf hun kansel preekten pastoors en dominees in de Sint-Jeroenskerk in Noordwijk-Binnen en de gereformeerde kerk in Noordwijk aan Zee over 'de Duivel die schuilt in al die rariteiten die vanuit het buitenland overwaaien naar ons land'. Jacob hoorde het geamuseerd aan.

Terwijl de welvaart toenam en de techniek voortschreed, ontwikkelde de wereld een heuse wapenwedloop. Jacob las in de kranten hoe de vloten van Groot-Brittannië, Frankrijk, Japan, Italië en de Verenigde Staten zich uitbreidden met zware slagschepen. Er groeide een fascinatie met uniformen en militair machtsvertoon. Door sommigen werd oorlog gezien als noodzakelijk voor de vooruitgang van de mensheid, als een vorm van hygiëne van de wereld. Daartegenover stonden de mensen, en daar schaarde Jacob zich onder, die ijverden voor de vrede en zich zorgen maakten over de wapengekte van de grote mogendheden. Het was de stem van de rede tegenover de stem van het bloed.

Zouden al die wapens, militaire uitvindingen en superkanonnen onherroepelijk tot oorlog leiden, al was het alleen maar om ze in praktijk te brengen? Jacob hield zich aanbevolen voor een prettiger theorie.

Zijn leven op zee en aan wal had een aangenaam ritme gekregen. Enkele malen per maand voer hij vanuit Scheveningen uit. De jongens gingen naar de buurtschool en Betje liet haar zus op Marijtje passen, zodat ze zelf enkele dagen in de rokerij kon werken. Ze rooiden het; niemand hoefde met honger naar bed.

In de lente van 1914 voelde Jacob bezorgdheid over de oorlogsdreiging, maar hij kon zich er niet echt een voorstelling van maken. De voortschrijdende beschaving zou bloederig wapengekletter voorkomen, dacht hij. De tijden van het barbaarse geweld waren voorbij, nu er vredesconventies waren en de hoge heren van alle landen met elkaar praatten. Het zou zover niet komen.

Eind juni 1914 stond er in de krant te lezen dat er tijdens een rijtoer een aanslag was gepleegd op de Oostenrijkse troonopvolger Franz Ferdinand en zijn vrouw. Ze waren doodgeschoten door een jongeman die lid was van een Servische nationalistische beweging. Het nieuws maakte geen grote indruk en niemand legde een verband met oorlog. De hotels, stranden en restaurants zaten vol met badgasten, de temperaturen waren uitzonderlijk hoog, iedereen vermaakte zich.

Niet lang daarna sloeg de kalme relativering om in onrust. De aanslag bleek een uitbarsting van een lang smeulende vulkaan. De internationale verhoudingen verscherpten zich. Het land hield zijn adem in. Oostenrijk gaf een ultimatum aan Servië en toen het dit niet aanvaardde, verklaarde het Servië de oorlog. Alle Duitse en Oostenrijkse bezoekers spoedden zich van hun vakantieadres naar huis.

In de laatste week van juli kondigden Rusland, Frankrijk en Duitsland een algemene mobilisatie af en was het duidelijk dat oorlog onvermijdelijk was geworden. Het Scheveningse Kurhaus moest de concerten staken omdat de meeste leden van het Franse huisorkest voor de dienstplicht waren opgeroepen. Noordwijk was, net als Scheveningen en Zandvoort, in één klap zo stil als tijdens het winterseizoen: alle vakantiegangers waren naar huis teruggekeerd.

Om de paniek in het land te dempen, benadrukte de regering de neutraliteit van Nederland, net als België en Luxemburg, in krantenberichten. Maar neutraliteit moet verdedigd worden en daarom mobiliseerde ook Nederland. Dienstplichtigen en reservisten moesten zich op 1 augustus melden.

Ook Jacob had een waarschuwingstelegram ontvangen. Niet lang daarna kreeg hij een Buitengewone Oproeping Uitwendige Veiligheid. Hij moest zich de volgende dag melden in Den Haag, bij dezelfde eenheid waar hij jaren geleden zijn dienstplicht had volbracht.

In zijn donkerblauwe uniform, dat hem na al die jaren nog verrassend goed paste, nam hij afscheid van Betje en de kinderen bij de halte van de blauwe tram. Marijtje huilde onafgebroken, de jongens leken niet te beseffen wat er gaande was en Betje hield zich sterk.

Eenmaal alleen in de tram voelde Jacob zich vreemd teruggeworpen in de tijd, toen hij als jongeman zijn dienstplicht vervulde. In die dagen wist hij niet wat hem te wachten stond, en nu, geconfronteerd met een land dat hem ter verdediging vroeg, evenmin.

Op het Centraal Station in Leiden zag het zwart van de mensen en blauw en veldgrijs van de soldaten. Een muziekkorps speelde vaderlandslievende liederen. Politieagenten hielden de nieuwsgierigen op afstand en lieten alleen burgers door die een dringende reden hadden om te reizen. De normale dienstregeling was vervallen; aan de loketten hingen lijsten met treinen die bestemd waren voor militair vervoer en treinen die eventueel ook door burgers gebruikt konden worden, als er tenminste plaats was.

Jacob moest naar Den Haag, waar zijn legereenheid zou worden opgevangen in een gedeeltelijk ontruimd schoolgebouw. De wagons zaten vol met oude kameraden die elkaar uit het oog waren verloren, maar Jacob trof zijn eerste oude bekende pas op het perron in Den Haag. Toen hij deze man op de schouders kon slaan, lukte het hem te ontspannen. De sfeer onder de reservisten was uitgelaten, maar alles verliep ordentelijk, wat iets te maken moest hebben met het tapverbod in cafés dat die dag was ingesteld.

In de school liet Jacob zich registreren. Aan het eind van de middag werd het sein 'aantreden' geblazen. Een voor een kregen de mannen hun identiteitsplaatje en honderd-twintig scherpe patronen. Sommige soldaten werden die-zelfde dag al per trein naar de grensstreek vervoerd. Jacob bleef bij zijn compagnie in Den Haag.

De oorlogshandelingen begonnen onmiddellijk, alsof de landen door alle aangemaakte adrenaline geen minuut meer konden wachten met het wapengekletter. Op 4 augus-tus maakten de Duitsers een opmars door het neutrale Bel-gië, wat voor de Engelse regering aanleiding was om Duits-land de oorlog te verklaren. Het kwam allemaal ernstig dichtbij. Iedereen vreesde dat ook Nederland ten offer zou vallen aan dit offensief. Was het haalbaar om de neutrali-teit te midden van oorlogvoerende landen te behouden?

De angst sloeg om in hamsterdrang. Spaarders haalden massaal hun rekeningen leeg en wilden hun bankpapieren omruilen voor gouden en zilveren munten, bang als ze wa-ren dat ze niets meer waard zouden zijn. Kruideniers wer-den overspoeld door mensen die enorme hoeveelheden duurzame voedingsmiddelen insloegen om een voorraad in huis te hebben. Het zilvergeld begon te verdwijnen, want mensen stopten hun munten in een kous. Er werd noodgeld gedrukt, de banken gaven nog maar weinig krediet en post-wissels werden niet meer uitbetaald. De beurs stortte in; bedrijven begonnen hun productie te beperken of zelfs te staken. Personeel stond met duizenden tegelijk op straat.

Het schoolgebouw in Den Haag bleek maar gedeeltelijk ge-confisqueerd te zijn voor de opvang van Jacobs legereen-heid, waardoor hij net als de andere soldaten regelmatig door nieuwsgierige schoolkinderen was omringd. De stad gaf vooral afleiding in de avonduren, als ze rondliepen door de buurt en in kroegen belandden. Met spijt namen ze na enkele weken afscheid van de kinderen en de buurtbewoners toen het bericht kwam dat ze werden gelegerd in een bollenschuur op het platteland.

Daar was het stil. Er was alleen het land met zijn eindeloze rijen bloembollen en een paar boerderijen aan de horizon. Wat veranderde was de hemel, die helder of bewolkt was, en de bollen die werden gepoot, bloeiden of uit de grond werden gehaald door dagloners uit de omgeving.

De gedachte aan oorlog kreeg hier geen vaste grond. Die paste gewoonweg niet. Op sommige dagen voelde het voor Jacob als een grap waar ze met z'n allen in waren getrapt. Er was geen oorlog – dat was een bedenksel van krantenjournalisten.

Zijn dagen bestonden uit koper poetsen, lijntrekken, exerceren en rusten. Het resultaat was eindeloze verveling, die ze uit alle macht probeerden te verdrijven met potjes klaverjas, dobbelspelletjes en grappen. Het kazernevoer was slecht en karig, er was een onbekwame en willekeurige leiding en Jacob had het grootste deel van de tijd het gevoel dat ze werden beziggehouden met zinloze werkzaamheden. Een paar keer per week moest hij aantreden voor een inspectie door de compagniecommandant en soms werd het nodig gevonden een vernederend eerbetoon aan de officieren te brengen.

De middelen waarmee een eventuele oorlog zou moeten worden gevoerd waren gering. Het Nederlandse leger beschikte over te weinig en verouderde artillerie. Als het menens werd, konden ze weinig uitrichten met deze strijdkrachten. Twee, drie dagen – zo lang zouden de Duitsers op afstand kunnen worden gehouden.

De brieven die Jacob van Betje kreeg, hielpen nauwelijks om het contact met thuis te herstellen. Ze had weliswaar door Adriana leren schrijven, maar haar niveau was blijven steken op dat van een kind van acht. Hij geneerde zich ervoor, en moest onderkennen dat haar gekrabbel hem niet ontroerde, maar eerder irriteerde. In de bijzonderheden die Betje over de kinderen schreef was hij geïnteresseerd, maar het speet hem dat ze alleen over de gebeurtenissen en niet over haar gevoelens schreef. Zijn eigen brieven hield hij kort.

Als hij periodiek verlof had en voor enkele dagen naar huis kwam, wist hij niet wat hij zag. Elke keer was de armoede in de buurt meer zichtbaar, waren de mensen meer vervuild en de huizen meer verwaarloosd. De vrouwen zagen er bleek en afgetobd uit; de mannen hadden lege ogen en ontvluchtten hun huis door de kroeg in en de straat op te gaan. Kinderen waren schraal, mager, vroegwijs, bandeloos.

Elke maand werden er tienduizenden mannen op straat gezet. De schaamte van de werklozen, ook al waren ze met zovelen, was voelbaar. Je zag het in hun blik, in hun loop. Hele gezinnen waren afhankelijk van de bedeling. Hij was geschokt en nam zich voor niet langer te mopperen op de schamele kostwinnersvergoeding die hij zijn gezin mocht sturen.

Op 3 augustus 1914 stond in de krant dat burgers voor de duur van de mobilisatie onder de wapenen konden komen. Duizenden vrijwilligers, bijna allemaal werkloze mannen, meldden zich. Ze zouden een eenmalige vergoeding van tachtig gulden krijgen. Een enorm bedrag, zeker voor degenen die dachten dat de oorlog met de kerstdagen wel voorbij zou zijn.

Jacob was daar nog niet zo zeker van. Neutraliteit was

een illusie. Een land kon zich onaantastbaar wanen, maar iedere dag kon die zeepbel uiteenspatten, zoals bij België was gebleken. Het was niet mogelijk om een stuk land op een continent in oorlog te isoleren en te vrijwaren van alle gevaren en gevolgen; dat was alsof je een stukje strand bij vloed droog probeert te houden terwijl de rest onderloopt.

Toen de oorlogvoerende partijen zich aan het einde van 1914 in hun loopgraven hadden verschanst, was het onmiddellijke oorlogsgevaar voor Nederland geweken. Toch was er geen sprake van dat de Nederlandse regering tot een gedeeltelijke demobilisatie zou overgaan. Het doel van de mobilisatie was duidelijk maken dat Nederland tegen elke prijs de neutraliteit zou handhaven en verdedigen. Een demobilisatie zou de indruk kunnen wekken dat dit niet meer het geval was en dat risico wilde niemand lopen.

Naarmate de oorlog vorderde en de mannen scherp moesten worden gehouden, werden er eindeloze dagmarsen van tientallen kilometers, schietoefeningen en trainingen voor het gebruik van de bajonet georganiseerd. Na een dag van marcheren, tirailleren en patrouilleren viel Jacob uitgeput neer op zijn brits. Erg rustig waren zijn nachten niet, want de bollenschuur was een broedplaats voor ongedierte. Elke ochtend werd hij wakker met nieuwe vlooienbeten.

Op sommige avonden keek hij naar de schijngestalten van de maan, die dezelfde weemoed in hem opriep als op zee. Het land waar hij zich bevond had wel iets weg van een verlaten zee.

Die avond leek de maan door de nevelige lucht ver van de aarde af te staan. Hij was rond, klein, dof.

Door weg uit Noordwijk te zijn, net als Adriana, had hij

het gevoel dichter bij haar te zijn. Zijn gedachten gingen, als hij eerlijk was, vaker naar haar uit dan naar Betje.

De gedachte kwam in hem op dat hij bij Betje geen avontuur had gezocht, geen verterende zinnelijkheid of brandende liefde. Hij had rust willen vinden.

Betje had hem niet gered. Ze had alleen als morfine de pijn om het verlies van Adriana gedempt.

25

Ons tweede kind, Antonetta, dat we hadden vernoemd naar mijn zus en meestal Nettie noemden, bracht ik op 30 april 1913 ter wereld. Vijftien maanden later volgde Adriana, die we al vanaf de eerste dagen 'Zus' noemden. Ze werd in juli 1914 geboren, in de maand dat de Grote Oorlog uitbrak.

Sinds de oorlog groeide het aantal armen, minderbedeelden en ploeteraars. Ziekten als difterie, cholera en tyfus grepen om zich heen en kinderziekten als mazelen, roodvonk en waterpokken waren schering en inslag. Ik redderde doorlopend met lampetkannen en natte doeken. Het was of de volgende ziekte zich bij het ene kind aandiende zodra het andere kind was hersteld van de vorige.

De oorlog, die zich ver weg afspeelde, werd zichtbaar in ons dagelijks leven. De hoeveelheid gasten in het hotel waar Hendrik werkte nam af en de gasten die wel kwamen logeren en dineren, waren minder gul met hun fooien. Hij werd voor de keus gesteld: genoegen nemen met minder loon of vertrekken. Met de groeiende werkloosheid kon hij niet anders dan voor het eerste kiezen. Tegelijkertijd werd alles duurder: koffie, brood, boter, olie voor de lampen, zeep, stijfsel. Het weekgeld ging schoon op aan huur, het begrafenisfonds, het ziekenfonds en eten. Geld voor Hendriks tabak en borrels bleef niet meer over, en kleding en schoeisel konden we ons ook al nauwelijks meer veroorloven.

'Je kunt niet langer thuis de dame spelen,' zei Hendrik en ik gaf hem gelijk, al had ik heel andere ideeën over het dame zijn.

Ik overwoog een dienstbetrekking te nemen bij een mevrouw, maar mijn huishoudelijke vaardigheden waren nog steeds niet om over naar huis te schrijven. De andere mogelijkheid was min te worden bij een gegoede familie. Ik gaf Zus de borst en de melk die mijn lichaam produceerde kon geld opleveren. Hendriks moeder wist een adres waarvan de mevrouw hoogzwanger was en die binnenkort een min kon gebruiken. Op vijf minuten loopafstand bovendien.

Toen ik op gesprek ging bij de familie Van Ekenstein werd ik – als zogende moeder die haar eigen kind en zichzelf goed verzorgde – onmiddellijk geschikt bevonden als min. Ik had Zus meegenomen, omdat ik zo snel geen andere mogelijkheid zag, maar het bleek een gouden greep. De mevrouw kreeg een vertederde blik in haar ogen bij het zien van de baby en legde haar hand op haar ronde buik. Ik hoefde Zus niet eens aan de borst te leggen om een proeve van mijn kunnen te tonen. Mijn goede manieren en verzorgde taalgebruik speelden vermoedelijk ook mee in de snelle goedkeuring, maar er werd niet naar mijn afkomst en omstandigheden gevraagd.

Enkele uren na de geboorte van de baby van mevrouw Van Ekenstein, een gezonde jongen, werd ik ontboden. Als min moest ik al vanaf het eerste moment het kind voeden, zodat het gelijk aan mijn melk kon wennen. De eerste tijd moest ik driemaal per dag en tweemaal 's nachts komen voeden, voor een gulden vijftig in de week.

Helemaal zonder nadelen was het voeden niet: het vreemde kind moest voorgaan om zo het beste, het eerste van de melk krijgen. Zus moest zich met restjes tevredenstellen. Uit schuldgevoel verwende ik haar vreselijk met aandacht.

Het voelde tegelijk vreemd en vertrouwd om in het herenhuis te zijn. Ik kende de dikke gordijnen, de kristallen bollen op de gaslampen en de zilveren lepeltjes bij de porseleinen koffiekopjes. Ik stak mijn neus in de lakens en rook de frisse en schone geur van stijfsel en blauwsel. Ik babbelde met mevrouw over de baby en met de meid over boenwas voor de vloer, en voelde me verwant met allebei, wat betekende dat ik bij geen van beiden hoorde.

Ik werd 'vrouw Meppelink' genoemd. Geen meid en al helemaal geen mevrouw.

Vrouw.

Of het nu te maken had met mijn bezoekjes aan het herenhuis of met het feit dat het ruim drie jaar geleden was dat ik was vertrokken uit Noordwijk, een stekende heimwee kreeg me onverwacht in zijn greep.

Het begon in mijn keel. Ik probeerde het weg te slikken, haalde met diepe teugen adem, maar het hielp niet. Daarna spreidde het zich uit naar boven en beneden, waar het zwaar aan mijn hart hing, in mijn maag kneep en achter mijn ogen prikte.

Heimwee of nostalgie laat zich niet genezen met het opdiepen van herinneringen. In gedachten in Noordwijk vertoeven, zoals ik in het begin van mijn verblijf in Meppel had gedaan, bracht geen verlichting. In feite dacht ik niet meer aan Noordwijk dan anders. Heimwee houdt zich kennelijk niet bezig met het verleden, maar met de pijn van het heden, met het niet hier willen zijn, maar daar. Het wordt volledig in beslag genomen door de eigen emotie.

Egbert zou binnenkort naar de bewaarschool gaan. Hij

was een serieus jongetje, dat snel uit zijn kleren groeide. Nettie was een vrolijke peuter, die urenlang met lege garenklosjes kon spelen, en Zus was een guitige zuigeling, die niet leek te lijden onder het gebrek aan melk. Dat wat ze kreeg, zoog ze tot de laatste druppel op en zette ze om in tomeloze energie. Mijn kinderen hadden niets te maken met mijn teruggekeerde heimwee, met het 'niet hier willen zijn'. Het moederschap bracht me meer vreugde dan ik me had kunnen voorstellen.

Het was het leven met Hendrik.

Het was het toneelspel dat ik steeds moeilijker op kon brengen.

De zinnelijke liefde was, na een tijdelijke opleving toen Egbert was geboren, uit ons huwelijk verdwenen. Hendriks aanraking was eerst mechanisch geworden, daarna onregelmatig en uiteindelijk helemaal uitgebleven. Een enkel teder gebaar en woord moesten dit gegeven verbloemen, maar ze bleven niet hangen. Het was in lieflijkheid verpakte onverschilligheid met de levensduur van zeepbellen. Bij thuiskomst gaf Hendrik me een vluchtige zoen op de mond, waaruit misschien wat genegenheid sprak, maar die gespeend was van elke vorm van sensualiteit. Hij benaderde me als een hond die je knuffelt.

Ik wist wel beter dan te denken dat hij zijn hartstochtelijke natuur was verloren. Hij moest ergens een bijslaap hebben, dat kon niet anders.

Soms was mijn verlangen met hem te vrijen zo groot dat ik er duizelig van werd. Ik probeerde dat verlangen in mijn blik te leggen, maar ik durfde er niet echt naar te handelen uit angst afgewezen te worden en zo het probleem onder de aandacht te brengen. Voor ons huwelijk was het beter om hem en mezelf geen gezichtsverlies te laten lijden, om hem niet van zijn mannelijkheid en mezelf van mijn vrouwelijk-

heid te beroven, om de illusie intact te houden. Ik ging ervan uit dat het wel beter zou worden.

Dat was voor ik de wond van seksuele verwaarlozing liet
opdrogen. Dat was voor hij me had toegevoegd dat hij niet
opgewonden werd van een vrouw die hij dag en nacht om
zich heen had.

Op een ochtend, voor het voeden van de baby van mevrouw, liep ik langs een grote spiegel boven de schoorsteenmantel in de voorkamer. Onwillekeurig bleef ik staan.
Thuis in Noordwijk hing er ook zo'n spiegel in de gang,
maar in mijn eigen huis had ik alleen het handspiegeltje dat
Hendrik gebruikte voor het scheren.

Ik probeerde mezelf als een vreemde te bekijken en zag
een vrouw in een verfletste jas met strenge gelaatstrekken,
sombere ogen achter een bril met ronde glazen en haar dat
losjes golvend in een lage knot was gedwongen. Ik zag iemand die in zichzelf opgesloten zat.

Ik zag ook de slijtage in mijn trekken, het onstuitbare
verval dat onmerkbaar bezit van mijn gezicht had genomen. Even zette ik mijn bril af, keek naar mijn wazige weerspiegeling en verbeeldde me dat ik eruitzag als de kleine
vlinder die ik in mijn vaders ogen was geweest.

Als je mooi bent, ben je gewend aan de hartstocht van
anderen. Het besef van waardevol zijn komt van buiten.
Degenen wiens begeerten je hebt opgewekt zijn als spiegels
waarin de schoonheid wordt teruggegeven. Mooie mensen
zien zichzelf door de ogen van verliefden en worden verliefd op zichzelf.

Als je, zoals ik, geen schoonheid bent, heb je die leidraad
niet. Wanneer een man zijn oog op mij liet vallen, voelde ik
verbazing. Het feit dat hij zag wie ik vanbinnen was, maakte hem bijzonder. Dat is het voorrecht van minder mooie

mensen: onze zelfwaardering komt van binnenuit. Daar kon ik nu op teren.

Ik probeerde mezelf uit alle macht te blijven zien door mijn eigen ogen, niet door de ogen van Hendrik. Dat hij me niet begeerde lag aan hem, hield ik mezelf voor. Het zei niets over mij.

Toen ik voor het eerst een bril opzette, na de geboorte van Nettie, schrok ik terug voor de scherpte die me omringde. Ik liep bij de opticien naar buiten en zag alle blaadjes aan de bomen, alle letters op luifels en reclameborden en mensen met hun kleren, schoenen en hoofddeksels. De lieve, vage wereld was een opdringerige, scherpe agressieveling geworden. Al na een paar minuten wilde ik de bril afzetten om even tot rust te komen, en daarna zette ik hem alleen nog op als het niet anders kon.

Vrij snel daarna verslechterden mijn ogen nog meer en was het dragen van de bril een noodzaak om te kunnen functioneren. De bril had zijn genadeloze scherpte voor me verloren en was prettig om te dragen.

Stel dat lichaam en geest verbonden zijn en elke lichamelijke afwijking iets zegt over iemands persoonlijkheid, wat zegt het dan over een mens als hij slechte ogen heeft? Dat hij niet wíl zien hoe de wereld in elkaar zit? Dat hij verlangen voelt de harde werkelijkheid op afstand te houden en veilig weg te kunnen zinken in zijn eigen wereldje? In mijn geval zou dat best eens kunnen kloppen.

Zo bekeken hadden mijn ogen slechts gehoorzaamd aan de diepe wens de scherpe kantjes van de werkelijkheid af te halen en een zachte sluier over de wereld te werpen.

De harde wereld drong zich echter op andere manieren aan me op, in de vorm van dreigende krantenkoppen en onheilspellende praatjes op straat. Van mevrouw mocht ik oude exemplaren van de *Meppeler Courant* meenemen. Na zoveel jaren de paar romans en brieven te hebben herlezen die ik van huis had meegenomen, vond ik het heerlijk nieuw leesvoer tot me te nemen – ook al ging het in die dagen vooral over de oorlog.

Het verloop van de oorlog kreeg veel aandacht in de krant, met verslagen van handelsovereenkomsten waar ik niet veel van begreep. De neutrale positie van Nederland had ingewikkelde afspraken over leveringen aan Duitsland tot gevolg, waar weer andere leveringen aan Engeland of Frankrijk tegenover moesten staan. De Nederlandse in- en uitvoer mocht de bestaande machtsverhoudingen tussen de oorlogvoerende landen niet beïnvloeden.

Veel aangrijpender vond ik de berichten over de Belgische bevolking, die massaal op de vlucht was geslagen voor de Duitse legers. Een miljoen Belgische vluchtelingen nam Nederland op. Zelfs De Bijenkorf scheen er een aantal te herbergen.

Ook Meppel werd geconfronteerd met vluchtelingen. Ik zag drommen mensen de stad in komen. Met handkarren vol bezittingen en kinderwagens kwamen ze aan – verwilderd, hongerig, zwijgend. De Meppelse bevolking haalde hen ruimhartig van de weg en nam hen op in hun midden.

Ik zag ze op straat, voor gebouwen die waren ontruimd en van de hoognodige huisraad waren voorzien, en bij de familie Van Ekenstein, die een moeder en haar dochter in huis had genomen. Met lege ogen hingen ze rond in de opkamer. Als de vrouwen begonnen te praten verstond ik hun Platvlaams niet, maar ik glimlachte bemoedigend naar hen in de hoop dat ze zich er iets beter door voelden.

Mijn brieven aan Dominicus, Nettie en Mien bleef ik sturen, al was het een luxe die we ons eigenlijk niet konden permitteren. Van de bijverdiensten van het minnen spaarde ik stiekem een gedeelte. Als mevrouw me wat extra toestopte, bewaarde ik het in een blikje in de keuken en kocht er postzegels van.

Mijn zussen wilde ik niet verontrusten of schokken, maar in mijn brieven aan Dominicus liet ik elke beschaamdheid varen:

Lief broertje,

Heimwee naar Noordwijk overspoelt me de laatste dagen, terwijl ik dacht daar na al die jaren van verlost te zijn. Jij bent destijds uit vrije wil weggegaan, niet zoals ik, maar zelfs dan moet je toch nu en dan met weemoed terugdenken aan het huis aan zee, hoe de luiken klapperden in de wind, hoe we bijeenzaten bij de open haard? Zie jij achter je gesloten oogleden ook weleens jagende wolken boven een schuimende zee?

Ik weet niet hoe het in Indië gesteld is, maar hier is het sinds de oorlog armoe troef. Ondanks dat feit weet Hendrik zijn verzorgde kledingstijl te handhaven en zijn schoenen te laten blinken. Het is gek. Ik wantrouw perfectie, hij streeft die na. Volmaaktheid is kunstmatig, vind ik, krampachtig, onecht. Het is een leugen. Juist in de barsten en de stukjes die van dingen af zijn gestoten, zit het leven dat schuurt, beweegt, sprankelt.

Ikzelf ben verre van perfect, dat weet ik ook wel. Het wrange is dat ik het gevoel heb dat hij dingen belangrijk vindt die ik niet kan bieden en dat hij niet zit te wachten op wat ik wel te bieden heb. Een ordentelijk huishouden vat hij op als een teken van mijn liefde voor hem, terwijl ik die twee dingen met geen mogelijkheid met elkaar kan verbinden. Een afstraffing over een vloer die van te veel zeepsop mat is geworden onderga ik gelaten en een compliment over een min of meer geslaagde maaltijd klinkt me als een aalmoes in de oren.

Sommige mannen houden van je inclusief je tekortkomingen. Andere mannen houden van delen van je. Wat hun niet bevalt, houden ze buiten hun liefde. Je merkt het aan hun blik, hun stilzwijgen, hun aanraking; vinden ze billen te dik of borsten te klein, dan zullen ze die van strelingen onthouden; denken ze dat...

Ik werd gestoord door een korte klop op de deur. De postbode overhandigde me een telegram, afkomstig van Mien, met de datum 25 maart 1915.

Moeder was overleden. De dood was snel en genadig gekomen. Of ik haar wensen bij leven wilde eerbiedigen en niet op de begrafenis wilde komen.

26

Moeders zwanenzang had anderhalve week geduurd. Nettie schreef me dat moeder het de dood zelf kwalijk leek te nemen dat hij haar kwam halen. Ze nam het persoonlijk op. Er was geen verzoening, geen aanvaarding geweest. Op het moment van sterven waren haar handen tot vuisten gebald.

Mechanisch zorgde ik voor de kinderen, ging naar het herenhuis om te voeden, kookte de avondmaaltijd en maakte me klaar om naar bed te gaan. Terwijl ik mijn tanden stond te poetsen, voelde ik me schuldig dat ik daar nog toe in staat was. Net als toen mijn vader stierf, was ik bevangen door een ijzingwekkende kalmte.

Op de dag van haar begrafenis voelde ik me meer dan ooit een banneling. Moeder regeerde tot over haar dood heen en bleef de schandvlek die ik was verdoezelen zolang het in haar macht lag.

Ik haalde de brieven tevoorschijn die ik tijdens mijn eerste zwangerschap aan haar had gestuurd – misschien om de vreemde kalmte te doorbreken. Dat gebeurde. Ik verafschuwde de sentimentaliteit erin, de schaamteloze smeekbede om affectie. Tegelijk brak het mijn hart dat ze de brieven had teruggestuurd en dat het me niet was gelukt tot haar door te dringen. Ze was taaier en vasthoudender dan ik gebleken.

Hendrik had het in die dagen alleen maar over geld. Hij drong erop aan dat ik naar Noordwijk zou afreizen om de erfenis te regelen – desnoods wilde hij in mijn plaats gaan als ik bij de kinderen wilde blijven. Ik hoorde het aan, vond de kracht en de moed niet om hem de waarheid te vertellen, tot ik het op een avond niet langer kon verdragen.

'Ik ben al jaren geleden onterfd,' zei ik onbeheerst. 'Sinds onze trouwdag. We krijgen geen cent.'

Hendrik keek me met een blik van ontzetting aan. Zijn mond hing een stukje open. Daarna kamde hij met zijn vingers door zijn haar, verslagen.

Dat gebaar, de ontluistering die eruit sprak, maakte mijn ergste vermoedens waar. Als verdoofd accepteerde ik een nieuw en tegelijkertijd oud inzicht: Hendrik was in staat te trouwen met wat voor vrouw ook die met de geldzak mee-kwam.

Op straat en in de kranten nam de gretige, sensatiebeluste belangstelling voor het oorlogsnieuws af en maakte plaats voor ironie. Commentaren over de zinloosheid van de slachtpartij besloegen vele kolommen en tekenaars schetsten karikaturen van wereldleiders en een met bloed besmeurde oorlogsgod Mars.

Nederland accepteerde de oorlog als een gegeven, maar klaagde steen en been over de toenemende ongemakken. Er verdwenen allerlei producten van de markt en waren van mindere kwaliteit kwamen ervoor in de plaats. Blikgroenten en ingemaakt voedsel waren in opkomst; vlees en verse groenten werden schaars en duur.

Er werd een Koninklijk Nationaal Steuncomité opgericht onder leiding van Wilhelmina zelf. Welgestelde burgers werden opgeroepen te geven en werden gestimuleerd met publicaties van hun gaven. De regering zou de gedoneerde bedragen verdubbelen. Het comité gebruikte de opbrengst om gelden uit te keren aan werkloze burgers, bevoorrading van de winkels met goedkoop voedsel, werkverschaffing en krediet geven aan bedrijven in nood. De maatregelen namen het pessimisme weg, maar konden niet verhelpen dat de armoede zich verspreidde als een pestepidemie.

Mijn maaltijden gingen van sober naar karig naar ronduit armoedig. Om de kinderen genoeg te laten eten, ging ik regelmatig met een lege maag naar bed.

Werkloze mannen hingen in groepjes rond op straat. Uit de huizen die ons omringden, klonken steeds vaker ruzie en burengerucht. De woningproductie daalde omdat er een schaarste van bouwmaterialen was en omdat de banken terughoudend waren met het verstrekken van leningen aan bouwbedrijven, wat de woningnood groter dan ooit maakte. Eigenaren maakten gebruik van de situatie door de huren te verhogen. Elke week werd er wel een gezin uit hun huis gezet wegens een onoplosbare huurachterstand.

Minder kinderen werden er helaas niet geboren. De stad riekte, zuchtte en barstte uit haar voegen. Het was of ze zich van haar overbevolking wilde ontdoen door ziekten te verspreiden.

Hendrik verafschuwde de armoede die zich binnenshuis begon af te tekenen. De paar snuisterijen die we bezaten, had ik verkocht om levensmiddelen te kopen; de kleren van de kinderen verstelde ik eindeloos; in de muren zaten scheuren; de lamp boven de keukentafel ging vroeg op de avond uit om petroleum te besparen. Zijn hang naar uiterlijkheden werd erdoor versterkt. Zijn pak moest smetteloos en kreukloos blijven. Hij liet me zijn schoenen niet poetsen omdat hij er zelf plezier in had, zo beweerde hij. Ik vermoedde dat hij me zijn schoenen niet toevertrouwde.

Het eindeloze poetsen stoorde me. Het was bestemd voor een wereld buiten mij, buiten zijn gezin.

Toen ik Hendriks overjas in een sopje wilde doen, vond ik in een van de zakken een brief, die ik onwillekeurig openvouwde.

Een acute schokgolf trok door me heen, alsof ik een gifinjectie had gekregen. Daarna verspreidde misselijkheid zich vanuit mijn buik.

Er stonden dingen in de brief die een man aan een vrouw schrijft – in dezelfde zoete, gloedvolle bewoordingen die ooit voor mij waren bestemd.

De woorden op papier moesten een diepte van gevoel suggereren, de indruk wekken in zijn ziel te schouwen. De frasen die me zoveel jaar geleden aan hem bonden, verraadden me nu. Hij had het over 'zijn hart dat vol was' en 'een kus die verlossing zou brengen'.

Hij was terrein aan het verkennen dat hij later zou innemen.

Ik liet de brief op de keukentafel vallen, zakte op een stoel neer en ondersteunde mijn hoofd met mijn handen. Alles gonsde en bonsde.

Zijn bon mots waren waardeloos, inwisselbaar, geworden. Ze waren destijds niet bedoeld om zijn intiemste gevoelens prijs te geven, maar om het gemis daaraan te verhullen. Ze dienden om een gebrek aan liefde te camoufleren.

Het was alsof ik midden in een droom wakker was geworden en het niet meer lukte om in slaap te vallen. De droom viel niet meer op te pakken. Zijn bedrog en mijn zelfbedrog waren doorzien. Er was iets in beweging gezet. Mijn ogen waren open.

Zo moest een waanzinnige zich voelen als het vertrouwde

wereldbeeld zijn grip verliest, naar de achtergrond wordt gedrongen en een nieuwe werkelijkheid zich laat gelden.

Woorden hebben een verschrikkelijke macht. Spreek iets uit en het bestaat. Schrijf iets op en de werkelijkheid verandert.

Ik had verfijnde woorden met fijngevoeligheid verward. Ik had Hendrik beoordeeld op wat hij schreef, niet naar wat hij deed.

Mijn blik ging van de brief naar een scheur in het plafond, waaruit vocht druppelde.

Zo bleef ik zitten, doof voor de kinderen die mijn aandacht vroegen, en Zus die huilde van de honger, tot Hendrik thuiskwam.

Toen hij binnenstapte, hield ik alleen maar de brief omhoog. Hendrik keek me aan, werkte de oudste kinderen naar buiten en schoof bij me aan tafel.

'Ze betekent niets voor me,' zei hij zachtjes.

'Dan lieg je tegen haar in deze brief. Zoals je in je brieven ook tegen mij gelogen hebt?'

Hij zweeg.

'Is zij de eerste? Waren er meer?'

Hendrik zuchtte. 'Wat wil je nou van me, Adriana? Het huwelijk is te zwaar voor twee mensen. Soms moet er een derde bij om de boel te verlichten.'

Het stak me dat hij zijn overspel niet ontkende, geen enkele moeite deed het af te zwakken zelfs. Daar zouden een zekere rechtschapenheid en fatsoenlijkheid in moeten schuilen, maar voor mij voelde het alsof hij mij op mijn plek wilde zetten. Ik proefde er sadisme in. Ik voldeed niet en dat zou ik weten ook.

De gifinjectie begon nu pas echt te werken. Ik zag Hendrik in een nieuw, lelijk licht. Hij, de zoon van een koning, waande zichzelf een koning. Ik was niet zijn koningin, maar zijn lijfwacht, dienster, kokkin, kleedster. Op een bepaalde manier zou hij wel van me houden – maar alleen als ik hem van dienst was en hem nergens in belemmerde.

Hendrik stond op en verliet de kamer. De brief stak hij in zijn zak.

De folie à deux was een folie à un geweest.

Als het om de liefde gaat, kun je je niet op je hart verlaten. Het hart laat zich gemakkelijk bedriegen en is zelf bedrieglijk. Het is niet opgewassen tegen het bedwelmende opium van verleiding, charme, romantiek, intimiteit. Het hart gelooft wat het wil geloven, waar het behoefte aan heeft.

Waarop een mens zich dan wel kan verlaten in de liefde, is me niet duidelijk.

Wat zoekt de ene mens in de armen van de andere? Waarom was ik verliefd geworden op deze man? Was er iets in zijn ogen waardoor ik werd geraakt?

De waarheid is dat ik het besluit nam. Het was tijd om verliefd te worden. Ik liet me gewillig een rad voor ogen draaien door vurige woorden van inkt, vanuit mijn verlangen naar romantiek.

Een liefde waartoe men besluit, is dat liefde?

Het was Dominicus die mijn celdeur een stukje opende. Op mijn brief waarin ik hem alles uit de doeken deed en hem de vraag stelde of hij dacht dat ik te ver weg was om het pad terug naar huis te vinden, antwoordde hij: 'De weg terug ligt open, lieve zus. Moeder noch Hendrik kan je tegenhouden. Je bent dan misschien getrouwd, maar je echtgenoot heeft je allang verlaten.

Een mens die de keus heeft tussen zelfbehoud en het behoud van de relatie moet altijd kiezen voor het eerste.'

Adriana met haar kinderen, Egbert, Nettie en Zus

27

Het was alsof ik hier al niet meer echt was. Mijn valiezen waren nog niet gepakt, mijn reis was nog niet geregeld, maar ik voelde me nu al onzichtbaar. Als een geest vertoefde ik tussen mijn buurtgenoten, de familie Van Ekenstein, mijn gezin. De wereld kwam nog verder van me af te staan; het was of ik in een diepere laag van de werkelijkheid was afgedaald. Ik rammelde er ongeduldig met mijn ketenen.

Het verzet groeide in me als een kind, duwde organen opzij en drukte elke dag zwaarder op me.

Erg Bijbelvast kan ik mezelf niet noemen, maar de verzen over de liefde in Korintiërs kende ik vanaf mijn jeugd vanbuiten, zoals alle meisjes: 'Alles verdraagt zij, alles gelooft zij, alles hoopt zij, alles verduurt zij.'

Ik vroeg me af of het wel zo'n goddelijke opdracht was alles te verdragen en te verduren uit naam van de liefde. Is een liefde die zo'n zware tol eist niet slechts tragedie vermomd als liefde? Mag een liefde die het ongeluk van een der geliefden vraagt zich wel liefde noemen? Ik durfde eraan te twijfelen.

En dan: is het moedig of juist egoïstisch om je eigen geluk boven dat van je echtgenoot te laten prevaleren? Dat zal afhangen aan wie je het vraagt, neem ik aan. De vrouwen die het als het hoogste goed zien dat hun echtgenoten zich gesteund, getroost, bevredigd en verzadigd voelen, zijn ruim voorhanden. De mannen die een dergelijke vrouwelijke gerichtheid als een vanzelfsprekendheid beschouwen ook.

Misschien was ik gewoon te laat getrouwd. Te oud. Misschien was mijn natuur al te zeer gevormd om mijn eigen welzijn van ondergeschikt belang te zien aan het zijne.

Niet langer kon ik mezelf wijsmaken dat ik in Meppel, bij deze man, hoorde te zijn. Er is een plek op aarde waar geen ruimte is voor zelfverloochening: aan de rand van de afgrond.

De beslissing nam ik in het holst van de nacht, zoals dat gaat. In het rumoer van het alledaagse krijg je zoiets niet voor elkaar. In het niets, in het donker, in de diepte van vertwijfeling en eenzaamheid, komt het tot je. De zwaarte rond mijn borst trok weg en maakte plaats voor een heldere lichtheid. Ineens was er een besef, zo helder als een ster aan een donkere hemel die je nog niet eerder hebt opgemerkt. Nu je haar in het oog hebt, kun je je niet meer voorstellen dat je haar ooit over het hoofd hebt gezien. Ze is er altijd geweest, ze zal niet weggaan, ze is niet langer te negeren.

Je weet wat je te doen staat.

De klaarheid maakte me moedig. Er was een daadkracht in mijn handelingen gekomen, een zekerheid in mijn spreken, een fierheid in mijn houding. Het weten, het eindelijk zeker weten, gaf me lucht om te ademen. Het verschafte een vreemde glans aan mijn ogenschijnlijk onveranderde dagen. Ik droeg het bij me, voor mijn gevoel zo tastbaar dat ik bang was dat het voor anderen te zien was.

Iets voor jezelf weten is één ding; het moeten vertellen is iets anders. Ik moest een gevecht leveren tegen de impuls Hendrik deze klap te besparen. Nu het moment dichterbij kwam om hem te verlaten, had mijn koortsachtige vastberadenheid plaatsgemaakt voor medelijden.

Schoorvoetend biechtte ik mijn voornemen op om met de kinderen en zonder hem terug te gaan naar Noordwijk – veel minder zelfverzekerd dan ik me had voorgenomen.

Natuurlijk gaf Hendrik zich niet zomaar gewonnen. 'Geen sprake van!' riep hij. 'Denk aan de schande die je over mij en de kinderen afroept. En over jezelf.'

'De schande ken ik al,' zei ik en ik had er onmiddellijk spijt van.

'De schande om met een armoedzaaier als ik te trouwen?' vroeg hij scherp, haarfijn aanvoelend dat ik te ver was gegaan. 'Voel je je nog steeds te goed voor me? Is dat waarom je weg wilt?'

'Nee, nee. Ik voel me te goed om je te delen, dat wel.'

'Jij blijft hier,' zei hij koel.

'Mijn beslissing is genomen.'

Ik had tegenstand verwacht, geen geweld. Ineens sloten krachtige handen zich om mijn polsen en duwden me tegen de grond. Ik lag op de vloer en Hendrik knielde op me en boog zich over me heen. Zijn benen hielden mijn onderlichaam in bedwang; zijn handen drukten op mijn hals en gezicht, sloegen mijn hoofd tegen de grond; een vinger priemde in mijn linkeroog. Ik hoorde hem schreeuwen, zag zijn ogen vlammen van razernij.

Er klonk een schril gegil dat niet uit mij leek te komen. Ik draaide me onder zijn handen vandaan, kroop een stukje op handen en voeten verder, voelde zijn handen zich eerst om mijn enkels sluiten, daarna om mijn schouders, en was weer in zijn ijzeren greep.

Tot mijn eigen verbazing vocht ik niet terug. Ik had altijd gedacht dat ik me zou verweren met alles wat ik in me had.

Ik had kunnen slaan, spartelen, mijn nagels in zijn rug kunnen zetten. In plaats daarvan maakte ik een instinctieve, primaire inschatting van kracht waarin ik zeker het onderspit zou delven. Elke vorm van terugvechten zou een nieuwe stortvloed van agressie veroorzaken. Beter kon ik dit doorstaan, het vege lijf redden, dit verdragen, om het geweld tot het minimum te beperken.

Na wat een eeuwigheid leek verslapte zijn greep. Hij stond op en ging aan tafel zitten. Nu pas hoorde ik het gehuil van Zus.

'Ga zitten,' zei hij gebiedend.

Op dat moment wist ik vanuit een scherpe intuïtie dat als ik weg zou lopen, hij in woede zou ontsteken en er iets vreselijks met me zou gebeuren. Vanbinnen klopte mijn hart als een razende, uiterlijk lukte het me rustig te blijven. Ik hield mezelf in bedwang zoals je doet als je een wild dier tegenover je hebt.

'Praat met me,' zei hij dwingend.

Hij wilde praten, en ik hoorde mezelf vreemd helder spreken, luisteren en spreken totdat hij eindelijk de deur uit liep.

Uitgeput liet ik me in de bedstee vallen.

Terwijl ik daar lag, met opgetrokken knieën, voelde ik een golf van misselijkheid opkomen. Ik rende naar de gootsteen en gaf over tot ik niets dan gal spuwde. Hangend boven het aanrecht trof de kracht van de herinnering me onvoorbereid. Ik voelde een scheut in mijn borst en gaf me duizelend over aan het beeld van Jacob. Glashelder zag ik hem staan op het strand, wijdbeens, de armen over elkaar, een verre blik over de maanverlichte zee. Hij draaide zich om, zijn ogen lichtten op; ik vloog hem in de armen. Het beeld troostte me en ik hield het zo lang mogelijk vast.

Ik hield Jacob gevangen vanuit het verleden. Ik fixeerde hem in zijn tijd, zodat hij eeuwig jong bleef.

Hendrik bleef de hele nacht weg. Toen ik de volgende ochtend thuiskwam van de markt zat hij aan de keukentafel met bloeddoorlopen ogen en een strakke mond. Alles in hem straalde vertwijfeling en schuldbesef uit.

Ik had medelijden met hem en vervloekte mezelf erom. Medelijden hebben met de agressor – dat was echt iets voor mij. Nieuw was de diepe schaamte die ik voelde. Blijkbaar nestelt de schaamte zich net zo goed in de mishandelde als in de mishandelaar.

Om niet aan het medelijden toe te geven, begon ik met snelle bewegingen de boodschappen uit te pakken. De excuses zouden niet lang op zich wachten, wist ik van eerdere woede-uitbarstingen.

'Ik was mezelf niet gisteravond,' zei hij. 'Ik ben daar alleen maar toe in staat omdat ik zoveel van je houd, begrijp je? Je drijft me ertoe.'

De woorden drongen mijn bewustzijn binnen.

Ik keek weg van de ineengekrompen figuur aan tafel en had al mijn kracht nodig om de aanvechting te weerstaan naar hem toe te lopen, hem te vergeven. Ik wilde niets liever dan me vast laten houden, me weer veilig voelen in zijn armen in plaats van angstig, zodat de gekantelde wereld weer recht kwam te staan.

Dus zo werkte het. Dit was het mechanisme dat zich voordeed bij honderdduizenden vrouwen voor mij en na mij: de zonde los willen maken van de zondaar, de oude orde willen herstellen, alles willen uitwissen om je van de schaamte te ontdoen.

'Blijf toch bij me,' zei hij.

Langzaam, als in een trance, schudde ik mijn hoofd. 'Ik ga weg.'

Stilte.

'Je mag de kinderen altijd en zo lang je wilt komen opzoeken.'

Hij ondersteunde zijn hoofd met zijn handen, precies zoals ik gedaan had toen ik de brief aan zijn minnares had gevonden.

Mijn koffers pakte ik pas toen Netties brief werd bezorgd. Ik zou tijdelijk met de kinderen bij haar terechtkunnen. Na aankomst zou ik proberen een huis van de steun te krijgen.

Mevrouw Van Ekenstein reageerde verbaasd en gepikeerd toen ik mijn vertrek aankondigde. Naar de redenen informeerde ze niet. Ze vond dat ik haar vertrouwen had beschaamd. Het was een perfect voorbeeld van het narcisme van de hogere klasse: personeel bestond alleen voor hen voor zover het hun lot aanging.

Beschaamd bedacht ik dat ik me als jonge vrouw nooit had afgevraagd waar Maria naartoe ging als ze na een dag hard werken naar huis terugkeerde. Ze had kinderen, dat wist ik vagelijk, maar hoeveel en hoe oud ze waren, daar had ik nooit naar gevraagd.

Hendrik had op een zelfgekozen moment afscheid van de kinderen genomen en zich niet meer laten zien. Ik vermoedde dat hij tijdelijk zijn intrek bij zijn minnares had genomen, omdat hij me niet wilde zien vertrekken.

Mijn koffers waren gevuld met nog niet de helft van de eigendommen waarmee ik was gekomen. Dat trof, want nu had ik plaats voor de kleren van de kinderen.

Ik pakte mijn witte, verfijnde rijglaarsjes die ik jaren in een doos met vloeipapier had bewaard. Ik maakte de veters helemaal los en probeerde mijn voet erin te wringen, maar ik paste ze niet meer. Mijn voeten waren kennelijk breder geworden en uitgezakt van de zwangerschappen.

Vertwijfeld gooide ik ze terug in hun doos en keek het huis rond met de blik van een vertrekkende. Ik zou terugkeren naar mijn geboortedorp, maar niet meer als dezelfde vrouw.

In de trein gedroegen de kinderen zich uitgelaten. Voor het eerst in hun leven zagen ze landschappen voorbijrazen en keer op keer moesten er dingen worden aangewezen en benoemd. Egbert zat met zijn neus tegen het raam gedrukt. Nettie hield Zus op schoot en keek verrukt naar buiten. Ze waren te opgewonden om te beseffen dat ze zich steeds verder van hun geboortestad verwijderden. Een logeerpartij had ik deze reis genoemd – een logeerpartij van onbekende duur. Ze leken er genoegen mee te nemen.

Hoe anders zat ik nu in de trein dan op de heenreis zoveel jaar geleden. Toen was ik zwanger, verstoten, maar vervuld van lichtzinnige hoop. De liefde zou alles goedmaken.

Liefde had dat misschien kunnen doen.

In deze wereld is er veel achting voor wat mensen doen en zeggen – niet voor wat ze willen, denken en eigenlijk bedoelen.

Ze zeggen dat ze van je houden. Ze doen dit en dat voor je, geven complimenten, kijken diep in je ogen, pakken je hand, nemen bloemen mee en ze hebben je klem.

Wat daaronder verscholen ligt, wat voelbaar is en onuitgesproken – dat is wat telt. Dat is wat zich uiteindelijk ook in het tastbare doet gelden. En dat is wat, als je terugkijkt, overal uit blijkt.

Het ziet eruit als liefde, het klinkt als liefde, maar het is het niet. Het is een mengeling van eigenbelang, genegenheid, comfort, bevestiging, gezelschap, ijdelheid.

Ze noemen het liefde.

Ze hebben je klem.

We gaan naar de zee, had ik de kinderen verteld.

'Houdt het land op als de zee begint?' wilde Egbert weten.

'Het houdt niet op, maar gaat over in een heel diep dal. Zo diep dat al het water ernaartoe stroomt.'

'Waar komt dat water dan vandaan?'

'Dat weet niemand. Misschien zijn het wel alle tranen die de vissersvrouwen om hun mannen en zonen hebben geplengd.'

'Een tranendal dus?'

'Een tranendal.'

We zouden wakker worden van zonnestralen door de kieren van de luiken, het geruis van aanrollende golven, het gekrijs van meeuwen. We zouden vrij kunnen ademen en een horizon zien.

Alles in de wereld zou volkomen op zijn plaats zijn. De werkelijkheid zou opnieuw met me samenvallen.

28

Toen Odysseus na een twintig jaar lange zwerftocht terug-keerde naar zijn eiland Ithaca zag hij geen hand voor ogen. Athena had het eiland in een dichte mist gehuld, omdat ze hem eerst over de gebeurtenissen op Ithaca wil-de vertellen.

Nu ik door Noordwijk liep, wenste ik dat iemand dat voor mij had gedaan. Tijd en ruimte spanden tegen me sa-men. Ik had me voorbereid op een weerzien met het beken-de, maar juist de verschillen drongen zich aan me op. In maar enkele jaren hadden zich in mijn dorp zoveel verande-ringen voltrokken dat ik grote moeite had om het verleden en dit huidige moment met elkaar te verbinden.

Door de nieuwsgierige blikken en verraste begroetingen van de dorpelingen voelde ik me als een doodgewaande. Het deed me even denken aan de beschimpingen en verne-deringen die ik me in Meppel had laten welgevallen, maar ik bedacht dat het anders was; daar werd ik ingedeeld als gevallen vrouw, als een weckfles die een etiket opgeplakt kreeg, hier wist men van mijn geschiedenis en had mijn aanwezigheid rechtsgeldigheid.

'De zee blijft trekken, hè?' zeiden de dorpelingen begrij-pend. En: 'Wanneer komt je man?'

'Die komt later,' loog ik voor ik het goed en wel besefte.

Kan een mens ooit naar huis terugkeren? Of is 'thuis' een statisch beeld dat een illusie blijkt? Geen ding in deze wereld blijft ooit hetzelfde. Het thuis dat je hebt verlaten, bestaat de dag erna al niet meer.

Ook letterlijk bleek mijn ouderlijk huis, in de vorm waarin ik het kende, verdwenen. Het huis stond leeg. De luiken waren dichtgetimmerd en voor de deur stond een bord van het bedrijf dat de grond had opgekocht, ongetwijfeld om er een hotel neer te zetten. Op de plek waar ik geborgenheid verwachtte, voelde ik me ontheemd.

Alleen de zee was hetzelfde gebleven, omdat zij altijd al veranderlijk en ongrijpbaar was. Het weerzien met de eindeloze blauwe verte veroorzaakte een schok; het gekrijs van meeuwen klonk schriller dan ik me herinnerde. Ze waren onwetend en met krachtige wiekslagen over armoede en oorlog heen gevlogen, en streken neer op het water.

Mijn jeugd hier was bevoorrecht geweest, zoveel had ik inmiddels wel begrepen. Het was een gunstige worp van de dobbelstenen geweest, en nu ik zelf opnieuw had gegooid was het onwaarschijnlijk dat die zich zou herhalen. Ik kwam berooid, met drie hongerige kinderen, zonder beroep of vaardigheden, met alleen mijn familie om op terug te vallen, in mijn geboortedorp aan. Van Hendrik verwachtte ik niets – en had ik niets te verwachten, aangezien ik degene was die hem had verlaten. Zo vastbesloten als ik was vertrokken uit Meppel, zo onzeker zette ik nu de ene voet voor de andere.

Nettie en Jan namen me ruimhartig in hun gezin op. Tot mijn grote vreugde had Nettie de oude Maria in dienst genomen. Na de dood van moeder had ze het niet over haar hart kunnen verkrijgen haar aan haar lot over te laten. Toen de oude dienstbode binnenkwam met een dienblad thee, slaakte ik een gil en omarmde haar nog voordat ze de kans had het dienblad neer te zetten.

Maria leek even blij mij te zien. Ze drukte me aan haar borst als een moeder en hield niet op me te bekijken en vragen te stellen.

De maaltijden, die zoveel rijker en ruimer bemeten waren dan in mijn eigen huishouden, deden de kinderen goed. Ze stortten zich er met zoveel eetlust op dat ik me ervoor geneerde. Jan knipoogde op zo'n moment naar me, waar ik hem dankbaar voor was. Het was voor iedereen oorlogstijd; hij moest het als bouwkundige en aannemer ook moeilijk hebben nu er weinig werd gebouwd.

We sliepen met z'n vieren in de logeerkamer. Zus sliep in een wieg en Egbert en mijn Nettie sliepen bij me in het tweepersoonsbed. Kleine Nettie zorgde als een moedertje voor Zus en speelde met het kind van Nettie. Egbert was in de ban van de zee en het strand, waar hij iedere dag heen wilde. Jan en Nanning namen hem mee. Hij had plotseling twee ooms die met hem wilden ravotten en hij was diep onder de indruk.

Mijn bezoek aan Mien en Dirk verliep heel wat minder ontspannen. Ze deed haar best hartelijk te zijn, maar gedroeg zich onbeholpen. Dirk was aan het werk op zijn architectenkantoor, ze ontving me alleen.

Ze liet haar tafelbelletje rinkelen en een dienstbode kwam de koffie binnenbrengen – echte koffie, geen surrogaat, rook ik. Ze zette er een schaal met koekjes bij en ik moest me beheersen om te wachten tot Mien me er een aanbood. Het was jaren geleden dat ik koek of cake had gegeten.

Mien was een vrouw geworden. Een dame, zelfs. Aan haar japon met brede revers en hoge taille te zien was de mode niet aan haar voorbijgegaan. Haar haar was losjes opgestoken en haar pony gekruld. Haar handen waren glad als van ivoor. De mijne waren ruw, ik verborg ze in mijn schoot.

Wat haar ideeën betreft was ze ouderwets gebleven. Ze had de victoriaanse opvattingen van moeder overgenomen. Europese vrouwen die massaal buitenshuis gingen werken nu de mannen in het leger dienden, daar wilde ze niets van weten. Mijn tegenwerping dat thuisblijven voor de meeste vrouwen een luxe was die ze zich niet konden permitteren, stuitte op een afkeurend zwijgen.

Mien was als kind al rustig geweest, maar nu leek het of de verveling en indolentie als een zeurende pijn in haar bewegingen waren gaan zitten. Ze bezat de traagheid die hoorde bij de bovenlaag. Tijd was er om te doden, niet om nuttig te gebruiken.

Dat deden anderen voor je.

'Ik zag dat het huis te koop stond,' zei ik.

'Niemand wilde erin wonen,' zei ze luchtig, mij als zus zonder dak boven haar hoofd voor het gemak vergetend, 'dus hebben wij als erfgenamen besloten het te verkopen.'

Het woord 'erfgenamen' kreeg extra nadruk om mij ervan te doordringen dat ik buiten die categorie viel.

'Het was toch een oud en vervallen pand,' zei ze nog steeds op conversatietoon. 'Opknappen zou een fortuin kosten.'

'Het voelt gek nu mama gestorven is, vind je niet?' vroeg ik in een poging het gesprek op een persoonlijker niveau te brengen. 'Alsof we wezen zijn.'

'Een wees ben je als je minderjarig bent,' zei Mien. Toen, bedachtzaam: 'Moeder was veranderd sinds jullie... geschil.'

'O ja?'

'Verbitterd. Niet meer bereid iets van haar leven te maken.'

Het klonk niet als een verwijt, meer als een constatering.

'Ze had me niet hóéven wegsturen, weet je,' zei ik uiteindelijk.

'Wat jij hebt gedaan, was in haar ogen onvergeeflijk. Je hebt je standsverplichtingen verzuimd.'

Ik staarde naar mijn handen, niet wetend wat te zeggen.

'Ik weet niet precies wat je situatie nu is,' vervolgde ze, 'maar ik zou je willen adviseren om er alles aan te doen om je huwelijk te redden.'

'En die raad kun je me geven zonder dat je de achtergrond kent?' vroeg ik fel.

'Die achtergrond hoef ik niet te kennen om tot een oordeel te komen, Adriana. Een getrouwde vrouw blijft bij haar man, ondanks alles.'

Ik pakte mijn tas en stond op. 'Het valt te hopen dat jij het getroffen hebt met je echtgenoot,' beet ik haar toe, 'anders kan datgene waar jij jezelf allemaal toe verplicht rampzalig uitpakken.'

Ze deed me uitgeleide tot aan de deur – ruzie zou vulgair geweest zijn – en pakte zelfs nog even mijn hand. Haar 'Het ga je goed' klonk niet eens zo kil. Het zou gemeend kunnen zijn. Mogelijk was ze echt bezorgd om mij en niet alleen om de familiereputatie.

Het was niet mogelijk in Noordwijk rond te lopen zonder aan Jacob herinnerd te worden. Hem tegenkomen was onwaarschijnlijk, wist ik, want hij was gelegerd in een kazerne. Dat was maar beter ook, dacht ik. Ik zou het niet kunnen verdragen dat hij me zou zien met een figuur dat door zwangerschappen was getekend en een huid die aan jeugdige souplesse had ingeboet.

Bij Jacob hoorde een pijn die zich met de jaren dieper had genesteld en tegelijk vluchtiger was geworden, omdat hij bij me was gaan horen. Ik had te lang met hem in herinnering geleefd om nog te weten of het liefde was.

Aan Meppel en Hendrik besteedde ik nauwelijks gedachten. Er gebeurt iets onomkeerbaars in je hoofd als je eenmaal bang bent geweest voor je geliefde. Niet langer staat hij naast je en kun je je de luxe permitteren met hem mee te voelen; daarna staat hij tegenover je en moet je jezelf redden. De aandacht voor hem, het meeleven, het zorgen, het je in hem verplaatsen – dat alles stroomt terug naar jezelf. In één klap zet je jezelf weer op de eerste plaats. Dat is het enige voordeel van mishandeling.

Geweld slaat zich op in je cellen. Blauwe plekken vervagen, maar het lichaam vergeet niet. De plekken in huis waar geweld heeft plaatsgevonden, doen je huiveren als je erlangs loopt. De huid die is gekwetst, blijft gevoelloos voor genot. Alleen een andere man, niet de man die de wond heeft veroorzaakt, kan die plek helen en weer zijn gevoeligheid teruggeven.

Hendrik bleek grootmoediger dan ik dacht. Ik hoefde niet langer te wachten op een huisje van de steun, want Hendrik verzekerde me dat hij elke week geld zou sturen voor de verzorging van de kinderen en de huur van een huis. Het zou maar een klein beetje zijn, maar het was genoeg. Ik vond een eenvoudige benedenwoning aan de Zandvoortsestraat in Noordwijk-Binnen en verhuisde op de eerste van de volgende maand. Jan en Nanning hielpen me met het opknappen van de woning; van Nettie kreeg ik de meubels uit de logeerkamer 'die toch nooit werden gebruikt'.

Ik vond het een groots gebaar van Hendrik. Misschien had hij wroeging over zijn overspel of zijn gewelddadige gedrag, of misschien was dit voor hem een verzekering dat hij zijn kinderen kon blijven bezoeken – hoe dan ook, het won mijn respect voor hem gedeeltelijk terug.

Zodra we waren geïnstalleerd, kwam hij inderdaad langs om de kinderen op te zoeken. Hij gedroeg zich opgetogen. De kinderen waren buiten zichzelf van blijdschap. Hendrik had een kamer geboekt in Pension Noordzee, wat hem een vermogen moest kosten. Ik protesteerde niet en bood hem niet aan om op de bank te blijven slapen. Ik wilde te kennen geven dat bij het bezoek aan zijn kinderen geen echtelijke intimiteiten inbegrepen waren, mocht hij daar ineens behoefte aan hebben.

De hele volgende dag behield Hendrik zijn goede humeur. Er hing geen enkele droefheid om hem heen, wat ik op een bepaalde manier pijnlijk vond. Misschien pakte deze situatie voor hem beter uit dan verwacht: hij leidde een vrij leven met zijn vriendinnen, de kroeg, zijn werk en een gezin op de achtergrond, dat hij kon opzoeken als hij dat wilde.

Het bezoek bracht ons als stel niet nader tot elkaar; het was een regeling. We liepen dan wel als gezin door het dorp, ik accepteerde de arm die hij me aanbood, maar hij was mijn echtgenoot niet meer. Al kwam het me niet slecht uit dat de mensen in het dorp dachten van wel.

Die dag dacht ik verschillende keren aan de woorden van Henriette Roland Holst, in een van haar laatste gedichten: 'Gebroken liefde is als een handvol scherven/ die niets tot ouden samenhang kan helen.'

Betje liep met haar kinderen door de Buurt en instinctief stak ik, met Zus op mijn arm, de straat over om haar aan te spreken. Ze was ouder geworden, zag ik al van een afstandje, maar had haar schoonheid behouden.

Toen ze me zag, brak haar gezicht open in een lach. 'Adriana! Ik had al gehoord dat je weer terug was.'

Wat was ze ontwapenend. Het zou stukken overzichtelijker zijn als ik een hekel had aan de vrouw van de man die al zo lang in mijn hoofd en mijn hart zat.

Ze aaide Zus over haar wang en keek daarna spiedend om me heen. 'Is je man niet bij je?'

'Hij was hier een paar dagen geleden, maar hij is weer terug naar Meppel, waar hij werkt. Ik wilde de kinderen hier laten opgroeien, weet je, in de zeelucht.'

Ze kneep haar ogen een fractie samen en knikte. Ik kon zien dat ze me niet geloofde. Er kwam een merkwaardig verlangen in me op haar in vertrouwen te nemen, maar ik deed het niet.

'En Jacob? Nog steeds gemobiliseerd?' vroeg ik in plaats daarvan.

Ze zuchtte. 'Het duurt maar en het duurt maar. En dat terwijl er geen mallemoer gebeurt bij onze landsgrenzen. Je zou toch verwachten dat ze die kerels naar huis sturen om te werken? We krijgen een uitkering voor gezinnen van militairen, maar dat is bepaald geen vetpot.'

'Heeft Jacob het ook wel gezien tussen de soldaten?'

'Dat dacht ik wel, ja. Hij verlangt naar de zee.'

Natuurlijk, dacht ik, hij blijft een vissersman. Ik heb me vaak afgevraagd hoe je van de zee kunt houden als je haar nooit kunt vertrouwen, als ze je vader tot zich heeft genomen, je maten, jezelf als je niet uitkijkt. Totdat ik begreep dat een man net zozeer een vijand nodig heeft als een kameraad. Het is de krachtmeting waar ze naar zoeken. Jacob zou verloren zijn zonder.

Zus begon te huilen en Betje wreef haar zachtjes over de rug. 'Over drie weken is hij even met verlof,' ging ze verder. 'Dan kan ik ook weer eens de deur uit zonder die hele kinderschare om me heen.'

Ik keek naar de kinderen, die beurtelings aan haar rokken

en aan elkaars haar trokken. Met een schuine blik op mij riep ze haar kinderen tot de orde. Ik lachte. Het was zo'n typisch moment van bondgenootschap tussen moeders.

'Laten we eens bijpraten op een rustig moment,' stelde ik voor. Het was eruit voor ik het wist.

Met lichte verbazing stemde ze toe. 'Dat zou ik leuk vinden.'

Mijn ouderlijk huis aan de zee werd leeggehaald. Nettie had wat spullen voor me apart gehouden die ik kon gebruiken – kookgerei, serviesgoed, linnen – en stuurde Nanning met een handkar. Bij het huisraad zat ook de koffer die in mijn meisjeskamer onder mijn bed was geschoven. Voordat ik me bekommerde om de andere spullen, had ik de koffer al geopend en woelde ik door de papieren. Ik begon te lezen.

Het kostte me moeite de kleine letters te lezen. Ik moest vaststellen dat mijn ogen weer slechter waren geworden. Voor de oorlog had ik mijn brillenglazen laten vervangen, maar een beter zicht leverde het niet op. De oogarts had gesproken over een verslechtering van het hoornvlies. Daar hielpen geen sterkere glazen tegen ik moest maar hopen dat het zou stabiliseren.

De schrijfsels die ik wel kon ontcijferen, brachten me terug naar een tijd van grote woorden, ijdelheden en sentimenten. Ik las over grote hartstocht, die per definitie buitensporig is, en voelde heimwee naar die jonge vrouw met haar open blik, romantische noties en grote verwachtingen.

Het lezen tilde me uit boven de dagelijkse zorgen waarin ik verstrikt zat. Ik kon een lijn trekken van de jonge vrouw uit de papieren naar de vrouw die ik was geworden en zag samenhang in wat me was overkomen in mijn leven, in mijn eigen rol daarin.

We noemen het noodlot. Dat we met díé geliefde trouwen, dát kind krijgen, dít huis betrekken, zien we als het gevolg van voorbestemming. Achteraf bezien had het niet anders kunnen lopen en passen alle puzzelstukjes wonderwel in elkaar. Hoe vernuftig is het goddelijk plan!

Het leven zo bekijken heeft iets geruststellends: er is niets fout gegaan, dit alles is de bedoeling. We hoeven niet op te letten of bij onszelf te rade te gaan, want we zijn slechts speelballen in de hand van het lot.

Nu, met de schrijfsels van mijn jongere zelf voor mijn neus, bedacht ik dat we wat we voor een speling van het lot aanzien, zelf in de hand hebben gewerkt. Met kracht negeren we voorgevoelens, bevechten we innerlijke weerstand, laten we ons meeslepen zonder een moment stil te staan uit angst door twijfel te worden overvallen. We volharden en daarna aanvaarden we de consequenties als iets onontkoombaars.

Een inzicht met beangstigende helderheid overviel me. Ik had met mijn echtgenoot een liefde die voor een ander bestemd was willen herhalen.

Ik had me haastig in de armen van een man gestort om de eerder beminde te vergeten.

Ik had een nieuw verlangen gecreëerd om het oude te verstikken.

Ik had mijn eigen lot voltrokken.

29

De winter van 1917 was ijzig koud. De rijken vermaakten zich door te gaan schaatsen; de arme massa ging op hongertocht naar de boeren op het platteland.

Ik zat zonder kolen en had aan het einde van elke week nog maar een paar voedselbonnen over. Alles was op rantsoen – er was zelfs een tekort aan aardappelen. We leden tegelijk honger en kou, en konden niet besluiten wat erger was. Soms dacht ik de smaak van griesmeel, havermout of hangop op mijn tong te proeven; andere keren betrapte ik mezelf erop voor de derde keer in mijn keukenkastjes te kijken, terwijl ik wist dat er niets eetbaars in te vinden was.

Ik trok mijn kinderen al hun kleren over elkaar aan en voedde ze koolrapen en rijstebrij, zonder de boter en suiker die ze gewend waren. Egbert en Nettie liepen in gerafelde kleren en ook mijn eigen jas hing aan flarden, omdat ik geen geld had voor garen. In het soephuis, dat mijn familie ooit had gesteund, stond ik in de rij met weduwen, ouden van dagen en haveloze kinderen op kapotte schoenen.

Hendrik stuurde elke maand een beetje huishoudgeld – minder dan gebruikelijk, want hij had opnieuw genoegen moeten nemen met een lager salaris en schameler fooien. Hij hield nauwelijks geld over om de reis van Meppel naar Noordwijk te bekostigen, zodat hij de kinderen al maanden niet had gezien.

Na mijn uitnodiging kwam Betje af en toe langs. Ze was zwanger van haar vierde. Ook al was er nog nauwelijks iets zichtbaar, ze liep al als een hoogzwangere vrouw: iets naar achteren geheld om het evenwicht te bewaren.

Ze nam Engelse bokking mee die ze van de rokerij mee naar huis had gekregen. Achteloos legde ze de gerookte haringen op mijn aanrecht, alsof ze niet meer aandacht op haar gulle gaven wilde vestigen dan nodig was.

Alles was omgedraaid.

De berichten in de kranten voedden de angst dat de oorlog ons alsnog zou bereiken. De Engelsen beschoten voor de Nederlandse kust Duitse handelsschepen; granaten kwamen tot in België neer. Er waren ook hoopvolle berichten: het Duitse leger was verzwakt. Het streed met de moed der wanhoop.

Betje wist altijd de positieve berichten te vertellen, die ze besloot met de zin: 'Nu zal het gauw voorbij zijn.'

Op een middag in april had ze echt opwekkend nieuws: Amerika mengde zich in de strijd en had Duitsland de oorlog verklaard.

'Zo'n wereldmacht die zich ermee gaat bemoeien!' riep ze uit. 'Lang zal het nu niet meer duren.'

Ik voelde hoop in me opwellen. 'Kun jij ook niet wachten tot je weer eens het gevoel hebt dat je veel te veel gegeten hebt?'

Ze giechelde. 'Dat we ons weer druk gaan maken om onze lijn, stel je voor.'

Ze wreef over haar zwellende buik, die vreemd bol afstak tegen haar magere lichaam en ingevallen wangen.

Ineens stond Hendrik voor de deur. Hij droeg een deukhoed, een broek met geperste plooien en een grijs gestreept *costume-veston* met twee rijen knopen, dat ik nog niet kende. Eronder had hij tweekleurige veterschoenen aan. Het wekte ergernis in me op. Dit kon Hendrik in oorlogstijd zelf met geen mogelijkheid betalen; hij moest alsnog een rijke vrouw aan de haak hebben geslagen die er wat geld voor over had gehad om hem knap aan haar arm te hebben.

Ik hield mijn vermoedens voor me en begroette hem zo hartelijk als ik kon opbrengen. Ik hoefde alleen maar naar mijn kinderen te kijken, die alle drie opbloeiden bij zijn bezoekjes, om te weten dat ik juist handelde. Het zou onnatuurlijk en wreed zijn hem bij ze weg te houden. Bovendien vond ik zijn aanwezigheid niet onprettig. Onveilig voelde ik me niet meer bij hem, omdat hij zich gedroeg als een bezoeker, niet als een man die aanspraak komt maken op zijn vrouw.

In de avonduren, toen de kinderen naar bed waren, zaten we bij het lamplicht bij elkaar. Het voelde tegelijkertijd vreemd en vertrouwd aan. Er vielen me dingen op waarvan ik tot mijn verrassing ontdekte dat ze me dierbaar waren: de manier waarop hij zijn hoofd een tikje schuin hield als hij luisterde, hoe hij zijn broekspijpen iets optrok voordat hij ging zitten, de genegenheid waarmee hij over de kinderen sprak.

Hij diepte herinneringen op aan Egberts vroegwijze opmerkingen, de streken van Nettie en onze moeilijke begindagen in Meppel. Dat deed hij om me milder te stemmen – dat wist hij en dat wist ik. Ik kon niet anders dan met hem afdalen in de gezamenlijke geschiedenis. Het deed me beseffen dat we door pijn, maar ook door plezier met elkaar verbonden waren.

Dit keer had Hendrik geen pension geboekt. Ik gaf toe en legde een stapeltje beddengoed op de bank neer. Terwijl ik dat deed, pakte hij op een onverwacht tedere manier mijn hand en keek me aan.

Er was weinig voor nodig om me te overreden met hem te slapen. Mijn begeerte kwam wellicht voort uit eenzaamheid, uit het verlangen me vrouw voelen. Het voelde niet als toegeven aan hem of als een reden om weer te geloven in ons huwelijk; het voelde als een bevrijdende daad. Ik deed het niet voor hem, niet voor ons.

Ik deed het voor mijzelf.

Betje had een flauwte gehad die de dokter een epileptische aanval noemde. Ze leed aan een hoge bloeddruk en zou de rest van haar zwangerschap rust moeten houden. Haar zus sprong bij en nam de kinderen zolang in huis. Betje sleet haar dagen alleen aan de keukentafel in een leeg huis – iets wat nog nooit in haar leven was voorgekomen. Nu was ik degene die haar regelmatig opzocht om haar nieuws en afleiding te brengen.

Op een middag zat ze er verloren bij. Nu alles haar uit handen was genomen, had de weemoed kans gezien haar te overvallen. Terwijl ik gekookt water over de surrogaatkoffiepoeder in onze koppen goot, sprak ze zachtjes, alsof ze nog steeds alleen en in zichzelf verzonken was, over Jacob en hun huwelijk. Ik treuzelde om aan tafel te gaan zitten en bleef met mijn rug naar haar toe staan rommelen, omdat ik er niet zeker van was of ik dit wel wilde horen.

'Dit is wat ik weet,' zei ze kalm en bedachtzaam. 'Je kunt andermans demonen niet bevechten. En het is je taak ook niet om dat te doen. Jacob is bovendien gehecht aan zijn demonen. Hij wil er op gezette tijden vanaf en zoekt dan zijn heil bij mij, maar na verloop van tijd gaat hij ze missen en nodigt ze opnieuw uit.'

'Wat zijn die demonen dan?' vroeg ik terwijl ik de koffie op tafel zette en bij haar ging zitten.

'De duivel in de fles.'

'Maar Jacob dronk vroeger in Ons Huis lang niet zoveel als de andere vissers,' wierp ik tegen.

'Het begon later, toen we getrouwd waren. Er waren tijden dat hij dronk met een bezetenheid alsof hij zeggen wilde: Houd me maar eens tegen.'

'Waarom denk je dat hij naar de fles grijpt?' vroeg ik.

Betje keek naar haar handen. 'Wat er tussen ons in staat, zal ik nooit weten,' zei ze. 'Er zijn dingen die mannen niet aan hun echtgenoot vertellen.'

Er zijn kennelijk ook dingen die een vrouw als ik niet aan haar vriendin vertelt, dacht ik.

Het gemor van het volk werd luider. In Amsterdam plunderden vrouwen wagons met aardappelen. Het ontaardde in rellen waar de marechaussee aan te pas moest komen. In april 1918 had het Revolutionair Socialistisch Comité in Den Haag meer dan dertigduizend mensen op de been gebracht om te demonstreren tegen de honger, de werkloosheid en de mobilisatie. De betogingen werden hardhandig neergeslagen, maar het punt was gemaakt: men had genoeg van de oorlog.

En toen was daar ook nog de Spaanse griep, die als een coup de grâce over het land stormde. In de eerste maanden van 1918 eiste hij duizenden slachtoffers. Noordwijk bleef zo goed als gespaard.

Als deze gruwelijke oorlog voorbij was en de mannen in Europa terugkwamen van de loopgraven met hun hoofd en hart vol verschrikkingen, zou er nooit meer oorlog komen, daarvan was iedereen overtuigd. De reuzenkanonnen zouden voorgoed zwijgen. De wereld zou nooit meer zo op zijn grondvesten schudden. Er zou nooit meer zoiets destructiefs kunnen groeien waar de wereldmachten zich in zouden verliezen. De oorlog zou een grote les worden voor de toekomst.

Het is wonderlijk, dacht ik. Wat eerst een zuivering heette, en daarna een zinloze slachting, heette in deze dagen een waardevolle les.

Als we de dingen niet kunnen veranderen, veranderen we de woorden.

Alle honger, alle ellende, al het oorlogsgeweld had me niet kunnen voorbereiden op de slag die ik daarna te verwerken kreeg. Ik moest gaan zitten toen het me door Betjes zus werd verteld.

Betje had opnieuw een flauwte gekregen. Dit keer was ze gevallen in haar keuken en was er niemand bij haar geweest. De aanval had een hersenbloeding veroorzaakt, die ze niet had overleefd.

30

Het bericht van Betjes dood kwam tot Jacob met een telegram. Toen het nieuws tot hem doordrong, stond hij verdoofd als aan de grond genageld. Hij moest zich dwingen op zijn brits te gaan zitten, daarna om te gaan liggen, om zijn benen op te trekken, zijn handen om zijn knieën te slaan en voor zich uit te staren tot de duisternis inviel.

Hij kreeg speciaal verlof voor de begrafenis. Thuis waren alle ramen met een laken bedekt. Betje lag opgebaard in de bedstee. De volgende dag al zou de dominee een korte dienst in huis houden, waarna ze lopend achter de lijkkoets naar de begraafplaats zouden gaan.

Hij stuurde Betjes zussen weg en ging naast haar liggen. Zijn hand streelde onafgebroken haar gezicht, haar armen, haar buik. De gedachte dat ze in de dood niet alleen was, troostte hem. In haar opbollende buik lag hun gestorven ongeboren kind.

Een ongerichte woede welde in hem op – een woede die hij in een flits tot God richtte. Toen de woede uitdoofde en er verdriet voor in de plaats kwam, realiseerde hij zich zijn vergissing. Het was een christelijk misverstand 'goddelijk' gelijk te stellen aan 'goed', dacht hij – en dan ook nog 'goed voor mij'. God had zijn vrouw en zijn ongeboren kind tot zich genomen, zoals Hij ook zijn vader en zijn moeder had genomen – dat was niet goed, niet slecht; dat was hoe het was.

Gelovig zou hij nooit worden, in ieder geval niet met het doel zekerheden te vinden in het evangelie. Maar misschien zou het geloof hem kracht geven om te leven met onzekerheden. Misschien kon hij net zoals Betje leren geloven in een God – niet als een gevreesde meester, maar als een vader die bij je was.

'Ken Hem in al uw wegen' betekende misschien niet voortdurend Zijn goedkeuring zoeken, zoals hij altijd had gedacht, maar voelen dat Hij naast je loopt.

Toen Jacob een paar dagen na de begrafenis weer tussen de militairen zat, voelde hij meer afstand tot hen dan ooit. Zijn wapenbroeders waren anders dan de vissers met wie hij op zee had geleefd. Op een schip leefde, werkte en zoop je met het gezamenlijke doel het ruim zo vol mogelijk met vis te krijgen. Nu streed hij samen tegen een onzichtbare vijand, met ontoereikende middelen en op een afwachtende manier. Als ze nou daadwerkelijk vochten, was er wellicht meer kameraadschap geweest. Nu bereidden ze zich eindeloos lang voor op een gevecht waarbij, als het zover kwam, de uitslag nu al vaststond.

De oorlog en zijn rol erin leken hem al zinloos, maar nu kon hij het niet meer opbrengen enige belangstelling of geestdrift in de werkzaamheden te veinzen. Al waar hij aan kon denken, was het lege huis dat op hem wachtte als de oorlog voorbij was. Zijn kinderen waren opgevangen door Betjes zus. Hij zou moeten terugkeren naar een leven dat in niets leek op het leven dat hij kende.

In de zomer van 1918 startte Duitsland een offensief aan de Marne en de Somme tegen de Fransen en bij Ieper in Vlaanderen tegen de Britten en de Belgen. Het Duitse succes nam af. De Duitse legers liepen vast in de modder en werden teruggedrongen in de richting van hun eigen land. Het was voor Jacob en zijn maten duidelijk dat de oorlog op zijn einde liep, maar de mogelijkheid bestond dat de terugtrekkende Duitse legers Nederlands grondgebied zouden schenden en er alsnog gevochten moest worden.

Alle verloven werden ingetrokken – ook van de mannen die met geboortes, huwelijken of sterfgevallen te maken hadden. In Jacobs regiment groeide de ontevredenheid van de soldaten. De officieren hielden zich gedeisd en eisten geen onnodig eerbetoon meer, maar hielden hen bezig met nog meer gevechtsoefeningen en velddiensten.

Het nieuws dat de soldaten in de Harskamp op de Veluwe op 25 oktober aan het muiten waren geslagen, deed snel de ronde. De officieren werden er niet meer gehoorzaamd en de kantine en barakken waren in brand gestoken. De reacties waren verdeeld: sommigen vonden het tijd dat de arrogante officieren een lesje werd geleerd; anderen vonden dat je als muitende soldaat een schande was voor je vaderland.

Jacob onthield zich van commentaar, maar gaf de soldaten in stilte gelijk. Zijn eigen kleine verzet bestond eruit officieren zo miniem mogelijk te groeten. Het salueervoorschrift, zo vond hij, was hopeloos verouderd. Het was een regel die ingesteld was toen Nederland nog een klein beroepsleger kende. Nu hij als soldaat in een volksleger op elke hoek een officier tegenkwam, had de groetplicht allang afgeschaft moeten zijn.

De Duitsers verloren hun offensief aan de Marne. Het Duitse volk, dat in armoede bijna ten onder ging, kwam in opstand. De Duitse keizer Wilhelm II deed op 9 november 1918 afstand van de troon. Hij liet een keizerlijke trein komen en vluchtte naar Nederland, dat hem zonder tegensputteren politiek asiel verleende.

Twee dagen later, op 11 november 1918, tekende het uitgeputte Duitsland de wapenstilstand. De Grote Oorlog was afgelopen.

Op de dag van het nieuws bleven Jacob en zijn maten versuft en apathisch in de kazerne zitten. Lange tijd werden er geen spullen ingepakt, geen plannen gemaakt, geen felicitaties uitgewisseld. Er werd alleen gepraat over de tijd die achter hen lag, alsof ze dachten dat ze zich straks in hun normale bestaan niet meer voor konden stellen wat voor leven ze de afgelopen jaren hadden geleid. Er moest grondig teruggekeken worden, want in de vrije wereld zouden de herinneringen razendsnel vervliegen.

Op de terugreis naar huis werd Jacob, die in zijn uniform en met zijn plunjezak reisde, door mensen toegejuicht, hem werd de hand gedrukt en hij werd op de schouders geslagen. Hij onderging het met een glimlach die op zijn gezicht bevroren lag.

Nadat hij thuis zijn uniform had uitgetrokken en over een stoel had gehangen, liet hij het nog een paar dagen daar voordat hij het definitief wegborg.

Nederland besefte na het einde van de oorlog pas goed waaraan het was ontkomen. Nu de kanonnen zwegen, werden er overal manifestaties van trouw aan het gezag van de koningin georganiseerd. Ook mensen die voor de oorlog niet zo koningsgezind waren, gaven in hun enthousiasme en opluchting blijk van heuse Oranjeliefde. Op het Malieveld in Den Haag verscheen koningin Wilhelmina in een open koets. Enkele monarchisten die langs de kant stonden, spanden de paarden uit en trokken het voertuig zelf voort langs de menigte.

Noordwijk was veranderd tijdens de oorlog, stelde Jacob vast. De vrouwen hadden massaal hun strakke kleding verruild voor een eenvoudige en losse dracht. De hoge hoeden, pandjesjassen en hoge boorden bij de mannen waren verdwenen. Iedereen droeg een losse, omgevouwen boord. Rangen en standen waren moeilijker af te lezen. Mannen maakten gebruik van het algemeen kiesrecht, dat in 1916 was ingesteld vrouwen streden steeds nadrukkelijker voor hetzelfde.

De afstand tussen de elite en de massa was kleiner geworden.

Jacob rouwde, bezocht zijn kinderen, maakte wandelingen, ging wekenlang haring vissen op zee en liet de tijd zijn werk doen. Hij wachtte lijdzaam af tot het verlies zijn scherpe kantjes verloor: de tijd had dit vermogen immers al eerder in zijn leven bewezen. Hij kreeg gelijk, want na verloop van tijd drukte het verdriet nog wel, maar verpletterde het hem niet meer. Somberheid maakte steeds vaker plaats voor andere gevoelens.

De gedachte aan Adriana wekte onveranderd een onrustig verlangen in hem op. Er was hem verteld dat ze terug was in het dorp met haar kinderen, zonder echtgenoot. Hij voelde hoe haar verte opnieuw nabij kwam en dat veroorzaakte een mengeling van opwinding en verontrusting.

Boven het wateroppervlak was nog niets te zien, maar ergens in de zwarte loden diepte voelde hij stromingen die hem naar haar toe dreven. De stromingen waren onverbiddelijk, als een mui in zee die zwemmers naar de diepte trok.

Hij moest keren met het tij. Sommige mensen hebben het over 'het tij keren', dacht hij. Dat kan niet. Het tij is het tij en gaat zijn eigen gang volgens zijn eigen wetten. Het enige wat je kunt doen is meegaan met de veranderingen die op til zijn, wendbaar zijn, aan de wind in je rug voelen of de tijd rijp is en je dan laten voortstuwen door de kracht van het water.

Zoiets moest er in zijn onderbewustzijn hebben gespeeld toen hij zich met moeite losmaakte van schuldgevoelens tegenover Betje en van oude weerstand ten opzichte van Adriana. Die weerstand zag eruit als beschermdrang, maar hij was slechts een vermomming van zijn faalangst geweest. De angst dat hij niet goed genoeg, niet rijk genoeg, niet slim genoeg was voor haar. Door haar zijn vrouw te maken zou haar status afnemen, waar hij iets tegenover moest stellen. Hij had getwijfeld of hij daar wel genoeg voor in huis had.

Had hij haar destijds ten huwelijk moeten vragen?

Hij wist het niet.

Een loodgrijze lucht maakte de wereld zielloos en somber. Over de boulevard liepen enkele vroege badgasten, die huiverend hun jassen dichthielden. Toen hij Adriana gewaarwerd, kreeg hij het fabelachtige gevoel te vallen. Bijna tegen zijn wil, beschroomd, liep hij op haar af.

Ze liep met een onzekere pas die hij niet van haar kende. Ze zag hem nog niet.

Ineens stonden ze schutterig en ongemakkelijk tegenover elkaar. Na een verlegen begroeting was er het discreet registreren van rimpels, verloren haren, veranderde posturen.

Adriana was magerder geworden. Haar fiere houding was hetzelfde gebleven. De bril was nieuw voor hem. Het gaf haar een pedant uiterlijk, waarvan hij vond dat het wel bij haar paste en dat hem vertederde.

Ze stonden er roerloos bij.

Jacob wilde de schuwheid van zich af schudden, een daad stellen. Zonder de afstand in te schatten, nam hij de sprong. 'Zullen we iets gaan drinken?' vroeg hij, zichzelf verbazend.

Adriana knikte en liet zich meenemen naar een etablissement waar vooral toeristen en vreemdelingen kwamen. Intuïtief liepen ze beiden naar een tafeltje in de hoek, zo ver mogelijk weg van de andere bezoekers.

Nadat ze hun bestelling hadden geplaatst, keken ze elkaar verlegen aan.

Als ze nerveus is, zit ze aan haar haren, dacht Jacob. Ze draait een pluk rond haar vingers, laat hem los en pakt dan een andere streng.

Ik houd van haar.

'Ik heb me dingen over ons voorgesteld die alle perken te buiten gaan,' zei hij.

Zijn bekentenis moest verlichting brengen, maar de stilte die volgde voelde zwaar en ongemakkelijk aan. Hoe zij tegenover hem stond, viel niet vast te stellen.

Het duurde lang voor haar reactie kwam. Toen zei ze: 'Het is me nooit gelukt niet van je te houden.'

Ze zei het, ondanks alle pathos die in zulke woorden nu eenmaal doorklinkt, zachtjes en bescheiden. Ze wilde niet overtuigen, behagen, overreden. Het was een inzicht dat ze deelde.

Adriana legde haar hand op de zijne en keek erbij alsof ze zichzelf verbaasde. Toen ze haar hand alweer wilde terugtrekken, pakte hij haar vingers zachtjes vast. Een lach ontsnapte hem.

Ze waren overgeleverd aan onbeheersbare processen. Hun lichamen herkenden, herinnerden, handelden sterker dan alle voornemens waar de mens vanuit zijn vrije wil over kan beschikken. Er was een huiveringwekkende vanzelfsprekendheid die hen alle vermommingen deed afleggen. Ze gehoorzaamden aan iets wetmatigs als een natuurwet die alle andere te boven gaat, waar niet mee te marchanderen viel.

'Het is te laat,' zei hij mismoedig.

'Ik zit hier bij je, ik houd je hand vast.'

Ze keken elkaar aan, dit keer zonder een spoor van verlegenheid. Er was geen verleden, geen toekomst, geen leeftijd – alleen dit moment.

Ze had gelijk.

Ze zat hier, tegenover hem, en ze hield zijn hand vast.

Al het andere was onbelangrijk.

EPILOOG

Hier sta ik, aan de vloedlijn. Mijn handen zijn leeg. Ik heb geen gedichten aan de wereld gegeven, er is niets wat ik heb geschreven dat ik aan de mensen wil tonen. Ik zal geen spoor nalaten, behalve een enkele foto, een gevonden brief en een paar overleveringen waarvan de juistheid te betwijfelen valt.

Ja, ik heb leven voortgebracht – aan een jongen en aan meisjes die vrouwen zullen worden die meisjes baren die vrouwen worden die meisjes baren. En er is het kind dat me op mijn vijfenveertigste nog verraste, dat in me groeit, geboren zal worden en zijn eigen weg zal gaan.

Een jongen in een zwemhansop met horizontale strepen bestudeert op zijn hurken de schelpen die hij heeft verzameld. Een voor een vlijt hij ze in het zand. Een oudere man in een rieten korfstoel, de benen onder een geruite deken, slaat de jongen gade. Van deze afstand kan ik niet zien of de man een bekende van me is, maar voor de zekerheid knik ik vriendelijk in zijn richting.

Mijn ogen laten het nu bijna helemaal afweten. Het hindert niet. Hoe gebrekkiger het zicht op de buitenwereld, hoe groter de binnenwereld. Er is meer ruimte voor gedachten, gevoelens, verbeelding, ervaring. Je moet vertrouwen op wat je weet: het is drie stappen tot de tafel, de trap heeft achttien treden, het zoutvaatje staat rechtsboven in de kast. Je bent het centrum van de wereld, zoals een baby die maar enkele centimeters van zich af kan kijken.

Jacob word ik nog steeds al van een afstand gewaar. Ik herken zijn gestalte, zijn manier van lopen, alsof hij op een dek loopt op volle zee. Van dichtbij zijn zijn ogen nog even blauw en juist zonder scherp zicht voelt zijn aanraking heviger dan ooit.

Voor die andere zwakte van me, de dichterij, heb ik een oplossing gevonden. Ik schrijf mijn gedichten op de achterkant van rollen behang.

De jaren stapelen zich op en rukken aan de banden met het verleden. Alles begint door elkaar te lopen in een mengsel van tederheid, misverstand, honger, overdaad, hoop die de grond in wordt geslagen en weer opleeft, en liefde die beurtelings verheven en vernederend is.

Er is niet veel wat ik heb geleerd, maar in mijn nadagen begrijp ik eindelijk waarop een mens zich kan verlaten in de liefde.

Het is de ziel, die om en in het lichaam zweeft. De ziel, die zachtjes protesteert of verrukt jubelt.

De ziel laat zich gemakkelijk overstemmen door verstand, bezwaren, verlangens, angsten. Soms lijkt het of zij zich het zwijgen laat opleggen, niets doet dan krachteloos fluisteren, maar uiteindelijk doet haar macht zich altijd gelden. De ziel zal geen genoegen nemen met iets wat op liefde lijkt.

Erachter komen wat de ziel van je wil – dat is het moeilijkste wat er is.

Zoals het is begonnen, zo zal het ook eindigen.

Hendrik, die de eerste ogenblikken van onze ontmoeting

meer oog had voor mijn jongere zus dan voor mij, laat zijn ogen opnieuw dwalen, bemint andere vrouwen, weigert zijn diepten te laten kennen. Hij bepaalt wanneer wij elkaar ontmoeten en hoe lang, en gaat daarna weer zijn eigen weg.

Jacob, die mij wilde beschermen tegen de ruwe opmerkingen van de vissers in Ons Huis, die me wilde behoeden voor de schande van het verlies van mijn maagdelijkheid, die me een leven in armoede als zijn vrouw wilde besparen, is nog steeds behoedzaam. We doen de dans die liefdesparen al sinds het begin der tijden uitvoeren: naar elkaar toe en van elkaar af bewegend, aantrekkend en afstotend. We schrikken van de kracht van onze gevoelens, binden er de strijd mee aan, zijn doodsbang hem te verliezen.

De adelaar kijkt twee kanten op. Op het oog leef ik fatsoenlijk met een echtgenoot die door zijn baan vaak van huis is en eens per maand langskomt, en niemand vermoedt dat ik heimelijke ontmoetingen heb met mijn minnaar, mijn grote liefde, mijn Jacob.

Ik begeef me in een lange en rijke traditie.

Langzaam verbleken de kleuren. Het licht wordt oud, het schuim wordt bleek. De zee breekt en dreunt, trekt zich terug, verzamelt kracht, tot ze opnieuw breekt en dreunt.

Alle wel en wee is maar eb en vloed.

Ik draai me om en loop het duin op. De wind trekt aan. Er gaat een huivering door me heen.

De zomer loopt ten einde.

DANKWOORD

Mijn grote dank gaat uit naar:

Mijn familie, zowel die van mijn vaderskant, bestaande uit vissers en badmannen, als die van mijn moederskant, die Noordwijk met haar ondernemersgeest zo heeft gevormd. Met dit boek heb ik beide takken willen eren.

Olivier Heimel, die het manuscript kritisch heeft gelezen en me tijdens het schrijfproces vaak prettige afleiding bezorgde met zijn mails.

Oscar van Gelderen, mijn uitgever, voor zijn input, begeleiding en vriendschap.

Miranda Bruinzeel, mijn agente, voor haar vrolijke professionaliteit.

Peter Veldhoven voor zijn liefde en aanmoediging.

Mijn moeder, oudtantes en andere familieleden, die me van informatie voorzagen en me het schrijven van deze geromantiseerde familiegeschiedenis toevertrouwden.

De mensen van Boekhandel van der Meer, Museum Oud Noordwijk, antiquariaat Moby Dick en Eva de Visser voor hun hulp bij de research.

VERKLARENDE WOORDENLIJST

Afslager: persoon die bij een openbare verkoping of verpachting afslaat, de inzetbedragen noemt

Beug: vistuig bestaande uit een lijn van ruim 70m, waaraan op bepaalde afstanden korte dwarslijntjes zijn vastgemaakt, voorzien van vishaken

Binnenlek: het water van de Noordzee tot op een uur afstand van de kust.

Blanda: witte man; Hollander; vreemdeling

Boezeroen: korte kiel met lange mouwen, meestal van blauw gestreept katoen of linnen, door zeelieden, sjouwers en ambachtslieden, vooral als onderkleed, gedragen

Boldootkar: strontkar

Bomschuit: breedgebouwd vissersvaartuig met twee zwaarden voor de versharing

Braadje: partijtje vis om te braden

Dorpsomroeper: omroeper in het dorp

Garrent: garnalen (Noordwijks dialect)

Graaien: de visserschuiten schoonmaken en gereedmaken (tonnen, zout, vleet en proviand innemen) voor de haringvangst

Helmstok (houwen en keren): stok met rechthoekige opening die om de kop van het roer sluit, waarmee men dit beweegt; stuurstok

Kabaai: wit linnen jasje, dicht maar ruim, als huisdracht of nachtgewaad voor heren

Kampong: verzameling van inlande woningen door paggers of hekken omgeven als deel van een stad of grote plaats, wijk of dorp in Indonesië

Kantvisserij: het vangen van platvissen in het zachte jaargetijde dicht langs de kust door middel van schrobnetten

Lijken: zeil met touwwerk omzoomd

Mui: gedeelte van de zee langs het strand waar een bank lager is dan elders, of waar een diepte is tussen twee banken, zodat er bij ebbend water een sterke stroom is

Nettenboeters: iemand die netten boet, knoopt, maakt

Njai: inheemse vrouw of concubine van de Europese man

Scharren: krabben

Schrobnet: zakvormig sleepnet dat, door een boom opengehouden, aan een reep langs de bodem van het viswater wordt getrokken

Schuitenrol: houten rol die onder een bomschuit wordt gelegd, zodat deze over het strand naar de zee getrokken kan worden

Springtij: ook springvloed: hoge watervloed die ontstaat als zon- en maanvloed samenwerken

Touwslager: ambachtsman die touw vervaardigd

Trouwen met de handschoen: trouwplechtigheid voltrekken terwijl één van de huwelijkspartners afwezig is

Wurft: boulevard (Noordwijks dialect)

Zwinnetje: met zeewater gevulde geul tussen een zandbank en het strand in

'Alle wel en wee is maar eb en vloed' is een parafrase van 'Alle wel en wee is maar vloed en ebbe' uit het gedicht 'Schelp' van A. Roland Holst.